劍尋千山
墨書白 著
第二部
上卷
問心之劫

## 《劍尋千山》宗門勢力圖

### 北境

天劍宗爲北境第一大宗門。

### 定離海

## 西境

玉成宗原屬合歡宮,但因合歡宮式微,玉成宗轉投鳴鸞宮。宗門流變請參照內文。

```
西境
 │
碧血魔主
 ├──────────┬──────────┐
清樂宮      鳴鸞宮      合歡宮
 ├─┬─┐     ├─┬─┐      ├─┬─┐
道 陰 藥   劍 傀 巫    玉 天 百
宗 陽 宗   宗 儡 蠱    成 機 獸
   宗         宗 宗    宗 宗 宗
```

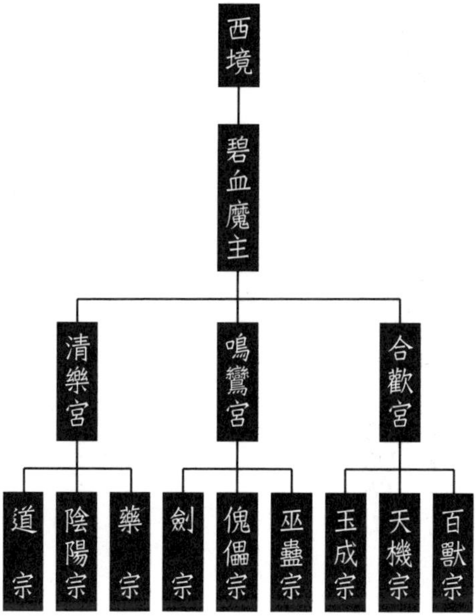

# 目錄
CONTENTS

# 第一章　回歸合歡宮

他的動作熟練流暢，但又在細節處有那麼幾分生澀。

相比山洞那次的莽撞，這次他有了足夠的耐心，更關注在她身上。

她在夜裡模模糊糊，看著窗外樹影搖曳，不由得想，他這人怎麼學什麼都這麼快。

這兩百年他真的只在異界修行？他們問心劍不是沒有情欲嗎？他是怎麼回事？

等後面她嗓子有些啞，伸手想去取水，他按著她，低低出聲：「我來。」

說著，他去取了水，俯下身來，給她一邊餵水一邊動作的時候，她忍不住開始琢磨，同樣都是修劍，她現下還是二十歲的身體，怎麼感覺差距這麼大？是問心劍修煉方式和她不一樣嗎？他身體素質是不是太好了些？

她想著不免有些可惜，自己現在金丹完好，要是在畫外，就可以運轉雙修功法更進一步了。

兩人折騰一夜，確切的說是謝長寂單方面折騰，花向晚則經歷了「高興、配合、討價還價、澈底躺平」幾個階段後，開始明白，狗男人都一樣。

修問心劍也沒用。

她一直到隱約看到天光才睡，入睡前，謝長寂想抱她，她立刻按住他的手，啞著聲道：「睡吧，你還年輕，別折騰了。」

謝長寂動作頓了頓，隨後只道：「我只是抱抱妳。」

「這句話你重複三次了！」

謝長寂：「……」

他沒說話，過了一會兒，花向晚便睡了過去，謝長寂看著晨光落進來，落到她的臉上，他笑了笑，伸出手將人抱進懷裡，輕聲道：「這次是真的。」

兩人睡到正午，等出門後發現狐眠和秦憫生已經回來了。

他們做了午飯，花向晚和謝長寂起床時正好趕上，狐眠見他們醒了，招呼著道：「喲，醒了，趕緊來試試我的手藝。」

聽到是狐眠動手，花向晚有些驚奇，她帶著謝長寂坐下，看了一桌菜和一碗飄著青菜的麵條，挑了挑眉：「這麵條是妳煮的吧？」

「有得吃就行妳還挑。」狐眠從大碗裡撈了麵條進小碗，「哐」一下砸在桌上，指揮著花向晚：「來，吃。」

花向晚從來沒吃過狐眠做的飯，抱著試一試的心態，往嘴裡塞了一口。

一碗麵條，她料想不會出太大岔子，所以那一口塞得毫無防備，結果放進嘴裡那一瞬間，一股苦鹹帶著些許嗆鼻的辣直衝頭頂，花向晚一口嗆了出來，急促咳嗽著，指著桌面：「水……」

謝長寂趕緊把水端來，給她餵了進去。

狐眠看著她的反應，臉色不太好看，等花向晚好不容易緩過來，她咳紅了臉，激動道：「妳實話和我說，是不是下毒了？」

「我沒啊，有這麼難吃嗎？」狐眠不理解，把麵條撈出來，看了旁邊面色平靜的秦憫生一眼，往嘴裡塞著麵條嘀咕：「憫生吃了一大……咳咳咳……」

話沒說完，她自己也急促咳嗽起來。

秦憫生似乎早有預料，拍背餵水行雲流水，狐眠反應過來後，抬起頭，含著眼淚看著秦憫生，握住秦憫生的手：「憫生，你受苦了！」

秦憫生神色冷漠，只道：「還好吧。」

「還有我，」花向晚提醒狐眠，「受苦的還有我！」

「妳不重要。」狐眠回頭看她一眼，「不在我的關注範圍。」

這話說得花向晚心頭微哽，謝長寂給她添了米飯，扒出一個安全範圍，精準指出秦憫生做的菜，告知花向晚：「妳吃這邊的菜就可以了。」

四個人一頓飯吃完，狐眠拉了花向晚單獨商量，同花向晚說起去處：「我不想讓宮裡太多人知道我沒了眼睛，咱們宮裡人護短，到時候肯定對憫生有意見，我打算去搞兩顆琉璃珠煉成假眼，等外面的人看不出來，我再回去。」

「琉璃珠難得，」花向晚疑惑，「妳哪兒來的材料？」

「逸塵走的時候給我的，」狐眠從袖子裡拿出兩顆琉璃珠，嘆了口氣，「逸塵就是身分太低、資質太差了些，若他不是阿晚買回來的奴僕，宮主估計就同意他和阿晚的婚事了，也不至於拖到阿晚去雲萊喜歡那個姓謝的。那個姓謝的叫什麼來著……」

狐眠皺起眉頭，有些疑惑：「奇了怪了，我去年才去雲萊看了那小子一眼，怎麼轉頭連名字跟臉都忘了……」

聽到這話，花向晚動作頓了頓，她突然反應過來，狐眠當年是見過謝長寂的。

就像沈逸塵一樣。

可奇怪的是，沈逸塵記得謝長寂，現下狐眠卻不記得。

思考了一下兩人之間的區別，唯一的解釋只能是，狐眠是真實的魂魄入畫，而沈逸塵，卻只是這畫中不斷演化出來的人。

這也會影響對謝長寂的記憶嗎？

花向晚想不明白，只打算等出了畫卷之後，再問清楚。

「不過還好，」狐眠自顧自說著，「那小子我見了，頂尖的苗子，天劍宗怕是不肯放人，但晚晚要是能同他雙修，那可是大有裨益，成為西境最年輕渡劫修士指日可待。」

狐眠越說越高興：「到時候咱們合歡宮又多一位渡劫修士，等宮主日後飛升，咱們還是西境第一宗門。」

花向晚聽著狐眠的話，笑著不出聲。

狐眠這才意識到花向晚一直不說話，轉頭看她：「妳怎麼不說話？接下來打算帶妳那『弟弟』去哪兒啊？」

「妳留在這兒，我也沒什麼地方好去，」花向晚舉起杯子，「就陪妳囉。」

「好呀，」狐眠高興起來，伸手搭在她肩上，「咱們師姐妹一起在這裡過神仙日子，順便讓謝長寂多做飯。」

狐眠壓低聲：「他做飯比憫生好吃。」

「知道了。」花向晚瞥她一眼。

同狐眠定下之後的日程，花向晚回去告知了謝長寂，謝長寂聽了，也只是點點頭：「我聽妳安排。」

四人在斷腸村住下來，狐眠無事，便帶著花向晚釀酒。

「我現在釀酒，埋下來，等我和憫生訂婚，這酒也差不多了。」

花向晚看著狐眠滿眼溫和釀下的酒，好久，才低低應聲：「嗯。」

狐眠釀好酒，秦憫生便帶著她去旁邊的山上祭拜他母親，他們把酒埋在他母親的墓前，秦憫生帶著狐眠下山。

當天晚上，四人吃著飯，喝著酒，聊著天，秦憫生說起他母親。

「她是一個凡人。」他說起她，「她本來是斷腸村一位村民，被家裡人賣了，進了巫蠱宗當女奴。後來遇到了那個畜生，他酒後失德，讓我母親懷上了我。」

秦憫生聲音很淡：「巫蠱宗注重血脈，他們堅信只有最優秀的血脈才能生下最好的孩子，他們不可能讓一個凡人生子，我母親知道，就帶著我逃了。小時候我在斷腸村長大，我母親沒有丈夫，她未婚產子，村裡人都看不起她，孩子也經常打我，打著打著，我不知道怎麼，就領悟了靈力的存在，有一次有個男人想欺負我母親，我那時九歲，」秦憫生比劃了一下，「我就把他殺了。我娘怕我出事，帶著我連夜逃離了這個地方，後來她意識到，我是修士血脈，註定是要修道的，她輾轉反側，找到一個散修，求對方收我為徒。那就是我師父，他其實一生最多也就到築基，看我是三靈根，便領著我入門，可我十八歲就築基了，他沒什麼好教的，就讓我去附近的宗門看看。」

花向晚聽著秦憫生的話，撐著頭吃著花生米：「後來呢？」

「這裡最近最大的宗門就是巫蠱宗，我上門去看，剛好遇到他們宗門大比，這是我第一次看見大宗門的比試。」

十八歲的他遙遙看著人群中的獲勝者，眾人景仰、豔羨、歡呼，他突然對這樣的世界，生出無盡嚮往。

「等我回來，告訴我娘，她那時身體不好，聽我說了，就很難過。」

「那時我一直努力，想進入巫蠱宗，她攔我，卻攔不住，等她走的時候，才告訴我，說我是巫蠱宗一位修士的兒子，我本該踏入修仙大門，那天我看到的人生，本來就是我該有的。不過我娘再三告誡我，說修士、凡人血脈不同，雲泥有別，讓我不要去認親。可我不聽，我想盡辦法找到我那個爹，然後告知他我的身分。我本來以為沒什麼不同，可他聽到我母親是個凡人，立刻就讓人將我打了出去。他說讓我這種賤種活下來，是他天大的恩德。我問他，我只是凡人所生，為何就是賤種。他說，因為凡人所生之子，永遠無法走到高處。」

秦憫生冷笑：「我生來卑賤，縱使能靠自己修到渡劫，巫蠱宗也看不起我。」

「所以，你想報復他們。」花向晚聽明白，「而你的報復手段，就是成為巫蠱宗頂端的人。他們說你卑賤，你就要讓這個最卑賤的人，成為巫蠱宗真正的執掌者？」

「過去的確這麼想。」秦憫生笑笑，他看了旁邊打盹的狐眠一眼，目光中帶著幾分柔和。

「但現在，我有家了。」

沒有家的時候，執著於年少時幻想中的歸屬。

秦憫生似乎有些醉了，面上笑容多了一些，他看著旁邊的狐眠，緩慢地說著：「她不覺得凡人血脈卑劣，也不覺得我低賤，日後我隨她回合歡宮，我們成親，有孩子，我和過去，便澈底告別了。」

花向晚聽著，她盯著秦憫生的表情，看不出半點虛假。

等了一會兒後，她轉頭吩咐謝長寂：「他醉了，扶他回房吧。」

謝長寂點點頭，兩人一起將狐眠和秦憫生送回房間。回來時走在長廊上，冷風吹來，謝長寂握住她的手。

花向晚看見他似乎有些發呆，不由得詢問：「想什麼呢？」

「我在想，」謝長寂回頭看她，「我們日後也會有孩子嗎？」

花向晚一愣，就見謝長寂似乎很認真想著這些問題：「還有，生孩子會不會很疼？小孩子會不會很難養？我的脾氣能不能當好父親？」

他拉著她，緩步走在長廊上，好像自己真的很快就要當爹的樣子。

「你……」

花向晚聽著他的話，本來想告訴他這個問題想太多。

可回頭看見他眼底落著的碎光，她突然意識到，說這些的時候，他其實很高興。

他的情緒一貫內斂，能有這樣的神色，已是極為不易。

她突然有些開不了口，想想這不過是個幻境，為什麼又要去破壞這片刻的歡喜呢？

他見她不說話，抬眼看她：「我什麼？」

「哦，我就是想，」花向晚輕咳了一聲，「你應該會是個好父親。」

「我們會有孩子？」他克制著眼底的情緒，眼裡盈滿了燈火落下的暖光。

花向晚不敢直視他，扭過頭去，輕咳了一聲：「或許吧。」

聽到這話的瞬間，他突然迎了上來，將她抱進懷中。

夜晚有些冷，寒風吹過來，他壓低聲：「晚晚。」

他說：「我很高興。」

無論是真假，哪怕是騙他，她願意哄他，他就覺得很高興。

那天晚上睡下，他們做了很多次。

半夜裡下了雨，花向晚趴在窗口，和他一起看著雨落下來，打在院中盛開的桃花之上，他擁抱著她，含著她的耳垂，喘息著問她冷不冷，她突然覺得外面的雨景很漂亮。

她一點都不冷。

她平靜地看著外面桃花落滿庭院。

閉眼就是一個夏秋。

四個人在斷腸村過了大半年，花向晚幾乎忘記自己是來做什麼的。

等到十月深秋，狐眠終於造出了和普通人一模一樣的眼睛，她和秦憫生各自安上，根本看不出區別。

但她還想再住一段時間，也就沒提回宮之事。然而沒過幾天，她便收到了合歡宮的傳信。

收到傳信當日，花向晚和謝長寂去山裡砍了些竹子回來，想在院子裡搭個養花的棚子，一進來就看見狐眠緊皺著眉頭，神色不善。

花向晚直覺有異，走上前去：「怎麼了？」

狐眠抿緊唇，放下信來，只道：「咱們得回宮了。」

花向晚一愣，狐眠抬頭，看著花向晚，神色有些發沉：「逸塵……去了。」

聽到這話，花向晚站在原地不動。

好久後，她才冷靜下來，努力偽裝成晚秋應有的反應：「怎麼回事？」

「不清楚，」狐眠搖頭，只道：「好像是雲萊出事，阿晚讓人把沈逸塵的屍體先送了回來，讓宮裡冰存。她自己還留在那邊，說封印好魊靈就回來。」

狐眠說著，面上帶著幾分擔心：「現下誰都聯繫不到她，宮主讓我先回去，如果不行，我去雲萊接她。只是若她都出了事……」

狐眠捏著傳音玉牌，似是有些不敢想：「我怕也……幫不了什麼。」

花向晚明白狐眠的意思，當年若是單純論武力，莫說合歡宮，西境青年一代怕都找不出幾個可以和她匹敵之人。

她嘆了口氣，安撫狐眠：「師姐，妳別多想，先回去吧。」

「那妳呢？」狐眠抬頭。

花向晚遲疑片刻，隨後道：「我也隨妳回去。」

「好。」狐眠點頭：「妳去收拾東西，明日出發。」

兩人商量好，便各自回去收拾東西。

花向晚進了屋，謝長寂便跟著進來，開口詢問：「要收拾什麼？」

花向晚不說話。

晚秋這個身分在合歡宮地位太低，後續的事情幾乎接觸不到，她要回到自己的身分，才方便後續行事。

她算了算時間，現在自己應該已經從雲萊回來，沒幾日就會回到合歡宮。

她思索片刻，從乾坤袋中掏出溯光鏡。

溯光鏡中是狐眠畫的畫，畫上人動來動去，隱約可以看到她的畫根據他們的行為動作，自動演變成新的畫面。

花向晚握著溯光鏡，閉眼感受了一下，便感覺到靈力運轉，轉頭同謝長寂開口：「我得回到我自己的身分。」

「花向晚的身分？」謝長寂立刻明白。

花向晚點了點頭：「不錯，我現在應該在定離海，你拿著這個傳音符，往定離海走。」

花向晚迅速寫了一個傳音符，遞給謝長寂：「等我上岸後，你便來找我。」

「好。」謝長寂接過傳音符。

花向晚看著他，有些糾結：「不過狐眠見過你，到時候你要怎麼跟著我回合歡宮……」

「妳可以用溯光鏡任意變換身分。」

謝長寂提醒她，走上前，花向晚不明白他在說什麼，就看他指尖凝出靈力，抬手點在溯光鏡上，輕輕抹去了畫面上那個「謝長寂」的小人。

「那為何不能用溯光鏡，改變他人呢？」

畫面上「謝長寂」的小人被抹去，謝長寂感覺著指尖的靈力波動，抬眼看她：「我本來也不是存在在這裡的人，不是麼？」

花向晚聽著這話，眉頭微皺，她想了想，點頭道：「你等會兒出去試試，如果狐眠不認識你，你就用這個身分找我，如果她認識，到時候我們再編一個身分。」

「好。」謝長寂應聲。

花向晚取出溯光鏡，閉上眼睛：「我去了。」

說著，她眼前浮現出無數畫面碎片，她看見海中有一個小人，正趴在劍上，漂泊在海上。

她立刻朝著那個畫面飛去，等睜開眼睛，便見滔天巨浪打了過來。

她渾身都在疼，看見海浪，趕緊用馭水訣壓了下來。

當年她從雲萊回來的時候，是個純純的劍修，法術只沾過皮毛，渡過定離海時吃了不少苦頭。

現下她雖然還是當年那具剛獻祭一個「分身」的身體，但法術卻刻在腦子裡。

她緩了口氣，用了馭獸訣，沒多久，下方出現一頭鯊魚。花向晚低頭看了鯊魚一眼，招手道：「過來。」

鯊魚很是乖巧，將她從水裡托起，她拍了拍鯊魚腦袋：「往西境去。」

鯊魚掉了方向，聽她的話往西境游了過去，花向晚盤腿坐在鯊魚上，用神識探了一下位置，給謝長寂傳了消息：「現下安全，速來找我，帶點吃的。」

謝長寂收拾好東西，回頭看了床上在花向晚消失時出現的「晚秋」一眼，戴上斗笠，背著包裹走了出去。

到了門口，身後傳來一聲大喚：「喂！」

謝長寂回頭，就看狐眠帶著秦憫生站在長廊上，警惕地看著他：「你是誰？在我家做什麼？」

謝長寂動作一頓，便知之前有關於「十七歲謝長寂」的記憶，在狐眠等人腦海中已全部消失。

他朝著狐眠點了點頭，輕聲道：「找人，走錯了，抱歉。」

說著，他便轉身離開。

走到街上，他收到花向晚的消息，立刻馭劍趕往定離海。

他琢磨著方才觸碰溯光鏡的感覺。

溯光鏡對他有感應，他也能操控溯光鏡，也就是說，其實不只花向晚可以選擇自己的身分，他也可以。

或許，之前那個什麼都不記得、十七歲根本沒見過花向晚的謝長寂——就是他自己選擇的身分。

花向晚總和他強調，他出去後就什麼都不記得，而他在花向晚的認知中，是這個世界的入畫者，也就是說入畫者不會有記憶，可花向晚和他都能操縱溯光鏡，也就是，他出去，也會有現在畫卷中的記憶。

想到這一點，謝長寂眼神軟了許多，他抬眼往前，加快速度趕往定離海。

花向晚坐在鯊魚上，一路和謝長寂釣魚聊天，熬了三天，終於到了岸上。

兩百年前，她傷痕累累被海水沖到岸邊，昏迷了不知道多久才醒過來，她的傳音玉牌丟在海裡，只能自己想盡辦法爬回合歡宮，剛到宮門口，就昏死過去。

如今在畫裡早有準備，她從鯊魚身上跳下來，一上岸就看見等在岸邊的謝長寂。

謝長寂看著她，那身衣服是兩百年前他最後一次見她時穿的白衣，現下破破爛爛，經歷風吹日曬，看上去風塵僕僕。

花向晚見他，挑眉一笑：「喲，來這麼早？」

謝長寂沒說話，他垂下眼眸，壓下心中那點酸澀和惶恐。

他走上前，來到她面前，抬手握住她皸裂的手，低頭看著上面的傷痕，啞聲開口：「拉到妳了。」
花向晚有些茫然：「啊？」
謝長寂沒說話，他看著面前的人帶著血痕的手。
他不敢告訴她，兩百年無數次幻境裡，她穿著這一身白衣墜落而下時，他都想拉住她。
但沒有一次成功過。
直到此刻，他終於抓住她了。
「直接回合歡宮嗎？」他壓著心中奔湧的情緒，抬眼看她。
花向晚笑起來：「好。」
謝長寂看出她身上有傷，知道那是封印魊靈留下的，但他沒多問，只拉過她，用靈力環過她周身，等她身體舒服下來後，取了自己在路上買的糕點，遞給花向晚，召出飛劍：「走吧。」
謝長寂馭劍，花向晚盤腿坐在劍後方吃點心。
馭劍行了幾天，終於到了合歡宮門口，兩人隔了老遠，便看兩個衣衫上印著合歡花印的修士朝著謝長寂馭劍而來，堵在謝長寂面前。
這兩個修士一個看上去年長些，另一個則還是少年模樣，看上去有幾分羞澀。
「這位道友，」年長修士開口，言語客氣，卻十分強硬，「合歡宗地界，非本宗弟子不允馭劍。若道友前來拜訪，還請卸劍入宮。」

聽到這話，謝長寂不動，他神色平靜，只道：「我是合歡宮的人。」

「合歡宮的人？」兩個修士有些茫然，花向晚背對著謝長寂盤腿坐在劍上，終於出聲。

「靈東、靈北，」花向晚回頭，露出自己那張風塵僕僕的臉，「我都不認識了？」

看見花向晚，靈東、靈北一愣，片刻後，靈東睜大眼，忙道：「少主！」

「我回宮了。」花向晚由謝長寂攙扶著起身：「通知一下宮裡，開城門吧。」

「是，那這位……」靈東轉頭看向謝長寂。

謝長寂沒等花向晚說話，便開口：「我是跟著花少主回來成婚的。」

「啊？」靈東、靈北齊齊震驚出聲。

花向晚瞬間回頭，就看謝長寂平靜道：「天劍宗弟子謝長寂，勞煩通報。」

靈東、靈北驚愣片刻後，靈東才露出理解的表情，點頭道：「天劍宗啊……」

這話出來，連花向晚都被震住了。

合歡宮夢寐以求的雙修宗門，少主真棒！

反應過來之後，靈東、靈北鎮定下來，看著花向晚的眼神帶著幾分崇拜，靈北立刻道：

「我這就去通報！」

說著，靈北化作一道流光衝回去。

靈東留下來，忍不住打量謝長寂，花向晚礙著靈東在，不好多說什麼，只道：「走吧。」

三人慢慢行往宮門，靈東想多和謝長寂說說話，忍不住一直打聽：「謝道君幾歲啊？」

「應該是二十一。」

「哦，那和我們少主同歲。」靈東忽視了個那個「應該」，接著追問，「您幾月的？」

謝長寂看了花向晚一眼，他現下要偽裝什麼都不記得，自然不可能記得生日這種事。

花向晚翻了個白眼，沒好氣地回答：「正月。」

「那比少主大三個月。」靈東說著，又開始盤問，「您家裡幾口人？是天劍宗長大的嗎？是內門弟子還是外門？是……」

「靈東。」花向晚打斷他，「到了」

靈東回頭一看，的確到了宮門前。

他頗為遺憾，上前道：「人到了。」

聽到這話，宮門緩緩打開，花向晚站在宮門前，看見宮門打開後，密密麻麻站了一大堆人。

為首的是一個紮著馬尾的黑衣女子，腰上掛劍，看上去不過二十出頭，卻已是化神修為。

她身後站著一對青年男女和一個黑衣少年，情侶中男人銀衣藍紋，女人藍衣銀紋，他們手拉手站在一起，女子肚子微微凸起，明顯已經有了月份。

旁邊的黑衣少年也生得頗為英俊，腰上掛著短刀，紅繩繫髮，雙眼明亮。

後面是密密麻麻上百位青年，都探頭探腦往前看。

謝長寂認真看了一下，此時的合歡宮和未來不太一樣，廣場上沒有他之前見過的一排旗幟，所有東西看上去都十分嶄新精緻。

花向晚看著這些人，眼睛控制不住紅了起來。

站在首位的黑衣女子見狀便笑起來：「怎麼，去了一趟雲萊，妳學會多愁善感了？」

「師父……」花向晚哽咽出聲，說著，她雙膝跪下在眾人面前行了個大禮，所有人愣了愣，就聽花向晚啞聲開口，「弟子花向晚，平安歸來。」

「這……妳這是幹嘛？」黑衣少年被她嚇到，趕緊上前攙扶她：「阿晚，妳在雲萊是不是受什麼委屈了？」

「是啊，」藍衣女子也走上來，面上帶著幾分擔憂，扶著她道：「阿晚，是誰傷了妳，妳說，師姐為妳報仇。」

「阿晚受傷了？」

「誰？誰動的手？」

聽見花向晚受傷，所有人激動起來。

花向晚搖搖頭，只道：「沒什麼，二師兄、大師姐，我是封印魊靈時把修煉出的那個分身獻祭了，沒受什麼傷。」

修煉出「分身」是合歡宮祕術，多一個「分身」等於多出一條命，花向晚獻祭了一個分身，修為必定大跌，大家心知肚明，倒也沒多說。

「先回去休養吧，」黑衣女子開口，嘆了口氣道：「此次妳辛苦了。」

說著，黑衣女子抬頭看向旁邊的謝長寂，遲疑了片刻，才道：「這位小友……你是……」

「他是我朋友！」這次花向晚沒給謝長寂胡說八道的機會，立刻開口。

謝長寂乖巧點頭，恭敬道：「晚輩天劍宗弟子謝長寂，見過前輩。」

不需要多說，「天劍宗」三個字就讓眾人變了眼神。

黑衣少年忍不住一巴掌拍在花向晚肩頭，擠眉弄眼：「阿晚可以啊！說讓妳搞回來妳就真搞回來了？」

「不錯，」花向晚的師父滿意點頭，「二十一歲骨齡已元嬰，距離化神一步之遙，劍意純正，心智堅定，你這樣的苗子，難得。」

「師父，」一直沉默著的銀衣青年開口，「讓他們先進去吧。」

說著，銀衣青年走到謝長寂身側，溫和道：「這位道友，請。」

說話時，謝長寂便感覺化神期威壓迎面而來，他神色不動，平靜道：「請。」

花向晚看銀衣青年走過去，頗為擔心：「大師兄不會做什麼吧？」

「妳這就擔心上了？」藍衣女子笑起來，扶著她安撫：「放心吧，大師兄心裡有數呢。」

「頂多斷幾根骨頭，」黑衣少年加油添醋，「別心疼。」

花向晚不說話，回頭看了被眾人包圍著的謝長寂一眼。

大家湧上去，嘰嘰喳喳問著問題，大師兄的威壓一直沒撤，謝長寂神色鎮定如常，平靜地回答眾人所有問題。

花向晚被大師姐扶回房間，仔細問診之後，給她開方子：「獻祭一個分身不是小事，妳要慢慢養。」

花向晚不說話，她看著大師姐的肚子，溫和道：「幾個月了？」

大師姐笑了笑，面容溫和：「七個月了。」

「想好名字了嗎？」

聽到這話，大師姐低頭，目光帶著幾分期盼：「靈東、靈西、靈南、靈北，聞風說，還差一個靈南，給他們東南西北湊個數。」

「哪能這麼草率？」花向晚笑起來。

大師姐將藥方遞給旁邊的侍從：「我也這麼說，所以還在和他想呢，妳師兄說，東南西北都有守衛，合歡宮這才安穩。別說我了，倒是妳，」大師姐眼中笑容淡了幾分，「逸塵他……」

花向晚聽到沈逸塵的名字，垂下眼眸，只問：「人在哪兒？」

「按照妳的吩咐，」大師姐沉聲，「冰河下面。」

「知道了，」花向晚點頭，「一會兒我去看。」

大師姐沒再說話，過了一會兒後，她嘆了口氣：「早些休息吧。」

「謝長寂呢？」花向晚見謝長寂還不回來，有些擔心。

大師姐笑了笑：「被妳師兄們扣下了，要去看逸塵……」大師姐抿了抿唇，「趕緊去吧。」

說著，她便收拾東西，起身離開。

花向晚洗漱過後，披上衣服，熟門熟路到了冰河。

和兩百年後比起來，此時的冰河還不算冷，她站在冰面上，能清楚看到冰河之下平靜睡著的人。

他換了衣服，遮住胸口剖心所造成的刀痕。

她低頭看著冰河裡的人，輕聲開口：「逸塵，我帶謝長寂回來了。」

說著，她半蹲下身，摸上冰面：「你別怕，很快，你也會回來。」

冰面下的人被冰遮著，看不清容貌。靈力從她手上蔓延，冰面一層一層結起來，澈底遮掩了他的容貌。

她在冰河待了很久，等到半夜，才提著燈回來。老遠就看見長廊上謝長寂被她二師兄扛著，走得踉踉蹌蹌。

花向晚提著燈上前，看著完全睡過去的謝長寂，有些震驚，忍不住抬頭看向二師兄望秀，皺起眉頭：「你們喝得也太多了吧？」

「哪兒多了……」望秀有些心虛，「就一人一杯。」

「你們一百多個人！」

花向晚瞪他一眼，伸手把人從望秀手裡撈回來。

「嘖嘖，」望秀看著她把人扶進去，靠在門邊嘲諷，「妳還沒嫁出去呢，就這麼護著人了？」

「趕緊走吧你！」花向晚從旁邊抓了個枕頭砸過去。

望秀往旁邊一躲，急道：「我就說妳該早點嫁出去，找個人管管妳！」

「滾！」

花向晚這次直接扔了個法球，望秀不敢多待，關上大門跑了。

望秀一走，終於安靜下來。

花向晚回頭看了床上躺著的謝長寂一眼，她有些無奈，給謝長寂餵了醒酒藥，又打了水給謝長寂擦臉，她聽他一直迷迷糊糊喃喃什麼，她湊過去，就聽謝長寂唸著：「師父，白竹悅。」

「大師兄，蕭聞風。」

「大師姐，琴吟雨。」

「二師兄，程望秀。」

「二師姐……」

花向晚一愣，這才發現他是在背所有人的名字。

她呆呆地看著謝長寂，就看他緩緩張開眼睛，他看著花向晚，似乎分不清夢境還是現實。

過了片刻後，他伸手抱住她，低喃：「我都會記得的。」

花向晚不知道為什麼，覺得有些難受，她就聽謝長寂一直低語：「對不起……對不起……」

她不知道他在對不起什麼。

但是她從這聲音裡聽出痛苦，她抱住他，拍了拍他的背：「好了，沒什麼對不起，睡吧。」

然而謝長寂只是一直搖頭，反反覆覆地說：「對不起。」

花向晚無奈，她放下床簾，和謝長寂躺在一起，聽他說了許久，終於慢慢睡了過去。

他習慣性翻身將她抱進懷裡，抱著她，他終於安穩了。

兩人睡了一夜，等第二天醒過來，師父白竹悅便讓人請他們過去。

花向晚領著謝長寂一起去見白竹悅，白竹悅老早就等在茶廳，見兩人來了，她笑了笑：「來了？」

花向晚同謝長寂一起上前，謝長寂恭敬道：「前輩。」

「聽說昨晚聞風帶著人給你灌酒，你還好吧？」白竹悅看了謝長寂一眼，眼中有些幸災樂禍。

謝長寂神色平穩：「眾位師兄熱情好客，是長寂酒量太淺。」

「阿晚，妳先等著。」

白竹悅讓花向晚出去，花向晚遲疑片刻，站起身來，給謝長寂一個「不要亂說話」的眼神，便走了出去。

白竹悅看花向晚出門，她低下頭，給謝長寂倒茶：「你修的不是多情劍吧？」

「晚輩問心劍弟子。」

「問心劍……」白竹悅神色很淡，「你當真願意來西境嗎？」

「我已為晚晚轉道。」

這話讓白竹悅動作一頓，她抬起頭，眉頭微皺：「你知道你在說什麼嗎？」

「知道。」謝長寂聲音平穩：「我來西境之前便已與長輩說明情況，此番來西境，已身無牽掛。所以師父不用擔心，」謝長寂抬眼，「我雖修問心劍，但對晚晚之心，天地可鑑。」

「此事阿晚知道嗎？」

「還不知，我怕她有負擔。」

聽到這話，白竹悅不言，她低頭喝茶，想了一會兒後，慢慢道：「你們年輕人我也不懂，喜歡就好。阿晚母親還在閉關，等她出關後再見你。」

「是。」

「你先去休息，我同阿晚聊聊。」

「是。」

謝長寂出了門口，將花向晚叫了進去，白竹悅和花向晚把雲萊的情況大致瞭解了一下，便皺起眉頭：「所以，妳的意思是，魃靈雖然封印了，但一分為二，一半落入了靈虛祕境，另一半不知所蹤。」

「不錯。」

「但妳看上去並不擔心。」白竹悅說出她的不對，花向晚一頓，白竹悅審視著她：「阿晚，妳有事沒告訴我。」

「師父……」花向晚低下頭，她捏起拳頭，遲疑著：「我……」

「不能說？」白竹悅了然。

花向晚抿緊唇，只道：「我可以說，但是我不知道會發生什麼影響。」

聽到這話，白竹悅想了想，點了點頭：「那我也不問，順其自然吧。等妳母親出來，妳就帶謝長寂去看看。哦，妳見過他長輩了嗎？」

「見過了。」聽白竹悅說起謝長寂，花向晚放心很多。

白竹悅笑起來：「不錯啊，讓妳去拐人，就拐個這麼好的，好好用。」

白竹悅拍了拍花向晚的肩：「妳這個雙修道侶，就算不談感情，也很值得。多用用，步入渡劫指日可待。哦，以前好像沒教妳太多雙修祕法，狐眠那個半吊子天天教妳些不正經的，要不讓吟雨……」

「不用了，」明白白竹悅要說什麼，花向晚趕緊抬手，「不勞煩大師姐，我自行學習，夠用了！」

白竹悅聽到這話，便笑出聲來，和花向晚閒聊起來。

她雖然已經快七百歲，但和花向晚交談向來像朋友，兩人閒聊了一下午，花向晚聽到外面人群喧鬧，後聽琴吟雨敲門：「師父，狐眠回來了。」

「回來了？」

白竹悅笑起來，放下杯子，正要說什麼，又聽琴吟雨道：「也帶了一個劍修回來。」

聽到這話，白竹悅挑眉，轉頭看向花向晚：「妳們是不是約好的？」

「這哪兒能約好？」花向晚搖頭，站起身來，伸手去挽白竹悅：「走，我們一起去看看。」

白竹悅領著花向晚和琴吟雨走出去，才到廣場，就看謝長寂和秦憫生被一干弟子堵在練武場。

眾人輪流和他們比試著，旁人大聲叫好。

花向晚走過去，狐眠回頭，看見她，趕緊上前：「師妹！」

「師姐。」花向晚笑笑。

狐眠伸手握住她，猶豫片刻，才道：「妳……妳沒事吧？」

「我能有什麼事？」花向晚笑起來，抬手指向謝長寂：「妳看，我把人帶回來了。」

狐眠聽到這話，點點頭，似是放心，隨後道：「逸塵……我們會想辦法的。」

「我知道。」

眾人聊著天，抬頭看著擂臺上的青年打打鬧鬧。

秦憫生和謝長寂被他們車輪戰，打了一下午，兩個人都掛了彩，各自被領了回去。

花向晚帶著謝長寂回房，給他上藥，一面上藥一面安慰他：「我師兄們也是想領教一下天劍宗的劍法，你別見怪。」

「我明白。」謝長寂點點頭。

但其實他知道，這不過是一群師兄想試試他。就像當年天劍宗一個小師妹要嫁到宗外，多情劍一脈上去差點把人打死。

那時他不明白，昆虛子跟給他解釋，是因為不放心。想要試一試這個人能不能給小師妹安穩的生活，所以這個人不能輸，不然就是無能，但也不能贏得太好看，不然大家臉面掛不住。

但這些東西他不會告訴花向晚，他沉默著讓花向晚上了藥，等到處理好傷口，就傳來狐眠的消息，說她請大家吃飯，讓所有人去一趟。

狐眠訂了上等酒樓，花向晚和謝長寂過去的時候，就看酒樓已經坐滿，兩人進來，狐眠招呼著：「阿晚，來這邊。」

花向晚和謝長寂擠進主桌，狐眠吆喝大家一起吃喝，酒過三巡，狐眠站起來，大聲道：「今天請眾位師兄師姐師弟師妹吃飯，其實是有一件事兒，我想跟大家說一下。」

聽著她的話，所有人看過來，狐眠笑了笑，轉頭看向旁邊的秦憫生：「我，狐眠，打算嫁人了！」

這話一出，在場所有人起鬨起來，狐眠抬手，讓大家安靜下來：「今天我同大家說一聲，按照咱們宮裡規矩，我先擺一個定親宴，再擺喜宴，定親宴我和憫生看好日子了，下個月，十一月十三，大家通知好宮人，全都回來，好好慶祝一下！」

「好。」蕭聞風發話，應聲道：「大傢伙聽好了嗎？各支把自己門下弟子都叫回來，給咱們狐眠長臉。」

「謝大師兄。」狐眠聽蕭聞風發話，趕緊道謝。

蕭聞風嗤笑，轉頭看向花向晚：「阿晚，妳呢？定什麼時候？」

「再說吧，」花向晚端著酒，「我還得等我娘出關呢。」

「也是，」琴吟雨笑起來，「其他人的婚事隨意，阿晚的婚事可是宮主親自盯著。」

「那狐眠定親宴一事，誰來操辦？」蕭聞風看了周邊一眼。

花向晚立刻舉手：「我來。」

兩百年前就是她來辦，這次，依舊讓她來。

「好！」狐眠高興道：「阿晚，交給妳我放心，師姐敬妳一杯。」

花向晚點頭，舉杯和狐眠對飲。

定下訂婚宴的事情，合歡宮就忙了起來，定親這件事不像成婚那樣要邀請許多外人，但合歡宮上下人也不少，吃飯喝酒等細節都要一一掌管。

上一世花向晚在病中，沒有仔細排查，許多事都是讓其他人經手，這次她親自來，從食材選料到瓷器一一檢查。

秦憫生則交給了謝長寂，由謝長寂負責盯著。

等到定親前七日，謝長寂突然趕回來，告知花向晚：「秦憫生要走。」

「去哪兒？」花向晚立刻回頭。

「說要去斷腸村取半年前埋下的酒。」

花向晚聽到這話，皺起眉頭，隨後道：「你跟著他去。」

「好。」謝長寂說著，花向晚有些不放心，現在他只是元嬰，單獨出去始終有些危險。

她想了想將溯光鏡取出來，交到謝長寂手中。

「溯光鏡你帶上，如果遇到危險，可以利用此物逃生。這個世界是由溯光鏡所操控的世界，到迫不得已，你可以開啟它離開這裡。」說著，她抿緊唇：「活著最重要。」

「我明白。」謝長寂點頭，轉身準備離開，突然就聽窗外傳來兩緩三急的敲窗聲。

謝長寂轉頭看過去，花向晚面色平淡，只道：「趕緊去吧。」

謝長寂遲疑片刻，又看了窗戶一眼，終於還是離開。

等謝長寂出門，花向晚才走到窗戶邊，打開窗戶，就看一隻黑色烏鴉在邊上蹦躂，歪了歪頭：「妳從雲萊帶回來的那個男人呢？我千里迢迢從鳴鸞宮趕過來，可不是為了見妳的。」

「走了。」花向晚轉身走進屋子，漫不經心：「趕緊去找妳的望秀，妳來一趟可不容易。」

「可不是嗎。」烏鴉從窗戶上跳下來，化作一個妙齡女子，她打量一下周遭，嘆了口氣：「可惜來晚了，我被又派到邊境去了，下次來看我們家望秀，不知道是啥時候。」

花向晚不說話，給自己倒茶。

秦雲裳坐到她旁邊，想了想：「那個……沈逸塵的事情……」

「知道就別提了。」花向晚打斷她，催促她道：「趕緊去見望秀，情郎可比姐妹重要。」

「瞧妳這話說的，」秦雲裳撐著下巴，「日後我和望秀成了親，天天都可以見，姐妹可就不一樣了，妳要是被拐跑了，我可是見一眼少一眼。」

「放心吧，拐不跑。」花向晚喝著水：「咱們日後的日子，長著呢。」

「好吧，」秦雲裳直起身，「知道妳還好，我就不和妳聊了，我時間緊，去見見望秀就得走了。」

「嗯。」

「我和望秀說好了，等妳娘閉關出來，他就上門提親，以後咱們就能經常見面，不像現在這樣偷偷摸摸的。鳴鸞宮那鬼地方我真是受夠了。」

「知道了，」花向晚低頭看著地面，「趕緊去吧。」

「好嘞。」

秦雲裳從起身，從窗戶跳了出去。

花向晚看著她的背影隱於月色，抬起杯子，將杯子裡的涼水喝完。

謝長寂在不遠處，看著秦雲裳離開。

他腦海中閃過他還是「謝無霜」時，最初和花向晚相見，秦雲裳刺殺花向晚的時刻。

他微微皺眉。

但片刻後，他便不願多想，悄無聲息從屋簷躍下，追著秦憫生的蹤跡，離開了合歡宮。

# 第二章　兩百年前

謝長寂跟了秦憫生三日，每天給花向晚傳音通知情況。

其實也沒什麼好說，秦憫生一路上什麼都沒做，他日夜兼程趕路，要在訂婚宴之前將酒取回來。

三日後，秦憫生終於到了他母親墳前，謝長寂給花向晚傳了信，便跟著秦憫生上山。

他不遠不近跟在秦憫生身後，秦憫生到了他母親的墳前，簡單除了草，便從墳前將酒挖了出來，放進乾坤袋中。

他開了一壇，倒了一半給他母親，隨後低聲開口：「娘，孩兒要成婚了，就是上次妳見過的那個姑娘，我想妳應該喜歡。」

「日後，巫蠱宗我不執著了，名利血脈，高低貴賤，我都不多想了。」

「娘，妳不必掛念我，輪迴道上，放心走吧。」

說著，他舉起酒罈，給自己灌了一口酒。

就是這一刻，謝長寂察覺周邊有簌簌之聲，同時莫名的危險感襲來，他立刻給自己加固了用於隱匿的結界。

修士的直覺十分敏銳，雖然他現在在幻境中的修為回到兩百年前，只是元嬰，但是多年打磨出來與天道共鳴的直覺，卻依舊精準。

他察覺危險不久，秦憫生也立刻意識到不對，冷聲開口：「誰！」

話音剛落，一隻金蟲從旁邊猛地襲來，秦憫生拔劍回身，斬下金蟲。

頃刻之間，林中蛇蟲如浪潮而來，秦憫生一劍橫掃過去，劈出一條道路，便立刻試圖馭劍出去。

然而腳下泥土裡一隻手破土而出，一把拽住他的腳踝，秦憫生一劍斬下那隻手臂，手飛出去，卻不見一滴血，反而是一具具腐屍破土而出。

巫蠱宗可利用蠱蟲控制屍體，但控屍一術只有巫蠱宗高階修士能做到，而同時控制住這麼多屍體的……

「巫楚！」

秦憫生瞬間反應過來，此番竟是巫蠱宗宗主、他的親生父親親自來了！

巫楚乃化神期巔峰，與他雲泥之別，他絕不可能是巫楚的對手。

而他出聲的瞬間，從泥土中爬出的腐屍直接衝了出來！

這些腐屍動作極快，雖然都只是築基期的修為，但他們根本沒有神智，不懼痛苦，人數一多，密密麻麻撲過來，竟將秦憫生困了起來。

謝長寂藏在樹上，悄無聲息抬手放在劍上，直覺有更大的危險潛伏在周邊。

秦憫生在林中被團團圍住，他像一隻走到窮途末路的雄獅，和鬣狗拼命撕扯，謝長寂察覺他的靈力開始衰弱，手中長劍也慢了下來，一個破綻，一隻金蟲猛地飛出，直衝秦憫生眉心！

秦憫生睜大眼，只覺額間一陣劇痛，隨即一股麻意在全身散開，他腳下一軟，再也支撐不住，跪倒在地。

這時腐屍和毒蟲蛇蟻終於安靜下來，一個個寬袍戴著厚重髮髻的人從密林中現身。

秦憫生全身使不上半點力氣，他喘息著，抬頭看向周遭，一眼就鎖在了走在最前方的男人身上，咬牙出聲：「巫楚。」

男人神色平靜，他沒有走到他旁邊，反而是領著眾人側身，所有人微微躬身，蛇蟲讓出道來，似是在等待著誰出現。

風越發寒冷，夾著枯葉從秦憫生髮間捲過，他冷聲開口：「你們想做什麼？」

「答應過的事。」林間傳來青年溫和的聲音：「你忘了嗎？」

這聲音傳來，帶來無形的威壓，壓在秦憫生身上。

風中隱約傳來血氣，秦憫生直覺危險，捏緊了劍，他知道對方在說什麼，他唯一答應過卻反悔的事，只有接近狐眠。

「我早已說過，這事兒我不做了。」秦憫生低低喘息著，掙扎著想要起身：「你們把我殺了吧！」

「跟了這麼久，」青年的聲音越來越近，眾人遠遠看見一頂小轎，從林中漫步而來，「狐眠只看上你一個人，你怎麼可以死呢？」

「你生於卑賤之軀，難道就不想爬到萬人之上？你被辱罵、被嘲笑，你母親一生因凡人身分幾經痛苦，你就不想證明一下，螻蟻亦可為雄鷹？」

「放開我！」

秦憫生掙扎，小轎已緩緩停在他面前。

「秦憫生，感情算不得什麼。」

白的近乎透明的指尖從雲紗轎簾中探出，謝長寂感覺周邊靈氣突然劇烈震盪起來，天上風雲變色，雷閃雷鳴，似是有什麼規則被人澈底扭轉破壞，一道光芒從青年指尖籠罩在秦憫生身上，秦憫生感覺魂魄彷彿被澈底撕裂開來，他忍不住痛呼出聲，奮力掙扎，然而金蟲和巨大的實力差距狠狠壓制著他，他像螻蟻一般在地面扭曲抗爭。

謝長寂平靜地注視著秦憫生的魂魄被眼前的人活生生撕扯開來，隨後一道白光從他頭頂浮起，輕飄飄落入青年手中。

而這時，秦憫生的神色慢慢平靜下來，他臉色慘白，目光卻十分冷靜。

青年的聲音溫和而冰冷：「愛過的人會不愛，恨過的人會相守，唯有強大，才是永恆。」

秦憫生不說話，青年再問：「我再給你一次機會，放棄狐眠，配合我們，你得到巫蠱宗繼承資格，未來，你可能成為九宗宗主之一，於西境呼風喚雨，一人之下萬人之上。又或者——」

青年輕笑：「為一個女人，死在這裡。」

秦憫生聽著這話，抬眼看向青年手中的白光：「你對我做了什麼？」

「我只是，取走你一魄。喜、怒、哀、懼、愛、惡、欲，」青年張開手，隱約可見那白光之中，是一個小人，「七魄之中，唯『愛』之一魄，我已為你清掃。」

秦憫生不說話，他盯著那一魄，好久，終於開口：「你們想要我做什麼？」

「此毒名為『極樂』，服用後如重醉，神智不清，靈力阻塞，你定親宴當日，想辦法讓合歡宮中人食下。」

「都已經下毒了，」秦憫生嘲諷，「直接用劇毒不好嗎？」

「毒性越大，越容易被察覺。」青年倒也不惱，耐心回應：「有琴吟雨在，天下沒有她驗不出的毒。但這『極樂』為藥宗新創，它不是毒，只是烈酒，並無毒性。」

「你們到底想做什麼？」秦憫生盯著轎子，「你又是誰？」

青年沒說話，巫楚抬眼，冷聲訓斥：「豎子！不得無禮。」

「各有所圖。」青年似乎不覺冒犯，聲音中帶著幾分笑：「合歡宮強盛至此，修士修為精純，何不作為養料，以供眾人呢？」

西境直接掠奪其他修士的修為之事，過去並不少見，但合歡宮強盛以來，一直力絕此事，已經多年未曾公開有過。

聽到這話，秦憫生便明白了他們的意思，他冷著臉：「你們想吃了他們？」

青年沒有回話，他似乎凝視著一個方向，謝長寂頓覺不對，就是那一剎，一條透明的青龍從轎中猛地撲了出來，朝著謝長寂咆哮而去！

謝長寂毫不猶豫拔劍，凝結所有修為朝著青龍狠狠一劈！

劍光和青龍對轟在一起，靈力震盪開去，所有人都被逼得立刻開了結界。

遠高於謝長寂的渡劫期修為將他猛地擊飛，謝長寂剛落地便立刻知道對方實力，毫不戀戰，瞬間化作一道法光消失。

「追。」轎中青年冷聲開口：「我擊碎了他的傳音玉牌，他聯繫不上人，調人過來，堵死回合歡宮的路，直接殺了他。」

「是。」巫楚立刻回應。

轎中青年抬手將秦憫生的一魄往秦憫生的方向一推：「秦憫生，這一魄本座還你，如何選擇，本座也由你。」

柔和的白光落在秦憫生手中，他接過白光，轎子被人抬起，青年語氣平和：「是生是死，你自己選。」

秦憫生沒說話，他跪在地上，手裡握著那一道白光。

等所有人都轉身，他終於開口：「為什麼不直接操控我？」

聽到這話，青年笑起來：「你可知，這世上唯一不能操控的，就是人心？」

秦憫生抬眼看向軟轎，軟轎朝著遠處走去。

「我可以操控你的身體，但若你不是秦憫生，狐眠又怎會不知？」

「只有你是秦憫生，才能騙得了她。」

說著，所有人都跟隨軟轎離開。

等周邊空蕩蕩一片，眾人彷彿不曾出現時，秦憫生腦海中劃過無數畫面。

年少受人欺辱，修道無門，十八歲仰望天之驕子，滿心豔羨。

他許諾過自己，終有一日要走到高處，要受人認可，要功成名就。

過往那些憎怨憤恨湧上來，明明他記得狐眠，記得他們所有經歷的事，記得山盟海誓，也記得自己說過「未來我就有一個家」，可不知道為什麼，這些記憶卻毫無情緒波瀾。

他捏起那一魄，好久後，取出一個小木盒，他將那一魄放進木盒，埋在母親墳墓旁。

然後他捏著極樂，站起身來，往合歡宮的方向行去。

他往合歡宮趕時，花向晚也在嘗試聯繫謝長寂。

謝長寂傳最後一個消息後，便再無音訊，一開始她沒在意，她事情多，每日忙碌著訂婚宴的準備，還要一一排查過去的人，不可能時時刻刻同他說話。

但等晚上她還聯繫不上時，便知道情況不妙。

只是她已經把溯光鏡給了謝長寂，如果謝長寂真的生死攸關，那他肯定會開啟溯光鏡，這樣一來，她或許也沒辦法待在這裡，這個世界會立刻崩塌。

可現在她沒有感知到任何溯光鏡開啟的消息，那謝長寂……或許還沒到斷臂求生的程度。

她心中不安，想了想，便暗中讓人出去找人，隨後又拿紙片剪了幾隻蝴蝶，將蝴蝶在謝長寂穿過的衣服上一抹，紙片蝴蝶便成了真的蝴蝶。

蝴蝶在她手中振翅，她遲疑片刻，終於出聲。

「若是安全，就別回來了，到斷腸村等我。」

很快合歡宮就會成為人間煉獄，他回來反而危險。

說完，她抬手往外一推，蝴蝶便振翅飛出去。

這是尋人用的蝴蝶，但只能送信，不能回信。

她不知道能不能找到謝長寂，這個口信能不能傳達到，可這是她如今唯一能做的事。

她每日用各種法術尋找謝長寂的蹤跡，隨著時間推移，她心中不安越深，等到三天後，訂婚宴前一夜，花向晚突然聽到宮裡鬧起來，她趕忙起身，到了門口，就看狐眠拉著秦憫生走了進來，秦憫生手中提著酒，狐眠正低頭檢查酒罈，深吸了一口氣，高興道：「是我釀的那個味兒！」

花向晚不說話，她盯著眼前的秦憫生，對方和平日一樣，看上去沒太大改變，正低頭看著狐眠，察覺她的目光，秦憫生抬起頭來，似是疑惑：「花少主？」

「嗯？」狐眠聽秦憫生說話，也抬起頭，看著花向晚，頗為好奇：「阿晚？妳怎麼在這兒？」

「哦，」花向晚笑起來，面上有些疲憊，「我聽見外面有人來，還想是不是長寂回來了。」

謝長寂失蹤這件事大家都知道，狐眠也有些擔心，只道：「妳放心，望秀已經派人在找了，他不會出事的。」

「我想也是。」花向晚點點頭，隨後看著秦憫生：「不過，長寂是在秦道友離宮那一夜一併不見的，不知秦道友是否見過？」

「沒有。」秦憫生搖頭，只道：「當夜我是一人出宮。」

「這樣，」花向晚有些惋惜，「叨擾了。」

花向晚聽了秦憫生的話，轉身離開，她聽著身後狐眠高興地說著自己的酒有多好，走到房中。

等做完能做的，她站在空蕩蕩的房間，看著不會回應的玉牌，熟悉的孤寂感湧了上來。

這一年和謝長寂相伴太久，她竟然忘了，一個人原來是這種感覺。

她靜靜看著，過了許久，終於還是披了一件外衣，提著燈走向後院冰河。

她習慣性停在冰河上，看著冰河下看不清容貌的人影，內心平靜下來，她看了一會兒，輕聲道：「逸塵，秦憫生回來了，明日就是狐眠師姐的訂婚宴，很快，我就會知道我想知道的事情。」

冰下的人不會回應，花向晚笑了笑：「到頭來，好像還是你在這裡。」

本來以為，入了畫，在幻境之中，便會有所不同。

以為他能陪著她走完最後這一段路。

但上天似乎總在開這種玩笑，總有不得已的理由，告知她，這是只能她自己走完的一生。

「也好，」她垂下眼眸，「他不在，也好。」

不然習慣了有人在身邊，或許就捨不得了。

她在冰面站了一會兒，終於轉過身，回到自己屋中，拉上被子。

而這時，謝長寂殺了最後一個追上來的人，終於力竭，他躺在一個小丘上，低低喘息著。

血流得太多，讓他有些暈眩，他閉著眼睛，緩了一會兒，才轉頭看向合歡宮的方向。

巫蠱宗一路增派人手，把他逼得離合歡宮越來越遠，如今他要回去，還有好幾日路程。

他靠在小丘上喘息，一隻蝴蝶翩飛而來。

這是十一月中旬，根本不該有蝴蝶存在，謝長寂感覺到熟悉的靈力，他抬起手，蝴蝶就落在他手上。

感知到他的瞬間，蝴蝶傳來女聲：「若是安全，就別回來了，到斷腸村等我。」

音落，蝴蝶化作毫無生命的紙片，飄落在地。

聽到這聲安排，謝長寂緩了緩，閉上眼睛，過了片刻，他咬牙撕開衣衫，快速包紮好傷口，重新起身。

兩百年前，他已經不在過一次了。

花向晚一覺醒來，靈北便抱著一大堆文牒走了進來，忙道：「少主，這是今天的菜譜，您再核對一遍……」

「這是今日坐席位子，您再看看……」

「這是今日各處人手安排……」

花向晚聽著，點頭將文牒拉過來，一一核對。

等做完這些，她起身，去盯細節。

到了黃昏開席，合歡宮幾萬弟子齊聚廣場，高階弟子在大殿，低階弟子露天開宴。花向晚站在高處，看著燈火絢爛的合歡宮盛景，神色平靜。

後來合歡宮再也沒有這種盛況，宗門凋零，雖為三宮，但弟子不過幾千，甚至還比不上陰陽宗、巫蠱宗這樣的大宗門。

她靜靜地看了一會兒，琴吟雨由蕭聞風攙扶著走進來，見花向晚站在大殿長廊，有些奇怪：「阿晚不進去嗎？」

「師兄、師姐，」花向晚笑著回頭，「我不是在等大家嗎？你們先入座。」

「妳也別太忙，」琴吟雨走上前，給花向晚整理了一下衣服，神色溫柔，「身體為重，今晚少喝些酒。」

「知道。」花向晚說著，轉頭看旁邊的蕭聞風：「大師兄，帶師姐進去吧。」

蕭聞風點點頭，扶著琴吟雨，進門之前，又看了花向晚一眼，只道：「若明日還沒有謝長寂的消息，我出去找。」

花向晚一愣，隨後便笑了起來，蕭聞風慣來是這樣的，雖然話說得不多，卻會把每個人放在心裡。

她點了點頭，只道：「謝師兄。」

合歡宮內門弟子一共一百零三人，基本都在元嬰期以上，這也是合歡宮的未來和支柱。

這些人陸陸續續進了大殿，還有二十人留在外宮，領著人巡查守衛，要等夜裡換班才能過來。

人都來得差不多了，程望秀才姍姍而來，花向晚看了他一眼，挑眉道：「二師兄，你也來得太晚了。」

「唉，」程望秀擺手，「還不是秦雲裳話多。她不是被輪到邊境去守關了嗎，現下和我說感覺不太對，問她什麼不對又說不上來，就拖著我說話。」

說著，程望秀似乎想到什麼，輕咳了一聲：「那個……宮主……什麼時候出關妳知道嗎？」

「做什麼？」花向晚看他一眼，知道他有話要說。

程望秀面上有些不好意思，轉頭和花向晚並肩站著，支支吾吾：「就……鳴鸞宮這些年和咱們關係不好，雲裳每次都來得偷偷摸摸的，我和她也……也好幾年了是吧，現在狐眠都有著落了……我就想宮主出面，」程望秀轉頭，朝著花向晚擠眉弄眼，「幫我說說。」

「當初雲裳還在合歡宮求學我就讓你直接向我娘說，讓她留下來，現在知道後悔了？」花向晚瞥他一眼。

程望秀有些不好意思，摸摸鼻子：「她那時年紀還小，我……我不也是想讓她多看看。我活了幾百歲，什麼樣的人物都見過了，她見過幾個人？」

程望秀說著，語氣裡帶著些不安：「要是和我早早結成道侶，後面又見到了其他人，」他低聲嘀咕，「還不如沒在一起過呢。」

「現在她年紀也不大，」花向晚聽不明白，「你又覺得可以了？」

「幾年前我是這麼想，現在……現在我改主意了，」程望秀語氣篤定，他轉頭看她，「管她未來如何，我總得試試不是？」

花向晚聽著，片刻後，她輕笑一聲：「行，等我娘出來，我同她說。」

「行嘞。」程望秀放下心來，擺手：「那我走了。」

程望秀進了大殿，花向晚看了看時間，也差不多到時候了，便轉頭走了進去。

一進殿裡，大家已經自己先熱鬧著聊起來。

高處坐著白竹悅，花向晚到她旁邊下面一點的位子落座，讓旁人宣布宴席開始，白竹悅率先舉酒，宣布了狐眠和秦憫生的婚訊，兩人站起來朝眾人行禮。

之後大家便輪流給兩人祝酒，酒過三巡，狐眠站起來，高興道：「諸位，半年前我親手釀了一批酒，就想著今日和大傢伙一起喝了它！來！」

狐眠取了酒罈，同秦憫生一起上前，給所有人倒酒：「來試試我的手藝。」

眾人不疑有他，花向晚坐在高處，看著狐眠高高興興給大家一碗一碗倒酒。

等到她面前時，琴吟雨開口：「阿晚就不必了，她身上還有傷。」

「喲，」狐眠笑起來，「可惜了，妳嘗不到我手藝。」

「還是給一碗吧，」花向晚端起酒碗，笑著開口，「喝幾口，無妨。」

「豪氣！」

狐眠給她倒了酒，花向晚看著晶瑩的酒水，面色平淡，等狐眠走後，她低頭抿了一口。

二十一歲的時候，她不擅長用毒，可後來在藥宗，跟著薛子丹學了許久，薛子丹的手藝，她一口就嘗了出來。

極樂，不是毒，而是一種無色無味的酒。

只是對於修士而言太過烈性，會造成修士靈力運轉不暢。

沈逸塵是頂尖的醫者，薛子丹則是煉毒的天才。

用的不是毒，琴吟雨察覺不出來，倒也正常。

花向晚放下酒碗，看著大家熱熱鬧鬧，鬧騰半夜，大家醉得厲害，花向晚招呼弟子進來，扶著人離開。

在場沒喝酒的就她和琴吟雨，蕭聞風醉得厲害，琴吟雨過去照看，花向晚便一個人提著燈，又去了冰河。

一切和記憶中沒有兩樣，到了子時，只聽「轟」的一聲巨響，一道天雷從天而降，直直劈在合歡宮最高的雲浮塔上！

花向晚的母親就在雲浮塔閉關，這一下地動山搖，所有人仰頭看去，隨後就見天雷一道道劈下來！

花向晚靜靜仰頭看著天雷，身邊是冰河下的沈逸塵相伴，沒一會兒，琴吟雨便帶著人跑了過來。

「阿晚，」琴吟雨輕喘著粗氣，「宮主突破，怕是要渡劫了。」

「嗯，」花向晚點頭，只道：「讓諸位師兄師姐去布陣，師父呢？」

「白長老已經趕過去護法，但渡劫期的天雷……」琴吟雨抿唇，「我們怕也幫不了什麼。」

花染顏雖然不是魔主，卻是西境多年來的第一高手，碧血神君當年上位，也是在花染顏許可之下，兩人從未正式交手。

她的天雷，合歡宮無人能幫，西境怕也沒人能做什麼。

花向晚仰頭看著雲浮塔，白竹悅應該帶著其他弟子趕到，開了結界之後，天雷的動靜便不再影響旁邊人。

琴吟雨見她平靜，受她感染，慢慢冷靜下來。等意識到自己居然在師妹的引導下平復，她忍不住笑起來：「去雲萊這三年，妳磨煉了不少。」

花向晚聽這話，轉頭看過去，琴吟雨眼中帶著幾分心疼：「以前妳師兄常說，妳脾氣太傲，沒有受過什麼打磨，日後繼承合歡宮，怕妳壓不住。如今在雲萊，也不知妳遇到了什麼，倒是有些少宮主的樣子，宮主也就放心了。」

「人總會長大嘛。」花向晚輕笑：「以前總是你們替我撐著，是我不懂事。」

「妳不懂事，妳大師兄其實也高興。」琴吟雨搖搖頭，面上溫和，「聞風以前同我說，盼著妳懂事，但又希望妳別懂事。人一輩子，長大總得付出代價。」

花向晚聽著琴吟雨的話，喉頭微哽，她想說些什麼，就感覺地面微微震動。

這種震動彷彿大軍來襲，琴吟雨直覺不對，隨後就聽城樓上傳來鼓聲。

這是召集弟子集結之聲，花向晚立刻抬手劃開傳音玉牌，就聽靈東急道：「少主，十里之外，有大批魔獸朝著合歡宮過來了！」

「有多少？」花向晚冷靜詢問。

「數不清，」靈東語氣急迫，「至少十萬。」

聽到這話，琴吟雨睜大了眼。

魔獸是在西境邊境的異族，他們沒有人這樣的神智，純粹是獸類，但十分凶猛。邊境早就以大量法陣修築高牆設防，而且層層關卡，如此多數量的魔獸，怎麼可能悄無聲息直接來到合歡宮門十里之外？

「讓狐眠過去，將現在還清醒的弟子都召集起來，法修都到城樓上集結，體修全部到城外。」花向晚直接下令：「我這就過來。」

「阿晚！」聽到花向晚的話，琴吟雨一把抓住她，急道：「現下還清醒的弟子最多不過金丹期，妳讓他們直接去城門外他們不一定……」

琴吟雨不忍心將後面的話說出來，花向晚平靜抬眼，只道：「法修很難一下誅殺所有魔獸，不能讓他們靠近城門，他們一旦靠近城牆，對法修是極大的威脅。師姐，妳現在想辦法叫醒醉了的師兄、師姐，同時通知合歡宮後面主城的普通人立刻離開。」

說完，花向晚便拉開琴吟雨的手，轉身朝著城牆馭劍過去。

一到城門，她便看見弟子已經結陣在城門前，法修在高處，遠處獸群狂奔而來，越來越近，巨大的如鳥的獸類緩慢振翅，跟隨著獸群而來。

狐眠安排好人，見花向晚過來，立刻道：「沿路駐點弟子呢？就算邊境的人不通知我們，我們自己的人呢？怎麼一點通知都沒有？」

「現下說這些沒有意義。」花向晚從乾坤袋中將尋情抽了出來，狐眠一愣，就看花向晚冷靜道：「我帶弟子守住城門，妳保證城樓上弟子靈氣不要用到枯竭，影響金丹運轉。」

說著，花向晚便往前去，狐眠一把抓住她，大喝：「妳回去！」

花向晚回頭，就看狐眠似是反應過來：「妳是少宮主，衝在最前面算什麼事？去聯繫各宗各門，立刻求援。」

花向晚不說話，狐眠甩出鞭子，情緒稍作鎮定，認真道：「我下去。」

說著，她二話不說，從城樓上縱身躍下。

花向晚提著尋情，想起當年也是這樣。

只是那時她還不知道結果，所以她覺得狐眠說的沒錯，她當務之急是求援，是叫醒所有精銳弟子，是等待她母親成功飛升，在前往上界之前，救合歡宮於水火。

那時候她充滿希望，覺得有無數人能救她。

她抿緊唇，悄無聲息捏起拳頭，看著魔獸越來越近，眼看著到達法修能夠攻擊的範圍，她立刻抬手，提高了聲：「動手！」

話音剛落，無數法陣瞬間展開，那些魔獸一頭頭狠狠撞在法陣之上，法陣中千萬火球轟然而下，落到獸群後方炸開。

與此同時，飛在高空中的鳥獸朝著城樓俯衝而來，火焰從牠們嘴中噴射橫掃向合歡宮，花向晚身邊高階弟子足尖一點，便躍到高處，同那些飛獸打鬥起來。

花向晚一面觀察著局勢，一面聯繫各宗。

面對這些沒有神智的東西，法修守到清晨，終於還是有漏網之魚衝破法陣，守在城門前的弟子立刻湧上，斬殺這些單獨突破進來的獸類。

天一點點亮起來，一條白骨龍狠狠撞在結界之上，一瞬之間，結界裂開一條大縫，花向晚正要拔劍，就看一道法光從合歡宮後方猛地轟來，在白骨龍第二次襲擊之前，將白骨龍猛地轟飛開去！

法光落在結界之上，結界立刻被修補好，花向晚抬頭看去，就見蕭聞風立在高處，平靜道：「狐眠。」

戰場上廝殺著的狐眠回頭，就看蕭聞風看著她，聲音微冷：「妳和阿晚回去找妳二師姐，她有事要和妳們商量，這裡我來。」

說著，蕭聞風抬手一揮，滔天一般的火焰朝著獸群猛地襲去。

這是最精純的三昧真火，只有修煉到頂尖的純火系修士才能擁有，獸群瞬間哀嚎出聲，蕭聞風催促：「走。」

狐眠不再停留，足尖一點躍上城門，同花向晚一起趕回後院。

靈北等在後面，見他們過來，便立刻領著她們去了大殿。

「二師姐什麼事？」狐眠喘息著，抬手抹了一把臉上的血。

靈北抿唇搖頭，什麼都不說。

花向晚什麼都沒問，因為她什麼都知道。

三人走到大殿，狐眠急急打開殿門，只是剛一打開，刀風迎面而來，狐眠未來得及閃躲，就被利刃猛地架在脖子上！

狐眠驚得往後一退，抵在門上，就看程望秀舉著雙刀，神色中全是恨意。

「二師兄？」狐眠愣愣地開口。

花向晚走進門來，看著程望秀的動作，抬手按住他的刀，淡道：「二師兄，先說事。」

「是不是妳！」程望秀不理會花向晚，死死盯著狐眠。

狐眠滿臉茫然：「什麼？」

「還裝！」程望秀激動道：「是不是妳在酒裡……」

「望秀！」琴吟雨叫住程望秀。

程望秀捏緊了刀，花向晚拉開他，可他就是盯著狐眠，狐眠滿臉茫然，看了大殿一眼，就見所有內門弟子都在此處，有的還暈著，有的打坐，花向晚轉頭看向琴吟雨，平靜道：「二師姐，怎麼回事？」

「昨晚吃的東西有毒。」琴吟雨聲音微冷：「現下所有內門弟子靈力無法運轉，修為低的甚至還在昏迷。阿晚，昨夜的飲食都是妳負責。」

「是。」花向晚平靜道：「也都交給二師姐驗過。」

「可狐眠的酒水我沒驗，妳交給了藥堂的弟子，什麼理由？」

「狐眠師姐酒水給得太晚，妳懷著孕，我怕妳辛苦。」

花向晚垂下眼眸，說著這些話，她莫名覺得有些難受。

雖然她清楚知道，薛子丹的極樂，就算給琴吟雨驗她也驗不出來，可她還是忍不住想，萬一呢？萬一，琴吟雨驗得出來呢？

她怎麼會覺得，狐眠給的，就一定沒問題呢？

「妳們是說酒有問題？」狐眠終於聽明白，滿臉震驚：「不可能，這酒是我親手所釀，是憫生交給我，我給妳們倒的，沒有第三……」

話沒說完，她突然意識到什麼，旁邊程望秀冷著聲：「秦憫生呢？」

狐眠呆呆回頭，她看著面帶嘲諷的程望秀，對方又問了一遍：「秦憫生呢？」

狐眠意識到什麼，猛地轉身，琴吟雨叫住她：「不用找了，他不見了。」

狐眠愣在原地，她下意識喃喃：「不可能的……」

「有什麼不可能？」聽著狐眠的話，程望秀激動起來，「外門弟子都沒事，只有喝了妳的酒的內門弟子出事，妳還說不可能？狐眠妳瞎了眼！妳是不是和他串通好了？妳是不是為了男人連師門都不要……」

「我沒有！」狐眠猛地出聲，她捏著拳頭，一隻眼微紅，她盯著程望秀，只道：「不可能是他，我這就去找他。」

說著，她拿出傳音玉牌，一次次傳音。

而對方了無音訊。

只有斷腸村墳頭，一縷柔光，消無聲息從土壤中漂浮而出。

琴吟雨閉上眼睛，嘆了口氣：「我叫妳們過來，就是想和妳們商議，現下我們有三條路。其一，我幫著眾位師兄弟妹恢復，但我不確定能恢復到什麼程度，他們能上就上，熬到救援，但，死傷不知。其二，澈查此事，找到解藥，再讓內門弟子上去，等到救援。這樣一來，外門弟子……怕是死傷慘重。最後一條路，」琴吟雨看著眾人，抿了抿唇，「棄宮離開。」

如果此時棄宮逃走，這裡的內門弟子或許都能保全性命，但外門弟子絕對來不及逃脫，而花向晚母親的天劫也必定被打擾，難以飛升，最重要的是，合歡宮之後，一座又一座凡人城池，必然遭難。

以這些獸類遷徙的速度，沒有任何城池能夠及時逃難。

在場眾人沒有說話，琴吟雨低下頭：「現下，宮主渡劫，白長老也在雲浮塔上，另外三位長老在外，我和你們大師兄的意思是，你們願意留下的留下，不願意留下的，帶著想走的弟子離開。」

說著，琴吟雨抬頭：「你們意下如何？」

沒有人應答，片刻後，程望秀直接道：「師姐，我先去城樓了，妳幫其他弟子吧。」

說著，他轉身離開。

琴吟雨看向狐眠，狐眠稍稍冷靜，她提著鞭子，咬牙道：「我也不知道秦憫生在哪裡，我去守城，只要我還活著，一定會把他抓回來，給大家一個交代。」

說完，她跪在地上，給眾人叩了三個響頭，起身走了出去。

琴吟雨看向花向晚，花向晚平靜道：「合歡宮不能棄宮，找到秦憫生的機率太小，若師姐這裡不需要我幫忙，我就去城樓了。」

說著，她跟著走出去。

回到城樓後，她拔出劍，從城樓一躍而下，揮劍砍向獸群。

和記憶裡一樣，接下來是無盡的廝殺與揮砍，這些魔獸根本不像以前在邊境見過的那樣，他們彷彿受了什麼刺激，異常凶猛，每一隻都是金丹期以上，要好幾個外門弟子才能圍剿一隻。

花向晚不斷揮劍在獸群中砍殺，慢慢忘了，這是幻境。

她好像回到當年，和師兄姐弟們奮戰在前，周邊全是獸類嚎叫，漫天血液飛濺。

她不知道過了多久，雲浮塔上，渡劫期法光猛地轟了出來！

那道法光帶著威壓，一瞬之間橫掃獸群，一隻隻魔獸在法光中灰飛煙滅，有人激動出聲：

「是宮主！」

說著，所有人回頭看向雲浮塔，就看見塔頂天雷漸消。

高處蕭聞風臉上帶著一分喜色，所有弟子歡喜起來：「宮主！宮主渡劫成功出關了！」

花向晚遙遙看著遠處，有些恍惚。

她回頭看了遠處退縮著的人群一眼，清楚知道，不是，不是渡劫成功。

這才是開始。

她微微閉眼。

「花向晚。」雲浮塔上，她母親冰冷的聲音傳來：「妳過來。」

「少主，」靈北站在她旁邊，喘息著回頭，「宮主讓妳過去。」

花向晚點點頭，她看著所有人滿臉喜色，提著劍轉身。

等路過趕上城樓的琴吟雨時，看著對方滿臉欣喜之色，她步子微頓。

她遲疑片刻，終於道：「師姐。」

琴吟雨回頭，花向晚帶著幾分不忍：「妳休息吧，別上城樓了。」

「不礙事，」琴吟雨擺手，「我雖然是醫修，也沒這麼脆弱。」

說著，琴吟雨轉身急切地往城樓趕去。

花向晚捏著拳，她深吸了一口氣，像當年一樣走向雲浮塔。

那時她很急切，她馭劍過去，奔跑著上了塔頂。

可這一次，她每一步都走得很艱難，她像是走在刀刃上，每一道臺階，每一次抬頭，都有痛楚劇烈傳來。

等她走到雲浮塔時，她整個人有些控制不住情緒，她推開塔門，就看花染顏坐在法陣中間。

她滿頭白髮，神色平靜，白竹悅跪趴在地上，低低喘息，明顯受了很重的傷。

花向晚和花染顏平靜對視，過了片刻，花向晚沙啞出聲：「母親。」

「回來了。」花染顏笑起來。

花向晚眼中盈起眼淚，又叫了一聲：「母親。」

說著，她走上前，來到花染顏面前，半蹲下身，遙望著兩百年前的人。

花染顏笑了笑，溫和道：「如妳所見，我渡劫不成，無法飛升了。」

「沒事。」花向晚安慰著面前的人，「我給您找靈丹妙藥續命，我們還有時間，再來一次。」

「沒有時間了。」花染顏搖頭，「我已在天雷中看見未來。」

花向晚動作一頓，花染顏平靜開口：「這是天道給我的一線生機，合歡宮註定要覆滅，成他人魚肉，我的修為也會被一個人吸食，而那個人對妳有所圖，他不會殺妳，未來修真界生靈塗炭，合歡宮，萬劫不復。而妳——」

花染顏抬頭，看著她，微微皺眉：「阿晚，我看不見妳。」

她看到了整個合歡宮，獨獨看不見花向晚。

要麼花向晚已死，要麼……花向晚脫離天道。

花向晚聽著花染顏的話，勉強維持著笑容：「所以，母親打算做什麼？」

「方才我已經在所有內門弟子魂魄上打上魂印，若日後他們身死，妳可以尋著魂印，將他們的魂魄找回來。」

說著，花染顏神色中帶著幾分憐憫：「而我的修為不能給那個人，所以，」花染顏抬眼，將花向晚的手拉到自己腹間，「我的修為，妳取走吧。」

一個修士大多有百年千年的壽命，維繫這樣漫長的壽命，基本靠靈力修為。一旦修為盡散，便是壽命盡時。

花向晚看著面前的人，明明已經經歷過一次。

明明已經在當年跪地乞求，嚎啕大哭過一次。

明明已經質問過一次，有沒有其他辦法，她不想，她不要。

她可以和合歡宮一起埋在土裡，可她不想親手殺了最重要的人。

「妳讓我殺了妳。」花向晚一開口，眼淚就落了下來。

花染顏不說話，她只是看著她。

「妳是合歡宮的少宮主。」她提醒她，一字一句：「妳肩負著整個合歡宮的興盛榮辱，殺了我，又如何？」

花向晚不動，她的手微微打顫，面前的人看著她：「修道之路本就有捨有得，修士千萬年壽命，得道飛升，若非異於常人之堅定，上天又為何要予妳天厚不同？動手。」

花向晚說不出話，眼淚撲簌，低啞出聲：「娘……」

聽到這個稱呼，花染顏眼眶微紅，她眼前的花向晚好像還是小時候的模樣。

她牽著自己的手，軟軟地喊「娘」。

這是凡間的稱呼，她是少宮主，不該這麼叫她，她不知道花向晚是從哪裡學的，便冷眼糾正：「叫母親。」

可小孩子還是固執地繼續叫：「娘。」

從小到大，她每次求她做什麼，就叫她「娘」。

她總心軟，可這一次，她堅持：「動手啊！」

花向晚呼吸急促起來，她知道這是幻影，知道這是過去。

她已經動過一次手了，那時她哭著將手插入對方腹間，握住那顆金丹。

她一輩子記得那種觸感，也記得當時的痛苦與噁心。

她太清楚了，以至於此刻她根本不敢將指尖往前一點點。

然而花染顏死死抓著她，猶如命運死死抓著她。

她的手拼命顫抖，眼淚模糊了眼前。

旁邊的白竹悅也開口，聲音有些急切：「阿晚，別耽擱了，快些動手吧！」

她與花染顏僵持不下時，謝長寂終於趕到合歡宮。

他馭劍到高處，便看見魔獸浪潮一般湧向合歡宮，密密麻麻，猶如當年百宗共犯天劍宗的時刻。

他一眼就看出此處不對，隱約有詭異的靈力流轉，似乎在操控這些魔獸，便清楚周邊一定有其他修士在布陣幫助這些魔獸。

可他來不及管，急急俯衝下去，落到合歡宮前，狐眠正大聲詢問著程望秀：「這些東西怎麼回事？怎麼又來了？他們不要命了嗎！」

「晚晚呢？」謝長寂踉蹌著衝進人群，一把抓住狐眠。

狐眠看見謝長寂就是一愣，謝長寂大喝：「花向晚呢！」

「雲浮塔，」狐眠反應過來，抬手指了遠處，「宮主叫她……」

話沒說完，她就看這個青年馭劍疾馳而去。

雲浮塔有結界禁止馭劍。

他只能從一樓一路往上攀爬，高塔臺階旋轉而上，白光從上方漏下來，他身上帶著傷，血一路沿著臺階而落，上方傳來爭吵聲，他離花向晚越來越近。

「娘……」

「動手啊！」

「母親……」

「阿晚，」白竹悅勸說著，「動手吧，妳母親修為給妳比給其他人要好。」

「有什麼捨不得？花向晚，動手……」

話沒說完，門口「砰」的一聲響，所有人一起回頭，就看見光芒傾貫而入，一位青年站在門口，喘著粗氣看向房中的花向晚。

他髮冠歪斜，身上帶血，滿臉風霜，一身狼狽，似是連夜趕來。

他的劍早已砍出豁口，逆光站在門口，看著房內三人。

花向晚臉上全是眼淚，她的手被花染顏抓著，愣愣地看著站在門前的人。

「謝長寂？」白竹悅最先反應過來，她撐著自己起身：「你……」

謝長寂沒說話，他徑直走進房中，如落塵的神佛，斬開凡人與仙界的天闕，於罡風中颳過一身血肉，帶著光與救贖而臨。

他疾步走到花向晚身前，一把拽開花向晚的手，將她猛地抱進懷中。

花向晚僵直了身子，呆呆地靠在他懷中，聽他沙啞出聲：「過去了。」

「謝長寂，」白竹悅喘息著，「此事乃我合歡宮內務，你……」

「這是幻境，」謝長寂根本不理會白竹悅，只啞著聲告訴花向晚，「不想經歷，就不要再經歷一次了。」

這是幻境，這已經過去兩百年了。

她可以不再經歷一次，可以有新的選擇，可以擺脫過去的桎梏，走向全新的結局。

她感覺空氣重新灌入肺腔，她像是從葬人的冰河中攀爬而出，疼痛和冷驟然襲來，一直壓在身體中的情緒猛地爆發。

她顫抖起來，忍不住死死抓住謝長寂。

「謝長寂……」她的聲音在抖，像是回到兩百年前那一刻，而這一次謝長寂來了，他抱著她，聽她顫抖著、啞著聲、語氣中滿是惶恐：「我把我娘殺了……」

聽著之前的話，看著面前的場景，他還有什麼不明了？

他閉上眼睛，感受到她所有的情緒。

過去他永遠在觀望，他能理解，卻不能體會。而此時此刻，他感覺自己的心臟和花向晚連在一起，她的每一個字都是他眼前的畫面。

「我剖了她的金丹……吸食了她的修為……她死了……是我親手殺了她……」

他抱緊這個人，感覺對方蜷縮起來，她抓緊他的袖子，哽咽出聲：「是我殺了她。」

這話出來，在場所有人愣住，花向晚一聲一聲加大了聲音，嚎啕出聲：「是我殺了她！殺了她！」

「我殺了她啊……」

花向晚趴在謝長寂臂彎，哭得喘不上氣。

「我拿了她的修為……可我卻成不了她，我什麼都攔不住，兩百年我伏低做小，我什麼都只能忍。」

「她說這是合歡宮唯一的生機，她本來可以飛升，可以離開，可她留了下來。」

「可哪裡來的生機？都死了！人都死了！只有我活下來算什麼生機！」

「阿晚……」

花染顏聽著這些話，喃喃出聲，花向晚抬起頭，看著不遠處的母親。

花染顏神色平靜，她似是明白所有的事情，只答：「於我而言，妳活著，就是生機。」

這是當年花染顏沒告訴她的話。

花向晚猛地睜大眼。

她呆呆地看著花染顏，花染顏卻抬眸看向謝長寂：「一切已經發生過了？」

謝長寂恭敬低頭：「是，這只是一個幻境，事情已經發生過一次，她如您所願。合歡宮留存下來，她當上少宮主，我與她成婚，一切都很好。」

「日後，你會陪著她？」花染顏看著謝長寂，似在審視。

謝長寂應聲：「是，我會一直陪著她。」

「那就好。」

花染顏笑起來，她轉過頭，看著旁邊愣愣地看著自己的花向晚，好久後，她伸出手，抱了抱花向晚。

「幻境不可沉溺太久，容易動搖心智。」花染顏聲音溫和，「該做什麼去做什麼，走吧，一會兒那人過來，妳在幻境中或許也會有危險。」

真人若死於幻境，亦會喪命。

說著，花染顏放開花向晚，抬眼看向謝長寂：「帶她走吧。」

謝長寂點頭，他伸手去拉花向晚，然而花向晚卻突然驚醒，她瘋了一般拽著花染顏：「我不走，讓我留下來，我永遠留在這裡，娘我不走……我不想走……」

死在這裡也比獨生兩百年要好。

白竹悅見狀，上前拉她：「阿晚，不要任性，聽妳母親的。」

「我不要！」花向晚掙開白竹悅，撲過去，死死抓著花染顏：「娘，讓我留下來，讓我留在這裡……讓我和妳一起死。」

「阿晚……」花染顏眼眶微紅，看著撲到自己懷裡的孩子，看著她滿臉是淚地祈求，她抬起手，抹過她的眼淚：「我已經死了，可妳還活著。」

花向晚呆呆地看著花染顏，花染顏又提醒了一遍：「妳活著。」

花向晚沒說話，外面喊殺聲不斷，花染顏看著謝長寂：「走吧。」

謝長寂垂眸，他伸出手，將她打橫抱起，往外走去。

花向晚的目光穿過他的肩頭，看著花染顏和白竹悅站在原地目送她。

等謝長寂走出大殿，她眼前的兩人終於消失，她靠在謝長寂懷中，有些茫然。

她感覺他帶著她一步一步遠離過去，等走到臺階之下，終於開口。

這次她的語氣平靜許多，帶著疲憊，「我當年親手殺了她。」

「不是妳殺了她，」謝長寂語氣溫和，「是她把她的愛和所有給了妳。」

說著，他抱著她走出雲浮塔大門，光線驟然落入眼中，刺得她微微瞇眼。

「晚晚，」謝長寂的聲音柔軟，灑在她心上，「妳娘愛妳。」

她要妳活下來，不僅僅因為妳是少宮主，妳要負擔這個合歡宮。

還因為，她愛妳。

花向晚聽到這話，感覺像溫水浸泡她已經被冷得緊縮的心臟。

那是她當年沒有的感覺。她不由得想，如果當年他在，那一段時光是不是就不會這麼難熬？

步。」

清風拂過，她於陽光中微微仰頭。

青年滿身帶傷，卻猶如高山一般巍峨安定的身影倒映入她的眼。

她忍不住開口：「如果當年你在，也會帶我走嗎？」

「會。」謝長寂聽到這話，他聲音微澀：「如果我在，只要我活著，就不會讓妳走到這一步。」

當年的謝長寂拼死守住了天劍宗。

他也會拼死守護花向晚。

只要他活著。

花向晚看著他，她沒說話，過了好久，她伸出手，挽住他的脖子，輕輕抱住他。

「你來就好了。」

他來就好了，可他沒來。

謝長寂忍不住將懷中的人抱緊幾分，克制著內心的酸澀，低低應聲：「我在就好了。」

兩人相擁片刻，謝長寂想起正事：「我跟著秦憫生到了他母親墳前，他被巫蠱宗的人抓住，巫蠱宗帶了一個很強的人過來，對方將秦憫生的愛魄抽走，他沒有了對人世間美好之情的理解，如今只有三魂六魄，所以答應在酒水中投毒。我被對方發現，一路追殺。」

「我不是讓你不要回來嗎？」花向晚笑起來。

謝長寂誠實應答：「可我想回來。」

說著，謝長寂抬眼：「開溯光鏡離開嗎？」

花向晚已經平靜下來，她靠著他不說話，過了好久，她才出聲。

「我還有一件事要知道，等我知道了，我們就走。」

「好。」

「這一次，」花向晚閉上眼睛，「你陪著我。」

「我們改變了這麼多事，還能看到真正的過去嗎？」

「該知道的已經知道，剩下的，」花向晚輕聲開口，「一定會知道。」

只要合歡宮依舊是覆滅的結局，她就一定會知道。

兩人沒有開溯光鏡，直接趕往城樓。

剛到城樓，花向晚就看見蕭聞風被一隻巨獸一爪按在地上。

琴吟雨見狀，挺著肚子從城樓一躍而下，急喝出聲：「聞風！」

花向晚一把抓住琴吟雨，謝長寂拔劍一躍而下，長劍從那隻巨獸身上貫穿，將巨獸劈成兩半，而後他回身扛起蕭聞風，足尖一點便急奔回城樓。

琴吟雨立刻上來，謝長寂和花向晚一對眼，便明白了她的意思：「妳照顧人，我過去。」

蕭聞風雖然被搶回來，卻受了致命傷，琴吟雨用靈力想堵住蕭聞風的傷口，眼淚不斷落下，花向晚看著喘息著的蕭聞風，他看著花向晚，似是想說什麼。

花向晚明白他的意思，她握住蕭聞風的手，冷靜開口：「師兄，我在。」

「照顧……照顧……」

「我知道。」花向晚點頭，「我會照顧你們的孩子。」

聽到這話，蕭聞風目光微頓，花向晚給他注入靈力，只問：「師兄，你為何會被偷襲。」

上一世，她從雲浮塔下來時，蕭聞風已亡故，他在戰場直接被撕成兩半，琴吟雨親眼所見，怒急攻心，臨時早產。

她不明白，以蕭聞風的修為，怎麼會死得這麼容易。

蕭聞風得了靈力，他喘息著：「有……有修士……在幫忙……」

這裡不僅是魔獸，還有修士埋伏在周邊。

「哪個宗門？」

「清樂宮……」

音修干擾心智，也難怪其他人察覺不出來。

花向晚點點頭：「我知道了。」

「吟雨……」蕭聞風感覺生命力逐漸衰竭，他轉過頭，喘息著看著琴吟雨：「走吧。」

他滿眼哀求：「帶著孩子，走……」

琴吟雨不說話，她拼命搖頭，努力給蕭聞風輸送靈力。

蕭聞風的目光慢慢黯淡，他眼皮不斷顫動，似是掙扎，琴吟雨感知到什麼，死死抓住他的手，彷彿想抓住面前即將離開的人：「不要走，聞風，你不能留下我，不要走！」

然而不管她怎麼哭求，面前的人還是慢慢閉上了眼睛。

琴吟雨急促喘息起來，沒一會兒，她突然感覺腹間劇痛。

她驚慌抬頭，花向晚握住她的手，冷靜道：「我知道，我立刻讓藥堂弟子過來。」

「不……」琴吟雨閉上眼睛，她喘息著，「我不需要，讓藥堂弟子照顧傷患。」

花向晚動作一頓，琴吟雨緩了緩，只道：「把我帶到城樓去，妳不必管我，去救人，救一個算一個！」

「好。」

花向晚抱著琴吟雨去了城樓房中，她一直很平靜，等把琴吟雨放到床上，花向晚的玉牌亮起來。

她劃開玉牌，裡面響起秦雲裳刻意壓低的聲音：「花向晚，妳帶著望秀快走。合歡宮別守了，魔獸不會完的。」

「為什麼？」花向晚反問。

秦雲裳咬牙：「妳知道我現在在哪裡嗎？我在邊境，他們把邊境的法陣全破壞了，現在沿路把魔獸往合歡宮的方向趕，沒人會增援也沒人會管你們，跑吧！」

花向晚不說話，秦雲裳似乎明白什麼，她紅了眼，聲音帶啞：「花向晚你們別犯軸。妳把望秀打昏了給我帶走！之後我保你們，能活下來就活著！」

「我會和他說。」

「花向晚……」

「雲裳，」花向晚打斷她，「我們的宗門在這裡。」

聽到這話，秦雲裳許久不言，她似是抬手，狠狠砸了什麼東西。

她緩了好久，聲音裡帶著抖：「我可能很快會調回來，到時候不要怪我。」

「我知道。」花向晚笑起來：「雲裳，妳說過，妳會當上鳴鸞宮主，所以妳得好好活著。妳放心，之後不管妳做什麼——妳永遠是我朋友。之後不要再聯繫，妳和合歡宮，從此沒有任何關係了。」

說著，花向晚切斷了傳音。

琴吟雨看著她，她喘息著，朝著花向晚伸出手：「阿晚……」

「師姐。」花向晚抬起手，握住琴吟雨。

琴吟雨眼中帶著眼淚：「妳到底是誰？」

「我是阿晚。」

琴吟雨搖頭：「妳不是阿晚，三年……妳不會變這麼多。」

花向晚聽著這話，紅著眼：「師姐，不是三年，是兩百年。」

琴吟雨愣愣地看著她，花向晚笑起來：「師姐，這裡是過去，一切已經過去兩百年了。我回來看看你們。」

「兩百年……」琴吟雨茫然，「那……我死了嗎？」

花向晚不說話，琴吟雨遲疑著，低頭看向自己腹間：「那這個孩子……」

「她活得很好。」花向晚笑起來，神色溫柔：「妳把靈力都給了她，合歡宮那時太亂了，她又早產，身體不好。我將她暫時滋養在水中，等我有能力保護她了，才讓她出世。她很厲害的，十幾歲就快元嬰了，脾氣又大，話又多，比我活得還快活。」

「這樣啊……」聽到這話，琴吟雨放下心來，她喘息著：「那她……她的名字……」

「叫靈南。」花向晚溫和開口：「蕭靈南。」

「蕭靈南……」

琴吟雨眼中浮現幾分溫和，她閉上眼睛，輕輕笑起來。

知道真相，她不再催花向晚，她們在屋中，她細細問著花向晚之後的事。

外面廝殺聲震天，她生了兩天，終於在把修為都給這個孩子後，精疲力盡閉上眼睛。

她閉眼的消息傳出去，程望秀和謝長寂都趕了回來。花向晚已經處理好屍體，程望秀進來，他通紅著眼，看著花向晚手中抱著的孩子，還有些不敢置信，他張了張口，想說什麼，花向晚便打斷他：「雲裳想讓你走。」

程望秀動作一頓，花向晚看著他：「你走了，她會想辦法保住你，你走吧。」

程望秀不說話，他看著花向晚懷中的嬰兒，好久後，他笑起來。

「我走個屁。告訴秦雲裳，」他扭頭，「老子沒喜歡過她，程望秀就是個騙子，找下一個吧。」

說著，程望秀提著已經砍出豁口的雙刀，又走了出去。

謝長寂走到她面前，低頭看著她懷中的孩子。

看了一會兒後，他輕聲詢問：「是靈南嗎？」

花向晚聞言一頓，抬眼看他，見謝長寂看著孩子，神色溫和。

好久後，她收回目光，低下頭，應了一聲。

「嗯。」花向晚抬手摸了摸嬰孩的臉頰，「是這個孩子。」

說著，花向晚找了一個琉璃瓶，將這個還在睡覺的孩子放了進去，隨後封進合歡宮地宮。

等回來時，他們就聽到白竹悅和花染顏死在雲浮塔的消息。

兩人修為盡失，現場沒有留下一點痕跡。

兩人查看了雲浮塔，謝長寂冷靜分析著：「對方並不想把合歡宮趕盡殺絕，他想留下誰，所以吸取了妳母親和師父的修為，卻始終沒有露面。」

花向晚不說話。

謝長寂扭頭：「妳還想知道的是什麼？」

「其實，當年我沒守到最後，」花向晚看著空蕩蕩的雲浮塔，「當時我昏了過去。等我醒來後，已經被溫少清救了，後來我回去找合歡宮人的屍體，一具都沒有了。」

謝長寂動作一頓，他眉頭微皺：「我聽那些人說，他們想要合歡宮弟子的修為。」

「吸取修為也會留下屍體，我只是想找他們，讓他們，入土為安。」

花向晚的神色有些冷淡，謝長寂看著她，他敏銳地察覺什麼，卻沒有多言。

後面的時日，就是苦守。

沒有增援，沒有了長輩，只有一個個弟子抬回來。

程望秀在半月後也被送回來，內門弟子除了花向晚和狐眠，幾乎沒有剩下任何人。

魔獸好像無窮無盡，他們一直死守到最後一刻。

花向晚如期倒下，黃土被血沁滿，帶著黏膩的血腥氣。合歡宮宮旗獵獵，她睜著眼，看見謝長寂站在她前面。

他一身白衣早就被血浸成紅色，分不清到底是他身上的傷還是敵人的血，一襲血色早就沒了過去的樣子，宛若殺神臨世，不帶半點仙者氣息。

他手中的劍早已換了無數把，這一把也已滿是豁口，沒有問心劍，用不了問心劍最後一式，他和她當年，無甚區別。

看著他狼狽又堅毅的背影，花向晚終於意識到，如果再來一次，如果還有機會，她不會讓謝長寂過來。

其實不是沒有埋怨過，她是人，在她聽說他一劍滅宗，聽說他守住了天劍宗，聽說他一人屠盡一界時，她也會僥倖地想——如果他在這裡，如果他在就好了。

而此時此刻，這種僥倖灰飛湮滅，她看著前方的人，莫名就想同他說一句。

回去吧。

回到死生之界，高坐神壇，庇護蒼生。

沒有問心劍，用不了最後一式的謝長寂，守不住天劍宗，也守不住合歡宮，他來這裡，只是陪她一起沉淪在這無盡地獄裡。

她不希望他真的來，在這場幻境裡，他曾經來過，知道他願意來，她的心就滿了。

她希望他過得好，希望他永遠不要體會她的人生。

她看著狐眠也倒下，維持著神智清醒，悄無聲息將一道法印打到旁邊弟子的身體上。

她在每一個人身上都留下了法印，這樣她就可以清晰知道，這些屍體去了哪裡。

一切如記憶中一樣，唯一的區別只在於，多了一個不肯讓步的謝長寂。

他始終守在她前方，始終沒有倒下，等到最後一隻魔獸斬盡，他才猛地跪倒在地。

周邊是漫漫黃沙，血早已浸染整片土地，他喘息著，過了一會兒，就感覺周邊有人出現。

一個個修士悄無聲息出現在平原之上，謝長寂緩慢抬頭，前方的人，有些他認識，有些不認識。

秦風烈、秦雲衣、溫容、溫少清、巫楚、巫媚、冥惑……

兩宮九宗，幾乎每一個門派都來了人，他一一記下這些人的面容，直到最後，人群中走出一個青年。

他抬起頭，看見神色平靜的秦憫生，他冷淡地看著他，只道：「讓開。」

謝長寂不動，秦憫生猛地拔劍，周邊無數法光一起襲來，花向晚再也不能偽裝，一把抓住謝長寂，化作一道華光，猛地躥了出去！

就是這一刻，人群中突然衝出一個虛影，扛起狐眠，朝著另一個方向一路狂奔。

秦憫生意識到那是什麼，驟然睜大眼睛，眾人想要去追，然而突然想起什麼，所有人停下來，互相對視一眼，都沒動靜。

花向晚和謝長寂逃入密林之中，意識到沒有人追來，兩人才緩了口氣。

「剛才是誰？」謝長寂喘息著出聲，花向晚在每個人身上都留了法印，可以看到他們周邊，狐眠也不例外。

花向晚皺著眉頭用法印看了一圈，隨後有些錯愕，抬眼看向謝長寂：「是秦憫生。」

聽到這話，謝長寂也是一愣。

片刻後，花向晚立刻道：「去追。」

說著，她調轉了方向，朝著秦憫生帶著狐眠逃開的方向趕過去。

她一面趕，一面從法印中看見許多人圍在她師門眾人身體旁邊，他們像是貪婪進食的惡獸，饑不擇食吸食著這些亡人殘存的修為。

沒有人願意離開，所以沒有人追他們。

兩人很快追到秦憫生，秦憫生已經力竭，他坐在狐眠身邊，低低喘著粗氣。

他的身體接近透明，只是一道柔光。花向晚和謝長寂看著他，好久後，謝長寂才出聲：「你只是一魄？」

秦憫生聞言，他緩緩抬頭，看著兩人：「是。」

三魂七魄向來共存，一魄獨立成人，聞所未聞。

花向晚覺得有些不可思議，她皺起眉頭：「你怎麼能成人形呢？」

「我不知道，」秦憫生搖頭，「可我知道眠眠會出事，所以我想來救她，如今我已沒有餘力，好在你們趕來了。」

秦憫生抬頭，虛弱笑了笑：「有你們在，我也就放心了。」

「那你呢？」花向晚看著面前的人，有些不明白。

秦憫生轉頭，他看著狐眠，神色溫柔。

過了一會兒，他終於開口：「我欠她一隻眼睛，便還了她吧。」

他抬手撫向她的眼睛，取出裡面的琉璃珠，將它放在狐眠手中：「日後我是她的眼睛，我陪她看過千山萬水，永生永世，再也不分離。」

說著，秦憫生眼中滿是圓滿，他想了想，抬起頭：「還有，能否拜託二位一件事？」

「什麼？」

「告訴狐眠，巫生不是秦憫生，」秦憫生低喃，「巫生心中無愛，他不懂人世之美，人情之善，可我懂。她沒有喜歡錯人，秦憫生，」他低下頭，吻在她眼睛上，「愛她到最後一刻。」

說著，他的身形慢慢消失，化作一顆眼珠，凝在狐眠眼眶之中。

而這一刻，花向晚從法印中看到，另一邊的巫生在眾人吸食完合歡宮眾人修為之後，朝著巫楚恭敬道：「父親，這些屍體都是頂好的煉屍材料，父親不如求一求魔主，將屍體留給巫蠱宗？」

「此事我早已和魔主說過，等他們吸完修為，」巫楚淡淡地看了旁邊的人一眼，冷淡道：「你帶人把屍體抬回去。」

「是。」巫生從一具屍體旁邊恭敬離開。

巫楚臉色瞬間變冷：「什麼東西！」

花向晚看著巫生帶著人將屍體一具一具運走，送到巫蠱宗，等到半夜，她確認好屍體最終地點，終於出聲：「回去吧。」

謝長寂點了點頭，他取出溯光鏡，交給花向晚。

兩人握著鏡子，花向晚突然出聲：「其實你想起來了吧？」

「嗯。」謝長寂應聲。

花向晚看著他，好久後，她笑起來：「其實有時候，我會羨慕你。」

「羨慕什麼？」

「我聽說，修問心劍，會讓人所有感情變得遲鈍，痛也好，愛也好，都會變得無足輕重。如果我修問心劍，這兩百年，」花向晚抬頭，「或許就沒這麼難過了。」

謝長寂沒有說話，他垂眸靜了好久，終於道：「出去吧。」

花向晚笑笑，將靈力注入溯光鏡，溯光鏡亮起來，兩人一起墜落而下。

黑暗的虛空星光點點，花向晚手上一偏，溯光鏡照到謝長寂身上，一時之間，虛空中頓時出現無數幻影。

白雪中被昆虛子撿回去的嬰孩；五歲尚不能完整說話的孩童；十八歲悄悄跟在她和沈逸塵身後、在她回頭時假作偶遇轉頭的少年；成婚當日，跟著昆虛子去死生之界時，詢問要如何正式舉辦婚禮的青年……

然後是她不在的兩百年，他種下滿山桃花；他用幻夢蝶一次次沉溺幻境，又一次次清醒；他去異界殺了無數邪魔，剖開他們的五臟六腑，然後拼湊出一塊衣角、一顆珍珠；他每日一粒絕情丹，每日誦念清心咒，每日渴求著，如果問心劍再進一步，他就能遠離這樣的絕望和痛苦。

她愣愣地看著這幾近瘋魔的謝長寂，直到最後，他化作謝無霜的模樣，再次出現在她面前。

花向晚睜大眼，看向對面眼中帶著幾分驚慌的謝長寂。

「謝長寂……」

她不可思議地出聲，謝長寂聞言，反而放鬆下來，他看著她，目光微動。

「一樣的。」他啞聲開口。

就算修問心劍，從她離開時，這人間便是煉獄。

並無不同。

一樣的。

# 第三章 夢醒

眼前的碎片消失，花向晚和謝長寂一起墜落而下，謝長寂下意識抬手將她一攬，便護著她跌到地上。

這是謝長寂入畫時的山洞，畫卷還鋪在一旁，花向晚一落地，便感覺身上劇痛，她好似把幻境裡的傷也帶了出來。

「你還……」

謝長寂剛出聲，還沒來得及扶花向晚，便看花向晚抓著溯光鏡朝著旁邊滾開。

花向晚抬頭，看向旁邊同樣帶傷的謝長寂，還沒來得及說什麼，就看畫面一亮，狐眠也摔到地上。

兩人對視一眼，花向晚做了決定，緩了口氣道：「先療傷。」

謝長寂見花向晚隻字不提幻境裡看到的東西，他也沒了勇氣，只點點頭：「好。」

說著，花向晚先上前檢查狐眠的狀態，確認狐眠沒有大礙，給她吃了顆藥後，便坐到一旁，簡單吃過藥，開始調息。

她直覺謝長寂在看她，可是她心頭太亂，根本不敢睜眼。

她腦子裡亂作一團，唯一慶幸的是，對於畫中的一切，謝長寂應該都不記得，這樣一來，她也少了幾分面對的尷尬。

她滿腦子是最後看見的那些畫面，就算是個傻子也明白了。

謝長寂是謝無霜。

而謝無霜，他有一個喜歡的人。

他為她入魔，為他偏執。當初她還勸過他來著……

一想到過去發生的事情，花向晚簡直想找個地洞鑽進去。

她就說自己的計畫天衣無縫，明明該和沈修文成親後全身而退，怎麼謝長寂會突然天劫，天劫就算了，還突然搶師姪的婚，這是他一個問心劍主、一個上君該做的事情嗎？

可若他是謝無霜，這一切就順理成章了。

但他是謝無霜的話……她做了什麼啊！

她居然當著謝長寂的面，用同樣的手段，勾引他的「徒弟」和師姪，還都被他看在眼裡！

而且，如果他是謝無霜，他其實知道所有細節，當初……他真的沒有察覺嗎？

但既然他一開始就知道，時至今日也沒提及什麼，應當是……沒有察覺。

意識到這點，花向晚稍稍舒了口氣。

而謝長寂一直注視著她，見她平靜的樣子，便知道她打算將這件事遮蓋過去。

她或許還以為他什麼不記得，想假裝一切都沒發生。

甚至於，她可能想遠離他。

他自己清楚，幻境裡花向晚給的所有寬容和放縱，只是因為那是幻境。

她想要一個人陪，而他剛好在。

可她不想要他的感情。

她對於自己回應不了的感情，都異常果斷，而她早已不喜歡他了。

這個認知讓他有些難受。

他抿緊唇，猶豫了許久後，想起幻境裡花向晚教過他的，鼓足勇氣張口：「晚……」

「惘生……」

他才出聲，旁邊的狐眠就呻吟起來。花向晚立刻睜眼，趕緊衝了過去。

「師姐！」花向晚急急開口：「妳還好吧？」

狐眠有些茫然地睜眼，她看了花向晚片刻，隨後猛地意識到什麼，驟然坐起，一把抓住花向晚。

「如何？」狐眠焦急地看著她，急切詢問：「到底怎麼回事？」

花向晚頓了頓，她看著狐眠的神色，抿了抿唇，狐眠見她的模樣，眼中帶著了然：「是秦惘生下的毒？」

花向晚遲疑片刻，她想了想，最終還是搖頭：「不是秦惘生。」

狐眠一愣，就聽花向晚同她解釋：「是巫生假扮成秦惘生的樣子，訂婚宴那日回來的，不是秦憫生。」

「不是他……」狐眠喃喃，她鬆了口氣，坐到地上，忍不住笑了起來，眼中盈滿眼淚，喃喃出聲，「不是他……」

如果不是秦憫生，那就不是她信錯了人。

她苦苦自責自罰兩百年，終於有了結果。

「那他呢？」狐眠緩了片刻，隨後想起來，高興地抬頭看向花向晚：「秦憫生呢？我昏迷之前見過他一面，他去了哪裡？」

花向晚沒說話，她看著狐眠的左眼。

狐眠疑惑：「怎麼了？」

「他在這裡。」花向晚抬起手，指向狐眠的左眼，「他為了護妳而死，死前將自己化作妳的眼珠，一直陪在妳身邊。」

聽到這話，狐眠愣愣地看著花向晚。

「他已經死了。」

「死了？」狐眠不敢置信。

花向晚低下頭，不肯看狐眠，只道：「嗯。」

「不可能。」狐眠笑起來，她轉頭像什麼事都沒發生一般，將畫卷卷起來，又把溯光鏡放進自己懷中，搖著頭道：「他怎麼可能死？妳不用同我開玩笑了，他肯定是到哪裡躲起來不肯見我……」

她說著，左眼莫名酸澀，一滴眼淚悄然落下。

她愣在原地，花向晚低聲道：「師姐，別騙自己。」

狐眠不說話，站在原地，謝長寂走到花向晚身後，看了花向晚身上的傷一眼，提醒道：「先離開這裡，找個地方休養吧。」

花向晚聽到這話，這才反應過來三人都是傷患，她點了點頭，溫和道：「師姐，我們先去休息，路上我同妳慢慢說。」

狐眠反應不過來，花向晚扶著她走山洞。

謝長寂從乾坤袋中取了一個車廂，花向晚把小白召出來拉車，準備好後，三人上了馬車，花向晚和狐眠坐在車廂中，謝長寂坐在車外。

花向晚半真半假和狐眠說起幻境中的事，起初倒是真的，但等說到後來，便開始撒謊：「謝長寂跟著他去了斷腸村，他被巫蠱宗的人控制住，搶了他的記憶，巫生假扮成他回到合歡宮，在酒中下毒。後來便是妳我知道的那樣，合歡宮出事，妳我守到最後，妳昏迷前，他拼死從巫蠱宗中逃了出來，將妳救下，那些人忙著吸食合歡宮人殘餘的修為，不肯去追，所以讓妳和他有了逃脫的機會。可跑到一半，他傷勢太重，自知回天乏力，便自己化作一隻眼睛。他說，他成為妳的眼睛，日後陪妳走過千山萬水。他還讓我轉告妳——」

花向晚看著她，狐眠抬眼，花向晚笑了笑：「秦憫生到最後一刻都愛著妳，妳沒信錯人。」

狐眠沒說話，眼淚落了下來。

她低下頭，啞聲道：「我知道的……如果是秦憫生……他不會的……是我不好，是我當初不夠謹慎，害了所有人……」

「若說不夠謹慎，應該是我。」花向晚安慰她：「畢竟當時負責檢查的是我，我才是少宮主。當年他們用的毒是薛子丹造出的極樂，薛子丹是個製毒天才，逸塵不在，宮裡沒有人能檢查出來的。」

「薛子丹？」聽到這話，狐眠抬頭，微微皺眉，「可我聽說妳和薛子丹……」

說到這裡，狐眠聲音頓住，她突然意識到馬車外坐著謝長寂，她一時有些不好發問，只道：「那，妳是不是很早就知道此事？」

「我只知道當年的毒出自薛子丹之手。」花向晚輕笑：「所以我們最後分開了。」

這話落在謝長寂耳裡，他忍不住抓緊了韁繩。

小白意識到謝長寂的情緒波動，扭頭看了謝長寂一眼，一雙眼帶著些憐憫。

狐眠沒有出聲，她想了想，只道：「那他們的屍體呢？」

「巫蠱宗。」花向晚聲音很淡，轉頭看向狐眠：「他們拿來煉屍。」

越是修為高深的修士，死後屍身用來煉成被人驅使的屍體就越強大。

只是煉製過程極其複雜，這些修士不易操控，隨時可能反撲。

這麼多年沒見巫蠱宗動手，可能就是還未成功。

狐眠抿緊唇，立刻道：「我去把他們弄出來。」

花向晚沒出聲，她似是思索著什麼，慢慢開口：「不急。」

「妳說得是，」聽到這話，狐眠捏起拳頭，逼著自己克制情緒，「現下合歡宮實力不濟，若是讓他們發現我們知道了這些屍體的去向，他們怕是會擔心我們報復而對我們……」

「我說不急，是說，讓妳養好傷。」花向晚聽著狐眠的話，看向狐眠，神色異常冷靜，「我和妳一起去。」

「可合歡宮……」

「師姐，」花向晚目光中滿是篤定，「我不是白白活了兩百年。」

這話讓狐眠愣住，花向晚轉過頭，淡道：「不說我了，說說妳吧，當初怎麼跑出去的？又怎麼成了玉成宗的弟子？」

聽花向晚轉了話題，狐眠便知這是花向晚不想談的事情，她思索著花向晚的話，面上順著花向晚的話題往下聊下去：「當初我醒過來，發現自己被救了，後來我到處躲藏，遇到了幾個玉成宗的底層弟子，他們當年被我救過，便將我改頭換面收留在玉成宗，我從最低階弟子開始做起，一直到現在……」

兩人說著話，慢慢到了最近的城鎮。

謝長寂找了一家客棧，他安排好住房，出來通知兩個人下車。

花向晚由他攙扶著走下馬車，剛落地，就聽旁邊響起青年玩味的聲音：「喲，花少主。」

三人一同看去，就見旁邊站著個青年。

青年生得極為好看，桃花眼微微上挑，眼波流轉，眼角一顆淚痣，一看就是個風流的人物。

花向晚愣了愣，青年張開扇子：「怎麼，不認識我了？」

「薛子丹？」花向晚反應過來，隨後驟然想起，薛子丹之前一直是以雲清許的身分出現，之前謝長寂去救「雲清許」，可他回來時，「雲清許」卻沒有回來。

在畫裡一年，她竟連這事兒都忘了。

現下薛子丹以本來的身分出現，必然是「雲清許」出了什麼事，她想了想，立刻笑起來：「沒想到在這裡遇到你。」

「我也沒想到啊。」薛子丹看了三人一眼，謝長寂平靜地打量著他，似是一條打量著獵物的白蟒。

薛子丹輕笑起來：「相逢不如偶遇，剛好三位都受了傷，不如讓我看看？」

「不必……」

「好啊。」

花向晚和謝長寂同時開口，謝長寂微微皺眉，轉頭看向花向晚，他想說什麼，薛子丹已經道：「走吧，狐眠師姐看上去傷勢不妙，趕緊吧。」

花向晚毫不猶豫跟著薛子丹往前，謝長寂忍不住一把抓住她，花向晚疑惑回頭，就聽謝長寂提醒：「那還是薛子丹。」

妹妹給她下毒兩百次，給合歡宮提供了毒藥，當年和她一拍兩散的薛子丹。

花向晚聽他提醒，倒不甚在意，只拍了拍他的手道：「放心，我有數。」

說著，她便跟著薛子丹往前，狐眠跟在兩人後面，看了謝長寂一眼，略帶幾分同情：「你別多想，阿晚有分寸的。」

謝長寂不說話，他緩了一會兒，才跟著進去。

進屋之後，薛子丹先給花向晚和狐眠看診，隨後「刷刷」寫了兩個藥方，遞給謝長寂，熟練地吆喝道：「勞煩抓藥。」

聽到這話，謝長寂動作頓了頓，他將目光看向花向晚，在看見花向晚身上的傷後，他遲疑片刻，點了點頭。

等謝長寂離開，薛子丹為狐眠施針，她傷勢重些，體內有瘀血堵塞。

等做完這些，狐眠有些疲憊，躺在床上沉沉睡下，花向晚看了他一眼，起身道：「隔壁說去。」

「狐眠師姐，好好休息。」

薛子丹漫不經心起身，跟著花向晚到了隔壁，花向晚見他進屋，立刻回頭，快速發問：「你怎麼突然用雲清許的身分過來？還有，你遇到秦雲裳了？巫蠱宗的情況你清楚嗎？

你……」

「別這麼著急，」薛子丹慢悠悠坐到屋中，給自己倒了茶，「一個問題一個問題來。不過在此之前，我想問問，」薛子丹面上帶笑，「謝長寂是怎麼和妳說雲清許和巫媚的事的？」

花向晚一愣，她不明白薛子丹為什麼會問這個問題，但她也沒有遮掩，誠實道：「我還沒問。」

「那妳去問問。」薛子丹面上帶著看好戲的神色。

花向晚皺眉：「你什麼意思？」

「沒什麼。」薛子丹雲淡風輕，卻是換了另一個話題，只道：「秦雲裳遇到我，讓我轉告妳，前些時日，秦雲衣救了冥惑，之後冥惑回到陰陽宗。」

「然後？」花向晚挑眉。

薛子丹笑了笑，「他把陰陽宗幾個長老的修為都吸食乾淨，馬上就要突破，成為西境新一位渡劫修士。」

「所以呢？」花向晚已經明白薛子丹的意思，卻還是想問清楚。

薛子丹撐著頭，慢悠悠道：「他若成為渡劫修士，秦雲衣還捨得了他嗎？一條渡劫期的好狗可不好找。溫容要殺他，秦雲衣要保他，若鳴鸞宮、清樂宮撕破臉鬥起來，這不是妳最好的機會？」

花向晚沒應聲，她坐到一邊，從旁邊桌上拿起茶杯，神色平穩，只道：「籌碼還不夠。」

「那妳還想做什麼?」

「這不是你該管的事了。」花向晚抬眼看他,「回去吧。」

「我都出來了,還回去做什麼?」薛子丹漫不經心玩弄著手中紙扇,想了想,轉頭看花向晚,有些好奇:「話說,我有個私人問題想問妳。」

花向晚抬眼,就看薛子丹湊過來:「妳說,若有一日,妳發現謝長寂其實根本不是什麼朗月君子,和妳我並無區別,妳當如何?」

「不可能。」花向晚果斷否決。

薛子丹微笑:「如果呢?」

花向晚抬眼看他,薛子丹站起身,慢慢悠悠:「妳好好想想,若有一日,妳發現謝長寂是把好刀,」薛子丹說著,抬手在扇面輕輕一彈,「妳是用,還是不用?」

花向晚不說話,外面傳來腳步聲,兩人回過頭去,就看謝長寂提著藥出現在門口。

薛子丹湊上來,笑著道:「要不要我給妳包紮傷口?」

「滾。」花向晚知道他的爛脾氣,立刻出聲驅趕。

薛子丹笑咪咪站起身,朝著謝長寂行了個禮:「哦,忘了打招呼,久聞不如見面,見過謝道君。」

謝長寂不說話,靜靜地看著他,薛子丹繼續道:「之前阿晚就同我說過你,說謝道君人如朗月,品性高潔,所以她心生仰慕,今日一見,果然名不虛傳,與我等西境雜修截然不同。」

「還有事嗎？」謝長寂冷淡地開口。

薛子丹笑笑：「沒了。」

說著，他轉頭看了花向晚一眼：「我說的話妳好好考量，先走了。」

薛子丹從大門跨步而去，似乎十分高興。

謝長寂彷彿什麼都沒發生一般走進屋來，關上大門。他拉著她坐在床上，從旁邊打了水，抬手給她擦乾淨手心和臉上的血。

花向晚直覺他不是很高興，忐忑地打量著他，好久後，才遲疑著詢問：「那個……之前忘了問你，雲清許呢？」

聽到這個問題，謝長寂動作一頓。

他不敢看花向晚，低著頭，緩聲道：「沒救回來，被巫媚殺了。」

「這樣。」花向晚點點頭：「那巫媚呢？」

「死了。」

「死了？」花向晚頗為震驚，「誰殺的？」

「我殺的。」

「你為何殺他們？」花向晚聽這話，緊皺眉頭，急道：「你可知你殺了他們，若讓人知道，就是把天劍宗捲入此事？你……」

花向晚聲音頓住，她看著面前低著頭的青年，一時竟什麼都罵不出來。

謝長寂沉默著，過了一會兒，他緩聲道：「是他們先動的手。」

不是他主動殺人。

聽著這個解釋，花向晚稍稍放心，她沉默許久，才道：「謝長寂，如果不是為了自己，西境的事你不要碰。」

謝長寂聽著，並不作答。

花向晚低著頭，抿了抿唇：「你早晚得回去的。」

謝長寂動作一頓。

還是這句。

哪怕知道他是謝無霜，知道他的心意，她還是堅信，他要回去。

或者說，她希望他回去。

她根本不想要清衡上君謝長寂。

她只想要不負責的感情，沒有未來的陪伴。

謝長寂不說話，他克制著情緒，為花向晚擦乾淨手和臉，只淡道：「我替妳清洗傷口。」

他想做點什麼，迫切地做點什麼。

他不喜歡現在的感覺，不想要這種被拒絕的情緒。

他想回到幻境裡，想看她毫無保留的時刻。

他找了藉口，然而一聽這話，花向晚莫名有些緊張。

以前她一直覺得，謝長寂無欲無求，可是在幻境裡過了一年，又看到那些過去……

她突然覺得，面前的是個人。

是個男人。

她趕忙道：「不用，我自己來就好。」

說著，她站起身，自己往淨室走。

謝長寂看她抗拒，他微微閉眼。

他覺得心裡有些難受，花向晚教過她。

這是憤怒、是委屈、是酸楚。

如果不曾得到過，他或許還會忍耐，然而經歷過那半年，他發現，他有些忍不了。

他看著面前往淨室走去的女子，徑直出聲：「妳怕什麼？」

怕謝長寂喜歡妳？

他喜歡她是洪水猛獸嗎？他喜歡她是溺水毒藥嗎？

花向晚被驟然提問，僵在原地。

她不想讓謝長寂發現自己的異樣，只能含糊著：「我……我沒怕。只是覺得傷口位置隱祕，不方便你看。」

若放在以前，謝長寂不會多說什麼。

她說完便放心想要往前，然而還沒提步，她就聽見謝長寂的聲音。

「若我不方便，還有誰方便？」

花向晚一愣。

隨後她就看見謝長寂走過來，他停在她面前，垂眸看著花向晚的眼睛。

他比她高出許多，低頭看她時，影子將她整個人攏在陰暗裡。

她感覺鼻尖都是他的氣息，明明他沒做什麼，就莫名總覺得好似要做點什麼。

她緊張地扭過頭去，面前的人便徑直伸出手，平靜又熟練地拉開她的腰帶。

這個動作讓花向晚愣住，然而對方卻做得神色坦蕩從容。

腰帶在指尖解開，衣衫散落，他抬手拉在她的衣衫上，一件一件褪開，聲音中沒有半點欲望，顯得異常冷靜克制：「我是妳丈夫，妳受了傷，我為妳清洗包紮傷口，這有什麼不合適？」

隨著他的動作，她春光盡顯，她感覺有種異樣的情緒升騰起來。

她有點太熟悉他了。

她努力克制著情緒，讓自己顯得很冷靜，彷彿是一場無聲的拉鋸，雙方僵持對峙，誰都不肯輸，只道：「那你幫我清理後背就好，前面我自己可以。」

「都一樣。」

面前的青年低下頭，他的呼吸噴塗在她皮膚上，神色清明如常，他用帕子細細擦過她的傷口，傷口的疼和酥麻一起傳過來，花向晚忍不住暗暗咬在唇上。

而面前的人專心致志，清洗傷口，撒藥，用繃帶纏繞。

他的指尖會不經意輕觸在她身上，氣息隨著她的動作遊走，帶著疑問：「兩百年前我就娶了妳，我們已經在一起，我每天陪著妳，抱著妳，照顧妳，我有什麼做的不好嗎？」

他說著，緩慢抬頭，看向她的眼睛。

「我說過了，」花向晚沒敢看他，他的眼睛很漂亮，尤其是這種時候，總會讓人覺得像海一樣，看一眼就陷進去，她目視前方，淡道：「兩百年前已經結束了，沒必要總提這事兒。」

「那現在呢？」他直起身來，將繃帶放在一邊，低頭看她，「我有什麼做得不好？」

說著，他將手穿過她的腰，像是抱著一般，抬手給她穿上衣服。

「有什麼做的不好的，我都可以改。」

他動作很慢，一件又一件往上拉起。

「妳要君子坦蕩，我可以有。」

他拉上她的單衫。

「妳要七情六欲，我也可以有。」

又拉上她的外衫。

「妳要什麼我都可以學。」謝長寂猛地攬住她的腰，將她微微提起，他低下頭，湊到她面前，一瞬間他們好像還在幻境裡，他整個人像蛇一樣緊緊纏繞著她。

清清冷冷的聲音，像是命令，又似是請求。

「離薛子丹遠點，別躲了。」

他的臉離她很近，呼吸噴吐在她臉上。

她看著面前的青年，清楚知道他話裡的意思。

以前她總安慰自己這是謝長寂的占有欲，和情愛無關，可如今她怎麼都沒辦法把自己騙過去。

她想說點強硬的話，例如質問他憑什麼管她，又或者是這些事與他無關，可不知道為什麼，她張了張口，卻始終說不出口。

她的心跳得飛快，整個人又亂又慌。

她從來沒見過這麼執拗要結果的謝長寂，可偏生這個結果她自己也不知道是什麼。

謝長寂盯著她，觀察著她的神色，只道：「有這麼難嗎？」

「我……我去看看師姐。」

她伸手推開他，慌亂地往門外走。

謝長寂站在原地，他知道自己不該追問下去，可看著她逃一樣的背影，他卻沒忍住。

終歸她已經知道了，他再瞞也沒什麼意義。

「妳到底在躲什麼？」

花向晚沒理他，繼續往前，還沒走到門邊，就聽謝長寂在身後發問：「我喜歡妳，讓妳這麼害怕？」

這話讓花向晚動作僵住。

他怎麼知道她已經知道他喜歡她？

「明明在幻境裡好好的，明明妳想要我陪在身邊。」

聽著這些，她驚訝地回頭，就看謝長寂站在不遠處，燈火落在他如玉的面容上，他眼中帶著幾分不解：「為什麼要這麼躲我？」

「你……」花向晚震驚地看著他，好久後，才反應過來：「你記得？」

謝長寂聽到這話，莫名有些想笑。

從頭到尾，她做好了出來就忘了的打算。

她沒想過他會記得，所以才肯放肆。

可他偏生記得。

他平靜地看著她：「我記得。」

他一面說，一面朝著她走過來，「是妳讓我叫妳姐姐。」

花向晚一聽這話，感覺整個人都炸了。

她的臉瞬間通紅，謝長寂卻渾然不覺。

「我記得妳教我什麼是喜歡，什麼是愛。」

說著，他走到她面前，她察覺他靠近，忍不住退了一步。

可他卻沒有半點退步的意思，步步緊逼。

「我記得妳問我如果合歡宮沒出事我們會是什麼樣子，記得妳讓我陪妳。」

「我記得我們一起送沈逸塵離開，記得煙花下接吻，記得我們兩在小巷裡做……」

花向晚聽到這裡，沒等他說話，抬手一把捂住他的嘴，急道：「別說了！」

謝長寂平靜地看著她，清潤的眼裡一派坦然，似乎完全沒意識到自己說的話有什麼不對。

花向晚不敢看他，暗暗咬牙。

這就是白紙的可怕之處，他根本沒有羞恥心這種說法，於他而言這大概和經文道法沒什麼不同。

他看著她，花向晚的手貼在他唇上，帶著她的溫度和氣息，讓他方才酸澀焦慮的內心稍作緩解。

他看著面前不敢直視自己的人，等過了一會兒，花向晚緩過來，才慢慢放手，故作鎮定道：「你別說了，我記得。」

「那這樣的時光不好嗎？」謝長寂不解：「我陪著妳，妳很高興。」

花向晚沉默下來，過了一會兒，她低聲道：「謝長寂，人一輩子不是只有高興不高興，幻境裡我可以不考慮未來……」

「那妳現在需要考慮什麼未來？」

謝長寂打斷她，花向晚一怔，她突然清醒幾分。

她看著面前的人，像是一盆水澆在頭頂，內心冷卻下來，抬眼看向面前執著的青年。

察覺花向晚的情緒變化，謝長寂皺起眉頭。

「妳到底瞞著我什麼？」他敏銳地發問。

這話讓花向晚的心懸起來，她下意識在袖下捏起拳頭。

「謝長寂，」她笑了笑，「其實幻境裡的好不代表什麼，那只是我太孤獨了。我想要的只是一個人陪著，可這個人，」花向晚說得認真，「不一定是謝長寂。」

聽到這話，謝長寂覺得有什麼銳利的東西劃過胸口。

幻境裡她只有謝長寂一個選擇，所以她選了他。

可現在她不是只有他一個人。

之前的溫少清、雲清許，現在的薛子丹，未來或許還會有很多他認識不認識的人。

她在西境的兩百年，有太多選擇。

他盯著花向晚，說不出話。

花向晚看著他的神色，有些不忍心，她垂下眼眸，好心提醒：「你來西境的時候，我就和昆虛子說得很清楚，如果你對我是愧疚，是因我死而產生的偏執，我可以幫你。你要來西境尋找魊靈，我也可以助你。唯獨感情一事，」花向晚聲音帶澀，「抱歉，我沒有多餘的心力。」

「我可以不需要妳的回應。」

「可你想要。」花向晚抬眼，「就像我當年，我也說過，我喜歡你與你無關，不需要你的回應，但久了，我還是會傷心。因你的情誼獲利就是獲利，而你想要的價碼我給不起，就是欠了你。」

「我無所謂。」謝長寂盯著她，他克制著情緒，努力讓步：「我沒有什麼要的，只要讓我留在妳身邊，讓我一個人陪著妳就好。」

花向晚一時語塞，她靜靜地看著他，過了一會兒後，她扭過頭，沒有接下去，只道：「你先睡吧，我去隔壁開個房。」

打從來到西境，他們就沒有分房睡過，聽到她要去另外開房，謝長寂心頭哽得發疼。看著她拉開門，他終於出聲叫住她，找了一個一直用著的理由：「不必如此，妳一個人危險，我陪著妳。」

「不用了，」花向晚背對他，語氣平淡，「你既然都記得，那你應該知道我沒這麼弱，我畢竟吸食了一個渡劫期修士的修為在身，只是不方便用，但自保無虞。」

說著，她又要走，謝長寂馬上道：「那妳幫我把傷口清理一下。」

花向晚動作頓住，她回過頭，便見謝長寂轉頭看向旁邊，似是有些不自然：「我也受傷了。」

她猶豫片刻，想了想，點了點頭：「好。」

「我想先清洗一下。」

「傷口不宜碰水。」

「太髒了。」

謝長寂堅持，花向晚想起他一貫愛潔，傷口對於他來講早已是家常便飯，或許乾淨比這重要更多。

她點了點頭，便道：「那我等你。」

謝長寂應了一聲，走進淨室，花向晚回到桌邊，坐在椅子上，給自己倒了茶，坐著等著謝長寂。

她沒想到謝長寂居然都記得。

既然他記得，她再拿什麼沒感覺搪塞他，怕是糊弄不過去。

可她又不能應下來。

她是沒有未來的人，不能留他同自己一起陷在這裡。

而且，他執念的是當年從懸崖上跳下去的晚晚，可她早就不是那個人了。

她靜靜等在外面，謝長寂在淨室中平靜地拉開衣衫，從乾坤袋中取了匕首，乾脆俐落順著身上已有的傷口劃了下去。

他咬著牙壓著所有聲音，將每一道傷口劃到深可見骨，等做完這一切，他顫抖著將匕首用水清洗，放回乾坤袋中。

花向晚聽著裡面沉默了一會兒，似是在脫衣服，隨後水聲響起，隔了沒多久，謝長寂換了一身白色廣袖單衫，從房間中走出來。

他長髮散披，單衫露出他的鎖骨和半個胸膛，水珠順著脖頸一路滑落到衣衫之中，明明生著一張高山白雪的臉，卻在這一刻彰顯出一種莫名誘人的魅力來。

他的傷口碰了水，明顯被刺激到，鮮血從衣衫上浸透出來，像一朵朵豔麗的梅花，盛放在白衫之上。

花向晚看見血色，便微微皺眉，朝他招手道：「過來吧。」

謝長寂走到她面前，跪坐下來，花向晚拿了藥過去，看著面前的人平靜地褪下衣衫。

他身上是一道又一道傷疤，看見那血肉模糊的傷口，花向晚愣了。

一開始看見血色她就知道這些傷口應當很深，但沒想到深到這種程度，好幾個傷口都能見到白骨，而且上面都帶著凌厲的劍氣，一時半會兒根本無法癒合。

花向晚不由得皺起眉頭，抬眼看他：「這麼重的傷怎麼不早說？」

謝長寂低垂著頭，輕聲道：「妳和狐眠師姐看診更重要。」

「我們又沒什麼大事，」花向晚抿唇，壓住心中不滿，拿了藥來給他塗抹上，忍不住道：「日後不能這麼忍著。」

謝長寂低著頭，語氣溫和許多：「嗯。」

「要不我還是把薛子丹叫過來……」

看著這麼嚴重的傷口，花向晚還是不放心，正要起身，就被謝長寂拉住：「不必。」

他語氣很冷：「他過來，就不用治了，總歸會好的。」

這話帶著些孩子氣，花向晚不由得被氣笑了：「謝長寂你十七歲嗎？」

謝長寂不說話，但神色卻是半點也不讓。

花向晚緩了一會兒，搖了搖頭，只能認命地幫他把傷口換上藥，等做好這一切，她低聲道：「好了，我先走，你有事叫我。」

謝長寂應聲，他沒再留人，靜靜跪坐在地上。

花向晚提步出去，走到門口時，忍不住回頭看了一眼，就看謝長寂還坐在原地，全然沒有要入睡的樣子。

她遲疑片刻，提醒他：「你早些歇息，不要折騰了。」

「好。」謝長寂聲音平穩。

花向晚逼著自己挪開眼，回頭去正堂找小二重新開了一間房。

她開好房回來時，看見謝長寂房間燈已經熄下，她心裡稍稍放心了一些，等自己一個人躺下，她不知道怎麼，就是無法入眠。

輾轉反側，都忍不住琢磨，謝長寂到底睡沒，他傷勢這麼重，會不會出什麼問題？

以他的能力，應當是不會有什麼事，可現在他明顯狀態不對。

他已經走火入魔，天劫時到底出了什麼事，他現在到底是什麼實力，是不是外強中乾，根本不是她想像中那麼強？

她左思右想，直到最後，不再猶豫，乾脆坐起身來，決定去謝長寂房裡看看，確定他沒出事就好。

她悄悄下樓，跑到謝長寂門口，用了隱匿咒躡手躡腳到了窗邊。

謝長寂房間設了結界，她看不到什麼，只能是悄悄推開窗戶，就看房間裡什麼人都沒有。

她皺了皺眉，感覺不到謝長寂的氣息，她心裡有些不安，便大著膽子從窗戶翻了進去，朝著床上走去。

床上似乎有人，又似乎沒有。

她就看看他的情況。

她安慰著自己，緊張地走到床邊，等掀起床簾發現床上什麼人都沒有。

花向晚一愣，隨後就聽謝長寂的聲音在身後響起：「妳來找我？」

這聲音把花向晚嚇了一跳，她猛地回頭，發現謝長寂近在咫尺。

她下意識退了一步，全然忘了床就在後面，被床一絆失重往後仰去。

謝長寂抬手一攬，扶著她的腰跟著她一起倒在床上，順勢就去了她腳上的鞋，不等她反應，抱著她往床上一滾，便把她堵在裡側。

兩人面對面挨得很近，謝長寂眼裡帶著克制著的溫和笑意。

花向晚心跳得飛快，有種做賊被抓的心虛感，她忍不住往後縮了縮，緊張地解釋：

「我……我就是來看看你，怕你高熱什麼的。」

「嗯。」謝長寂看著她，沒有多說什麼讓她下不來臺的話，只問，「不如留下照看？」

「你沒事就我走了。」一聽這話，花向晚快速反應過來，起身想跑。

謝長寂一把將她扯回來，翻身壓在身下，撐起自己半截身子，低頭看她：「我有事。」
「你看著挺好的。」花向晚不服氣。
話剛說完，一滴血就落在花向晚臉上。
花向晚一愣，她怔怔抬眼，就聽謝長寂平靜道：「傷口裂了。」
猜是剛才弄裂的，花向晚一時有些不敢亂動了。
看著她的樣子，謝長寂微微低頭，埋在她頸間，輕聲道：「妳不在我睡不著。」
「你以前也不睡，」花向晚睜著眼看床帳，「你都打坐。」
「現在我得睡覺。」
聽著這話，花向晚倒也沒反駁。
他這個狀態，好好睡覺休息，比打坐有用得多。
她睜著眼，好久後，嘆了口氣，認命道：「算了，睡吧。」
謝長寂沒說話，他壓在她身上不動。
花向晚推了推他：「滾開。」
謝長寂從她身上翻身下去，花向晚背對著他，拉上被子，閉眼道：「有事叫我。」
謝長寂沒出聲，過了一會兒，他從背後抱住她。
「晚晚，」謝長寂聲音很輕，「妳回來，我很高興。」
花向晚不說話，她睜著眼睛看著夜裡，過了一會兒，她輕聲道：「謝長寂，我不是當年的晚晚了。」

「我知道。」

「其實你一點都不瞭解我，」花向晚被他抱著，「你愛的、執迷不悟的，其實都是兩百年前那個人。」

「花向晚，」他連名帶姓叫著她的名字，似乎在區分什麼，「我從來都知道我要什麼。」過去他知道，現在亦如是。

他愛一個人愛得慢，想一件事想得慢，可每一分感情，每一個決定，都是他用漫長時光去理解做出的。

花向晚不說話，她被這個人抱著，感覺溫暖將她裹挾，人都變得軟弱起來。

「不，」她看著前方，語氣平靜，「你不知道。」

你甚至連真正的花向晚是什麼樣，她做過什麼、她要做什麼都不知道，又談什麼清楚知道？

只是這些話她不想再說，她太過疲憊，閉上眼睛，打算將一切推到日後再說。

兩人睡了一夜，等到第二日醒來，謝長寂還在她旁邊，他抱著她，像在幻境裡相處的日子。

他們在斷腸村那半年，她每天早上睜眼，都是在謝長寂懷裡。她一瞬間有些恍惚，身後的人感覺她醒過來，迷迷糊糊熟練的將她抱緊，眼都沒睜，幾乎是無意識去親吻她的脖頸，一路沿著往下，啞著聲道：「要麼？」

「等等！」

花向晚猛地反應過來，她一把抓住對方熟練拉腰帶的手，驟然清醒。

謝長寂迷濛睜眼，看著花向晚神色不定，片刻後，他還沒反應過來，就被人狠狠從床上一腳踹了下去。

「滾下去！」

對方吼完，一把拉上床簾。

謝長寂摔到地上，疼痛襲來，才反應過來發生了什麼，他甩了甩腦袋，抬手捂住自己額頭，低聲道：「抱歉，我習慣……」

「滾出去！」

這話被急急打斷，花向晚似乎更怒。

謝長寂有些無奈，也不知道該說什麼，只能撐著自己起身，去旁邊取了衣服，守在門口。

花向晚在床簾中微微喘息，這些亂七八糟的事情讓她頭疼，但更讓她痛苦的事，她都不知道這事兒要怪誰。

怪謝長寂嗎？

是她拖著他在幻境裡這麼待了半年，是她自己昨晚不放心回來。

怪來怪去只能怪自己。

色迷心竅腦子不清！

要是她知道出來他還記得，要是她知道他是謝無霜，要是她知道……

她深吸了一口氣，讓自己儘量冷靜下來，沒一會兒，就看傳音玉牌亮起。她感應到上面的氣息，面色一凜，看了門外一眼，她提聲道：「謝長寂。」

「嗯。」

「你去煮碗麵。」

「好。」

謝長寂沒有多問，便提步離開。

等謝長寂一走，花向晚立刻設了結界，劃開傳音玉牌。

「花少主，」玉牌中，清亮的女聲響起來，「聽說妳和巫蠱宗那邊起了衝突，現下如何啊？」

「直接說事兒吧。」花向晚聽著對方不著邊際的問話，立刻直入主題。

對方聽她口吻，語氣也鄭重許多：「好吧，我是來告訴妳，秦雲衣已經拿到第二塊血令了。」

「這麼快？」花向晚挑眉。

對方輕聲一笑：「她做事妳不知道？鳴鸞宮法寶眾多，她直接去搶就是，魔主血令應該是五塊，她拿到第三塊之後，估計馬上就要找上妳，妳好自為之。」

「冥惑什麼時候突破？」花向晚問了個與此無關的話題。

對方一愣，隨後很快反應過來，只道：「最多五日，妳想做什麼？」

花向晚沒說話，她沉默片刻後，輕聲道：「雲裳，師兄師姐們的屍體，我可能找到了。」

聽到這話，秦雲裳呼吸一頓，很快她的聲音傳來，帶著竭力克制著的冷靜：「在哪裡？」

「巫蠱宗。」花向晚推測：「當年應該是魔主將他們賞賜給巫蠱宗煉屍。」

「煉屍……」秦雲裳喃喃出聲，片刻後，她笑起來，咬牙出聲：「他們也敢！」

「差不多到時候了。」花向晚看著床帳上的雲紋，「我的筋脈已經恢復，妳幫我盯著溫容和冥惑的去向。」

「妳想怎麼做？」

聞言，花向晚沉默。

過了片刻，她輕描淡寫：「滅宗。」

「會不會太早了一點？」秦雲裳皺眉：「現下清樂宮和鳴鸞宮還未澈底翻臉，妳要是被發現……」

「四日後我會把謝長寂支開，到時候妳幫我盯著人，妳放心，如果被發現了，」花向晚無意識啃著手指，「我就提前召出那東西。」

「謝長寂在，」秦雲裳聽到這話，提醒她，「妳不要找死。」

「沒事。」花向晚垂下眼眸，「在這之前，我會想辦法，把他趕出西境。」

「要是趕不走呢？」

聽到這話，花向晚沒有出聲。

秦雲裳嘆了口氣：「花向晚，別為了個男人把大家逼上絕路。」

「妳放心，」花向晚啃咬手指的動作急了些，但她的語氣十分冷靜，安撫著秦雲裳，「如果他對計畫產生任何威脅，我親自動手。」

秦雲裳終於不再說話，過了片刻後，她出聲：「阿晚我不是逼妳，妳也別逼自己。」

「我知道。」花向晚舒了口氣：「妳保護好自己，四日後見吧。」

秦雲裳應了聲，花向晚將玉牌通信切斷，在床帳中抱著自己緩了很久，聽見外面傳來腳步聲。

她舒了口氣，抬起頭來，又恢復平日的模樣，漫不經心掀開床簾。

謝長寂端著麵條走回來，花向晚看了他一眼，這才想起來：「那個……傷還好吧？我那腳是不是太重了？」

「一點小傷，無礙的。」

謝長寂說著，走到她面前，半蹲下身，替她將鞋穿上。

花向晚垂眸看著眼前的人，他在晨光下帶著暖意，像一塊會發光的玉石，看得人心都暖了起來。

「謝長寂。」她突然開口，謝長寂仰頭看她。

「那個……我是說，假如，」她看著謝長寂的眼睛，「假如有一天，你發現我和你想得不一樣，比如我是個很壞很壞的人。」

花向晚遲疑著：「你會怎麼樣？」

謝長寂不說話，好久，他反問：「如果是我呢？」

「什麼？」

「如果有一天，妳發現我和妳想得不一樣，是個很壞很壞的人呢？」

花向晚愣了愣，片刻後，她笑起來：「不會有這麼一天。」

「是吧。」

謝長寂垂眸，站起身來：「洗漱後去吃麵吧。」

花向晚點頭，她站起身，跟著謝長寂走到桌邊，剛坐下，就聽謝長寂開口：「說起來，妳逃婚那天也是讓我煮麵。」

花向晚動作一頓，就看謝長寂靜靜地看她，眼中全是了然：「剛才又幹什麼了？」

花向晚聞言，一口麵嗆在口中。

她急促咳嗽起來，謝長寂溫和地拍著她的背：「不想說就不說了，別激動。」

「謝長寂……」花向晚咳嗽著，痛苦地看著他，「你……妖怪啊？」

# 第四章　生辰

聽著花向晚的話，謝長寂搖了搖頭，只提醒：「妳做得太明顯。」

花向晚無奈，嘆了口氣：「其實也沒什麼。」

謝長寂抬眼看她，就看花向晚笑了笑：「我就是想起來，四日後，應當是你生辰吧？」

聽到這話，謝長寂一愣，恍惚片刻，才意識到，四日後，的確是他生辰。

只是他自己都忘了。

他一時說不出話，花向晚撐著下巴，看著他說得十分認真：「我想回合歡宮給你擺個宮宴，好好慶祝一下。」

謝長寂遲疑片刻，隨後只道：「妳記得，我已很是高興，還是著手先找下一塊血令……」

「這個不急，」花向晚笑起來，「反正現下也受了傷，不如回宮養養。而且，好歹是我的少君，若你生辰都不過，天劍宗還覺得我怠慢了你。」

謝長寂不說話，靜靜地看著她。

面前的人神色真誠，他知道這中間一定有什麼彎彎繞繞，可看著這雙眼睛，他莫名希望，她說的都是真的。

「好不好？」花向晚追問。

謝長寂垂眸應聲：「嗯。」

「那今日出發。」花向晚站起身來，往門外走去，「我去看看師姐，問問她要去哪裡，你先收拾東西。」

說著，花向晚走出屋外，走到狐眠房間，推門進去，就看狐眠正拿著畫筆，似是在想著什麼。

「師姐。」花向晚出聲。

狐眠一愣，隨後反應過來：「哦，阿晚。」

「想什麼呢？」

說著，她關上門，悄無聲息設下結界，走到狐眠身邊。

狐眠看見她的動作，便明白她的意思，直接道：「想巫蠱宗的事。」

花向晚坐到狐眠旁邊，狐眠低頭看著手中毛筆：「巫生借我之手害了這麼多人，我一想到他還好好活著，就恨不得扒了他的皮。」

「那不如幫我做件事？」花向晚笑起來，狐眠抬眼，就看花向晚推了一張符紙給他：「這是溫少清當年給的我一道琴音，可保我接下元嬰期致命一擊。」

狐眠看著花向晚的動作，微微皺眉：「妳想做什麼？」

「師姐不是可以畫物成真嗎？」花向晚抬眼看她，「那就畫一具溫少清。」

「溫少清？」

「溫少清的屍首被巫蠱宗人盜走，煉屍化作己用，大街之上，溫少主屍身傷人，為溫宮主所知，溫宮主思兒心切，以尋親術日夜追尋。」

花向晚平靜地說著，彷彿在寫一段故事：「師姐知道了嗎？」

狐眠愣愣地看著花向晚，好半天，她突然反應過來：「溫少清的屍首在妳這兒？」

「不在我手中，」花向晚喝了口茶，「但四天後就到了。」

狐眠消化著這句話的意思，緩了好久，才意識到：「溫少清是妳殺的？可我聽說是冥惑……」

「是冥惑動的手。」花向晚解釋，「但是，是我推波助瀾。他想殺謝長寂，將謝長寂在溺水毀屍滅跡，我將計就計，讓冥惑動手殺了他，毀屍在溺水，溺水澈底侵蝕人骨需要一刻鐘，我提前讓人等在附近，將他撈了出來，封印在棺槨之中。」

「然後呢？」狐眠想不明白：「妳想讓溫容因此找上巫蠱宗的麻煩，讓溫容動手嗎？」

「怎麼會呢？」花向晚抬頭看向狐眠：「我只是想讓溫容過去，把少清的屍骨接回去罷了。」

狐眠不說話，她呆呆地看著平靜地說著這些的花向晚，好久後，才不可思議道：「阿晚，這些年妳到底做了什麼？」

「這不重要。」花向晚喝了口茶，平淡道：「師姐只要信我，我所做的一切，都是為了合歡宮。」

狐眠沉默不言，過了一會兒，她點了點頭：「好，那做完這些，我還需要做什麼？」

「如果趕得過來，四日後，來巫蠱宗吧。」花向晚起身：「我想，妳大概想親自送巫生上路。」

「那妳呢？」狐眠急切地詢問。

花向晚往門口走去：「我今日啟程和謝長寂回合歡宮，他四日後生辰，我陪他過，這一次，」花向晚在門口頓了頓，回頭看她，「別跑了。」

狐眠抬眼看著面前略顯陌生的師妹，好久，才認真開口：「好，我不跑了。」

花向晚笑了笑，沒有多言。

和狐眠確定了行程，花向晚回到屋中，就看謝長寂已經打包好東西。

花向晚靠在門邊，看著他收拾東西，感覺好像回到兩百年前。

那時他們兩個人一起驅除魃靈，她人懶，脾氣大，每次都是謝長寂在打理這些生活瑣事。

她靜靜地看著，謝長寂慢條斯理將劍擦好掛在腰間，抬起頭來，就看花向晚站在門口，見他看過來，她笑了笑：「我和師姐說好了，她還有其他事，我們先走。」

「那我呢？」薛子丹的聲音在後面響起來，花向晚回過頭去，看見藍衫公子用摺扇輕敲著手臂：「把人家用完了，就這麼甩下了？」

花向晚沒說話，謝長寂走上前，拉住花向晚的手，薛子丹挑了挑眉，花向晚琢磨片刻，笑了起來：「我要回合歡宮給謝長寂慶生，你當真一起去嗎？」

這話讓薛子丹一愣，謝長寂聽著花向晚的話，不由轉頭看向她，花向晚看著薛子丹，神色意味深長，過了片刻，薛子丹似乎領悟什麼，笑了一聲：「合歡宮我就不去了，我好歹是藥宗少主，若讓人知道，」薛子丹張開摺扇，遮住半邊臉，「不好。」

「那還不快滾？」花向晚挑眉。

薛子丹「嘖」了一聲，往狐眠房中走去：「罷了罷了，還是找狐眠聊聊有意思，狐眠……」

「滾！」

話沒說完，狐眠房間一個茶杯就砸了出來，怒喝出聲：「薛子丹你再跟著我，老娘就殺了你！」

薛子丹嚇得往旁邊一跳，隨後反應過來：「狐眠妳這人可別敬酒不吃吃罰酒……」

說著，他便提步走進去，關上大門。

花向晚看兩人鬥嘴，覺得有些好笑，等回過頭來，就看謝長寂看著房門若有所思。

花向晚意識到什麼，敏銳詢問：「你在看什麼？」

「他們好像很熟。」

謝長寂挪眼看過來，花向晚心上一顫，驟然意識到他可能察覺到薛子丹是「雲清許」。

她輕咳了一聲，只道：「以前我讓薛子丹找過狐眠一段時間，估計是那個時候認識的。」

謝長寂聞言，點了點頭，沒有多說。

花向晚趕緊主動挽住他的手，轉移他的注意力：「走吧，你現在能帶我回合歡宮嗎？」

謝長寂被她主動挽住手，身子僵了僵，片刻後，他放鬆下來，眼裡隱約浮現出幾分笑，輕聲道：「好。」

說著，他轉身雙手拉住花向晚的手，輕聲道：「閉眼。」

花向晚閉上眼睛，感覺周邊靈力劇烈波動，不一會兒，天旋地轉，隨後就聽謝長寂開口：「好了。」

花向晚睜開眼，兩人已經回到合歡宮門口。

謝長寂面色有些蒼白，花向晚轉頭看了他一眼：「沒事吧？」

謝長寂搖頭，花向晚還是有些不放心，她伸手扶住他，輕聲道：「你要是不舒服，要同我說。」

「嗯。」謝長寂垂下頭，聲音很輕：「傷口有些疼。」

「我就說。」花向晚嘀咕著，朝著門口走去。

剛走到門前，修士便認出他們，守門的修士愣了愣，隨後高興道：「是少主和少君！」

「少主和少君回來了！」

「好了。」花向晚看他們吵嚷，笑了笑：「別吵了，進去吧。」

說著，花向晚便扶著謝長寂走進城門。

謝長寂靜靜打量著宮城，合歡宮和幻境裡區別很大，幻境中的合歡宮所有東西都是嶄新的，而如今合歡宮看上去已經有些破舊，原本空曠的廣場上掛著繪著合歡花的黑白紋路旗幟，一路通向大殿，在風中烈烈招搖。

謝長寂抬頭看著那些旗幟，感覺到上面靈力流動，忍不住開口：「這些宮旗是什麼？」

「是招魂幡。」花向晚耐心解釋：「用來為那些死去的弟子招魂。」

謝長寂沒有說話，靈北接到弟子通知，和靈南一起趕了過來，來的還有天劍宗的弟子，歲文和長生走在前面，高興地跟著靈南、靈北跑上來。

「少主，少君。」

「上君，師祖母。」

兩邊人叫了兩個稱呼，花向晚聽著師祖母的稱呼有些想笑，看了來的人一眼，輕咳了一聲，叮囑靈南：「那個，四日後清衡上君生辰，妳準備一下，擺個像樣一些的宴席。」

「我準備？」靈南詫異。

花向晚滿眼期許：「合歡宮左右使，妳總不能事事都讓靈北來做吧？」

「哦……」靈南聽到這話，有些不情願道：「好吧。」

「妳先通報三位長老和宮主，」花向晚看她的樣子，有些不放心，轉頭看了靈北一眼，「你幫著些。」

「是。」靈北應聲。

花向晚轉頭看向謝長寂：「你要不要和宗門弟子說說話？」

謝長寂聞言，轉頭看向正亮著眼有些激動的想和他說話的歲文和長生，遲疑片刻後，他點頭：「嗯。」

長生頓時笑起來，歲文恭敬道：「上君，這邊請。」

謝長寂被天劍宗弟子帶走，花向晚便轉頭看向靈南：「還在這裡等著做什麼？去做事啊！」

「知道了。」靈南鼓了鼓嘴，轉身小跑離開。

等支開靈南，花向晚看向恭敬地等在一旁的靈北，靈北率先開口，低聲道：「宮裡一切安好，少主大可放心。各地消息都在少主殿中存放，重要的屬下已經提前告知過。」

「巫蠱宗那邊的消息傳出來沒？」花向晚領著靈北朝自己宮殿走去。

靈北低聲道：「聽說巫媚被殺了，巫生和您這邊動了手，現下巫蠱宗正在休養生息。」

花向晚點點頭，只道：「誰殺巫媚傳出來了嗎？」

「暫時還沒有。」靈北低聲道：「巫蠱宗好像把消息壓下來了。」

「魔主那邊什麼動靜？」

「藥宗宗主一直待在魔宮，怕是還不穩定。」

聽到這話，花向晚唇邊帶了絲笑。

她同靈北一起走上臺階，靈北看四周無人，壓低聲：「少主此次突然回來，是想要……」

「這幾日盯著巫蠱宗和清樂宮的消息，如果有溫少清出現的消息，別讓人壓著，讓所有人知道最好。」

「是。」靈北熟知花向晚做事風格，沒有多問。

「還有，」花向晚踏入大殿，「調人去巫蠱宗附近待命，準備好傳送陣，四日後我要過去。此事務必小心，不要讓任何人察覺。」

靈北聞言，便明白花向晚意思，立刻道：「明白。」

說著，靈北抬頭：「宮宴一定會大辦，我等會為清衡上君，好好慶生。」

花向晚聽著這話，動作頓了頓，片刻後，她輕聲開口：「他的生辰，讓他高興些。」

和靈北商議了大概細節之後，花向晚便讓他先下去，自己坐在大殿中，摸著扶手雕花，思考著後續事宜。

冥惑殺了陰陽宗的長老，陰陽宗就不足為懼，清樂宮現下唯一能夠管轄的只剩藥宗，藥宗為九宗末流，上不了什麼檯面。

若這種時候，能把巫蠱宗出事嫁禍給清樂宮，那鳴鸞宮應當會直接出手，只要他們殺了溫容，那清樂宮剩下兩位渡劫修士，要麼投靠鳴鸞宮，要麼另尋外援，不可能為了清樂宮死守。

這時候，她也該出手了。

如果她能贏，那自然好，若不能贏，她只能走到最後一步。

等真的走那一步，謝長寂……容得下她嗎？

從死生之界墜落而下時的痛感清晰襲來，讓花向晚瞬間冷靜許多。

無論謝長寂容不容得下，她都賭不起；現下最重要的是穩住謝長寂，在那個東西出現前，想辦法讓他離開西境。

想到這一點，花向晚緩緩睜開眼睛，迅速給薛子丹傳了信。

「迷藥，四日後用於謝長寂。」

傳完信，她轉頭看向窗外。

夜色正好，鳥兒雀躍於枝頭。

她緩了一會兒後，便彷彿什麼事都沒發生，拿了之前堆積沒看的消息翻閱。

這些消息來自合歡宮各地探子，重要的靈北都已經告知過她，不重要的累積在這裡，她還是一一打開紙條看過，一面看一面燒。

看到夜裡，她聽見門口的腳步聲，抬眼看過去，就見謝長寂站在門口。

他懷裡抱著許多糕點，靜靜地看著她，花向晚一愣，隨後笑起來：「你怎麼來了？」

「同弟子聊完，便來找妳，接妳回去。」

聽到這話，花向晚便知道，謝長寂今晚又打算和她睡同張床。

她想起今早的情況，有些尷尬，輕咳了一聲：「那個，我還有很多事兒，你先回去休息吧。」

謝長寂沒說話，目光落在桌面為數不多的紙條上，平和道：「那我等妳。」

「你……你回去睡唄，」花向晚笑容微僵，「一直待在這裡多累啊。」

謝長寂沉默，片刻後，他輕聲道：「妳不在我睡不好，傷勢難癒，四日後的生辰宴，我怕難以應付，要不還是……」

「唉等等！」一聽這話，花向晚立刻站起來，擠出一絲笑：「生辰宴是大事，定下了不好缺席，我還是同你回去吧。」

「生辰而已，不是大事，妳先忙吧，」謝長寂顯得異常善解人意，「不必為我操勞。」

「哪裡？」花向晚繞過書桌，走到他旁邊，笑得很真誠，「你的身體才是最重要的。」

謝長寂看著她，隱約帶了些笑，但神色卻一如既往，轉身道：「那就先回去吧。」

兩人走在長廊，謝長寂悄無聲息為她擋了風，花向晚心中悶悶，轉頭看了他手中一大堆盒子一眼，頗為好奇：「你這是什麼？」

「弟子送的糕點，西境沒有雲萊的點心，他們出門在外，就自己學著做了許多。」謝長寂解釋。

花向晚點點頭，漫不經心：「你今日同他們聊了挺久的。」

「講道而已。」謝長寂說著，花向晚便想起來，天劍宗年年都要給弟子講道。那些年在雲萊，她也跟隨謝長寂聽過天劍宗講道，各地弟子雲集，仙山仙氣繚繞，仙鶴松柏，高山流水，無一不是眾人心中所嚮往的仙道模樣。

那時謝長寂是普通弟子，領著她站在人群中，她仰頭看著高處修士，忍不住詢問：「你有一日也會這樣開壇布道嗎？」

謝長寂動作頓了頓，遲疑片刻後，他緩慢出聲：「不會。」

那時她以為是謝長寂對自己沒信心，覺得自己不會成為這樣的大能。

可如今才想明白，那是因為他清楚知道，未來的自己將一生守在死生之界，不會有這樣的機會。

花向晚看著旁邊的青年，他一身白衫，手裡拿著糕點，這讓他多了幾分煙火氣，看上去整個人溫柔許多。

她不知道為什麼，莫名就想到他白衣繡鶴，開壇布道，萬人敬仰的模樣，忍不住笑了起來。

「笑什麼？」

「我就是想，如果你回天劍宗，這次應該可以開壇布道了。」花向晚說著，眼中帶著幾分期許：「你還可以再收幾個徒弟，然後有許多徒子徒孫，讓天劍宗繁榮昌盛，等什麼時候就可以飛升上界，成為一代佳話。」

謝長寂聽著她的話，沒有出聲。

花向晚越想越覺得這個未來頗為美好，忍不住道：「雲萊挺好的。」

「妳喜歡，我可以帶妳回去。」謝長寂開口。

花向晚一愣，片刻後，才意識到他在說什麼，擺了擺手：「金窩銀窩不如自己的狗窩，算了吧，我還是在西境這個狗窩待著好了。」

說著，兩個人走進房間，謝長寂放好糕點，兩人各自洗漱。

等上了床，花向晚睡在裡側，她側著身子看著面前閉眼淺眠的謝長寂，緩慢道：「謝長寂，我好久沒看見你修煉了。」

聽到這話，謝長寂睜開眼睛，花向晚看著他，似是思索：「也好久沒看見你拿問心劍了。」

他平靜地看著她，過了一會兒，輕聲解釋：「修煉靈力，我已經走到頭了。」

「何謂到頭？」

「修行以元嬰作為邊界，元嬰之下修身，練氣引靈氣入體，以虛丹操縱靈氣，可得百年壽命，身體輕便。」

他的聲音清清冷冷，竟同她講起修行的基礎知識。

「築基排清靈根汙穢，與凡人區別，可得三百年壽命。」

「金丹之後，虛丹轉實，靈氣入體，再入金丹運轉淨化，成為靈力，至此靈力滋養軀體，尋常刀槍不入，可得五百年壽命。」

「之後便可修於神識之內結嬰，修身不再重要，修得元嬰，元嬰再進一步，於化神轉為元神，修仙者便可有脫離身體之精體，開天眼，觀星斗運轉，人世規律。」

「再步入渡劫，窺探天道，運用天道法則。」

「所以？」花向晚聽不明白，謝長寂抬手拂過她的頭髮。

「對於渡劫而言，修為靈力已不重要，重要的是，如何理解這世上萬事萬物法則。道心，是你的執念，你修行的根本原因，而道，則是你理解事物的方式。」

「例如問心劍一脈，」謝長寂解釋給她聽，「問心劍的道心，是成為最接近天道的存在，而問心劍的道，便是捨棄人欲，成為天道。我們一生之修行，都在克己、守欲，奪人欲，以天道之眼，判斷萬事萬物。」

「我明白。」花向晚笑起來，她湊到謝長寂面前，覺得有些得意：「那你在幻境大半年，是不是破戒了？」

謝長寂不說話，他看著面前眉眼靈動的女子，片刻後，笑了起來：「我早就破戒了。」

兩人靜靜對視，花向晚看著面前的人，覺得心跳放緩，從未這麼靠近這個人。

他像明月一樣高懸於頂，溫柔地照耀世人。

她仰望著他，忍不住出聲：「謝長寂，你生日有什麼想要的嗎？」

謝長寂想了想，搖了搖頭：「妳在，我就覺得很好。」

說著，他伸手將人拉進懷裡，閉上眼睛：「睡吧。」

謝長寂對於和她同眠這件事很執著，花向晚也懶得和他抗爭，白日裡和靈北一起籌備他的生辰宴，夜裡給他陪睡，好在他也不做什麼，她倒也放心。

合歡宮一片安好，但西境卻不太平，四處流傳消息，說溫少清還活著，因為有一位清樂宮的弟子被溫少清的琴音所傷。

但又有更多傳聞，說溫少清已經死了，傷人的，是一具被人操控的白骨。

白骨傷人，這是煉屍之術。

此事讓本來已經開始為兒子辦葬禮的溫容又瘋狂起來，當初她沒在溺水中撈到溫少清的屍體，以為溫少清的屍體被溺水徹底侵蝕，如今清樂宮弟子被溫少清琴音所傷，那完全可能是溫少清骸骨落入他人手中，被煉成了供人操控的凶屍。

一宮少主落到如此境地，那是清樂宮絕不容許的侮辱，於是清樂宮上下四處張貼告示，溫容又在宮中想盡辦法，感應溫少清的屍體在何處。

清樂宮的動作大家看在眼裡，如今西境擅長煉屍之術的，除了散修之外，便只有傀儡宗和巫蠱宗。

而傀儡宗明面上仍屬清樂宮管轄宗門，應當不敢擅自以少主作為煉屍對象，懷疑最大的，便只剩下巫蠱宗。

加上之前在神女山，巫蠱宗人曾因襲擊溫少清被殺，於是巫蠱宗以溫少清屍首煉屍的小道消息不脛而走，眾人議論紛紛。

這些消息一條條傳入合歡宮，而合歡宮內隨著謝長寂生辰日期到來，越發熱鬧。

謝長寂身為天劍宗上君，身分尊貴，想要結交的人不少，帖子發出去，各宗都派了人過來祝賀。

花向晚早早得了客單，等到第四日，便早早起身來，換上白色束腰繡鳳宮裝，親自去門口迎接來道賀的人。

這次宮宴來了至少上百修士，花向晚一一見過，等到了晚間，便同謝長寂一起接待眾人。

酒席辦得盛大，所有人在殿裡鬧哄哄的，謝長寂和花向晚坐在高處，兩人喝著酒，花向晚轉頭看他：「這生辰宴辦得如何？」

「很好。」謝長寂出口。

花向晚挑眉：「你當真覺得很好？」

謝長寂想了想，只道：「妳為我辦，怎樣都好。」

花向晚聽到這話，思索片刻，不由得湊過去：「你以前怎麼過生日？」

「買糖。」

這話出來，花向晚有些詫異：「買糖？」

謝長寂點點頭，認真解釋：「沒有人想為修問心劍的弟子過生辰，我也一直沒想過。直到有一年生辰，我有一位修多情劍的師弟，他和我是同一日生辰，那天許多人都在為他慶賀，鬧了很久，後來等我回到死生之界結界前，等師父為我講道，師父就給了我一顆糖。」

說著，謝長寂回憶起來：「從那以後，每年生辰，師父都會給我一顆糖。」

花向晚沒說話，她想了想，笑起來：「你都兩百多歲了，我再給糖也不合適。」說著，她搖晃著酒杯，「有什麼想要的？」

謝長寂不出聲，他看著她，似是了然一切。

「我今日的願望就是，花向晚，」謝長寂看著她，說得格外認真，「平平安安，壽與天齊。」

花向晚聽著他的願望，有些不敢直視他的目光，扭過頭去，輕咳了一聲：「這可不是我說的算了。」

說完，她趕緊岔開話題：「今晚靈北給你安排了煙火，走，我們去門口看。」

她一面說，一面起身，高高興興招呼眾人往門口走去。

謝長寂從容地跟在她身後，看著她走進人群，叫著眾人：「來來來，我們到廣場上看煙花。」

「少主，不喝酒啦？」

「一會兒喝。」

花向晚走得快，人流將兩人隔開，謝長寂距離不遠不近，眼看著就要走出門口。

一道劍光從人群中破空而來，朝著花向晚直刺過去！

這劍來得極快，花向晚恍若未覺，謝長寂猛地睜大眼，大喝：「花向晚！」

花向晚笑著回頭，便見謝長寂身形一動，花向晚似是著急，往旁邊一躲，這倒給了行刺之人機會，長劍緊追而上，謝長寂劍意急轟而至，在劍尖刺入花向晚身體時，將行刺之人一劍劈了出去！

「慢著！」花向晚看見謝長寂下一劍又動，一把抓住謝長寂的手，急道：「留活口。」

謝長寂不說話，他喘息著，手微微發顫。

靈北帶著人衝進來，所有人亂成一片，花向晚捂著傷口，似是十分虛弱，勉強笑了笑：「長寂，我無事。」

謝長寂盯著她，勉強挪開目光，他似乎花了很大力氣，才克制住自己的情緒，上前將花向晚打橫抱起來，冷著聲道：「將人押下去，澈查此事，立刻叫大夫過來。」

說著，他抱著花向晚，朝著內院疾步走去，花向晚感受到他的憤怒，乖乖臥在他懷中，小聲道：「我沒事。」

謝長寂沒有出聲，等進了房間，他一把撕開花向晚的衣服，露出她的肩頭，冷靜的為她處理傷口。

等處理好傷口，他用衣服蓋好她的肩頭，醫修這才急急忙忙趕了過來，看上去陣仗頗大。

「進來吧。」

看著醫修戰戰兢兢的樣子，花向晚倒十分平和，眾人進來，為她看診確認無礙後，才退了出去。

等房間裡只剩謝長寂和花向晚，對方明顯冷靜許多，花向晚想了想，安撫道：「那個，我沒什麼事，你不用緊張。」

謝長寂沒說話，他關上門，坐回床邊，他靜靜地看著她，目光落到她的傷口上：「不要有下一次。」

「這我哪兒能管得了？」花向晚有些心虛，面上卻不顯，只抬手主動碰了碰他的手：「你別生氣了。」

謝長寂不動，花向晚直起身湊過去，看著似是在想著什麼的謝長寂：「你看看我嘛。」

謝長寂聽到她的話，轉過頭來，他看著她琥珀色的眼，她眼睛中帶著笑，像是會勾人一般，一股甜膩的香味悄無聲息瀰漫在屋中，她伸出手，攬住他的脖子，靠到他身上，輕蹭著他，撒著嬌道：「好了我以後注意，絕對沒有下一次。」

「花向晚，妳不能總是……」

謝長寂緊皺眉頭，轉頭看她，只是話沒說完，花向晚就親了上來。

她柔軟的唇堵在他唇上，靈巧地勾著他，謝長寂呼吸一頓，感覺面前的人跨坐上來。

空氣裡都是她的味道，謝長寂察覺不對，他翻身將她壓在身下，按住她的動作，輕喘著粗氣警告：「花向晚！」

「好哥哥，我聽著呢。」花向晚從他手中將手腕轉出來，熟練地拉開他的衣衫，抬起身子攬住他，「你要生氣就罰我吧，你看要怎麼罰？」

說著，她拉開自己的衣服，謝長寂覺得眼前有些模糊，他終於意識到情況有些不對，用力甩了甩頭，掙扎著出聲：「妳……妳別一個人……」

花向晚沒動，她平靜地看著已經沉溺在她編織的幻境的謝長寂，看著他努力想要掙脫這個幻境。

可以有心算無心，她籌謀已久，怎麼可能讓他這麼輕易的從幻境中爬出來？

她乾脆將人一把拉下來，謝長寂倒在她身上，眉頭緊皺，還在努力掙扎。

花向晚靜靜地抱著對方，過了一會兒後，她輕聲開口：「好好做個美夢，明日我就回來了。生辰快樂，」她低頭親了親謝長寂的額頭，神色平靜，「清衡道君。」

說著，她抬手一推，便將身上的人推開，從床上從容起身。

剛挪步，謝長寂一把抓住她的袖子，將她的衣領扯下大半。

花向晚回頭看了低低喘息著的謝長寂一眼，聽對方出聲：「帶……我……」

花向晚看著謝長寂，她平靜地注視著他，好久，緩慢出聲：「我們不是一路人，我帶不了你。」

說著，她慢條斯理拉上衣衫：「做個夢就行了，別當真吶，清衡道君。」

謝長寂動作一頓，花向晚從他手中扯回袖子，轉身離開。

她走出房間，設下結界，便看等在門口的薛子丹和靈北。

「怎麼樣，我的藥好用嗎？」薛子丹笑咪咪開口。

花向晚沒搭話，只道：「守著他。」

說著，她看向靈北：「如何了？」

「那邊已經準備就緒。」靈北平靜道：「就等少主。」

「刺殺的那個人呢？」

「已經做了個假身分『死』在牢獄中，明日少主遇刺的消息就會傳出去。」

花向晚點點頭，手上一轉，一個傳送陣出現在地面。

她提步上前，招呼周邊的人：「走吧。」

傳送陣亮起，所有人跟在她身後，踏入傳送陣。

沒一會兒，眾人眼前便換了一番景象。

提前到的合歡宮眾人早已等在原地，秦雲裳、狐眠在旁邊。

看見花向晚出現，合歡宮弟子齊齊跪地：「恭迎少主。」

「起吧。」花向晚抬手，轉頭看向秦雲裳：「溫少清呢？」

「在這兒呢。」秦雲裳將一個書一般大小的盒子遞給花向晚：「妳設的隱蔽陣我還沒打開，不過我聽說最近溫容用各種方法找他找瘋了，她早就懷疑巫蠱宗，現下就在巫蠱宗附近活動，妳前腳撤了法陣，她後腳就能趕過來。」

花向晚沒說話，她低頭打開盒蓋，便見一具不算完整的骷髏靜靜躺在木盒中。

「他屍骨太大，我帶著不方便，就縮小了放盒子裡，妳拿出來是一樣的。」

秦雲裳解釋，花向晚沒有理會，抬手拂過木盒上方，口中念咒。

木盒顫動起來，陣法緩慢消失。

等做完這一切，花向晚對著木盒中的白骨看了一會兒，皺起眉頭：「撈出來時一點肉都沒了嗎？」

「乾淨得很。」秦雲裳接話，隨後趕緊道：「不過妳可別怪我不盡心，我得了妳的信，第一時間就去撈人，不過他之前已經被人剃乾淨了，所以不會有血肉。」

聽到這話，花向晚動作一頓，微微皺眉，抬眼看秦雲裳：「被人剃乾淨了？」

秦雲裳點頭：「不錯，我看見他的時候，他已經是一具白骨在地面爬，然後爬進了溺水坑裡，等他死了我撈出來就這樣了。薛子丹之前看見這東西，和我說是劍痕……」

說著，秦雲裳忍不住感慨：「冥惑真狠啊……」

「別說了，」他們說著話，狐眠掃了木盒中亮起來的白骨一眼，皺起眉頭，「溫容可能發現他的位置了。」

「現下怎麼辦？」秦雲裳抬眼看向花向晚。

花向晚冷靜道:「我先混進去,將木盒放在大堂,等一會兒溫容來鬧,我趁機去找他們的屍身。等我找到他們,會告知你們,到時候溫容一走,你們告訴我,我開法陣將他們困在法陣中,就可以動手了。」

「屍骨盡銷,魂魄拘禁,」花向晚語氣平靜,「一人不留。」

聽到這話,狐眠抿緊唇,片刻後,她點頭應聲:「好。」

花向晚看了秦雲裳一眼,點了點頭,隨後轉頭看靈北:「帶著弟子,聽狐眠師姐的。」

說完,她便走上前去,化作一道華光,悄無聲息潛入巫蠱宗。

眾人遠遠等在巫蠱宗外,沒一會兒,感覺一陣地動山搖,隨後就聽溫容怒喝:「巫生小兒,還我兒身體來!」

這一聲大吼憑空而下,驚得巫蠱宗人紛紛從睡夢中清醒。

巫生在黑夜裡睜眼,他立刻起身,領著眾人來到大門前。

沒了片刻,就看溫容帶著人落在門前,看見溫容,巫生恭敬行禮:「溫宮主。」

「休說廢話,」溫容取出一個正在發光的羅盤,冷著聲道:「我兒屍骨在你這裡,交出來!」

「溫宮主,」巫生神色平淡,「巫蠱宗沒有少主的屍骨,請溫宮主切勿聽信謠言。」

「謠言?」溫容笑起來,「我兒的法術我認識,若非被人煉屍,絕不可能有一具白骨能用出我兒的法術。煉屍一事，除了你們巫蠱宗還有誰？」

「溫宮主，」巫生冷聲開口，「切勿妄言。」

「你……」

「若溫宮主不信，不妨入巫蠱宗一搜。」

聽到這話，溫容一頓，就看巫生抬眼，冰冷地看著她：「請。」

溫容聞言，廣袖一甩：「好，本座這就去搜，走！」

說著，溫容大步向前，領著眾人衝了進去。

巫生提步跟在溫容身後，平靜道：「此事太過湊巧，明顯是有人刻意為之，溫宮主切勿上……」

話沒說完，溫容頓住腳步，所有人安靜下來，愣愣地看著前方。

巫生察覺不對，疑惑回頭。

一抬眼，就看見正堂之上，一具白骨身著紫衣，頭戴玉冠，手中抱著一把白玉琴，端坐在正堂上方。

巫生瞳孔緊縮，溫容面容呆滯，片刻後，她顫顫出聲：「少清……」

說著，她踉踉蹌蹌撲上前去：「少清！娘來了，娘來接你了少清！」

她衝上前，抬手觸碰溫少清白骨。

然而她剛一碰，溫少清便化作飛灰散開。

巫生這才反應過來，急道：「溫宮主妳聽我解釋……」

話沒說完，只聽一聲咆哮，音波朝著巫生撲面而來，巫生同時祭出一個傀儡，同溫容的音波對轟在一起。

渡劫期與化神期的對峙帶來巨大靈力動盪，朝著遠處轟然而去，驚得四方修士猛地睜眼。

然而對峙不過片刻，畢竟一個大境界的差距，巫生支持不住，被溫容的音波猛地轟開。

他狠狠砸在牆面，隨後便被人一把捏住脖子，提到高處。

「查，」溫容死死盯著巫生，咬牙開口：「你給我查！」

「是。」巫生立刻出聲，喘息著：「溫宮主，我這就查，這就還巫蠱宗一個清白！」

「一個月，把凶手給我找出來，不然，我要巫蠱宗滿門弟子，給我兒陪葬！」

說著，溫容將巫生狠狠甩開。

她走回大堂，顫抖著手，跪在地面將白灰收集起來，放入一個瓷壇。

隨後抱起白玉琴，克制著情緒轉身，啞聲道：「走。」

巫蠱宗人跪了一地，送走溫容。

這時，花向晚走在長道之中，緩緩推開一扇黑金色大門。

大門之後，上百具棺木停在寬廣的房間中。

花向晚抬眼看去，給秦雲裳傳音：「找到了。」

秦雲裳冷眼看著溫容走遠，轉頭看了狐眠一眼：「動手吧。」

雷聲轟鳴而下，狐眠手中畫筆一轉：「好。」

雷聲轟隆，似有大雨。

千里之外，一道閃電轟在謝長寂的幻境之中，謝長寂一口血嘔出來，急急睜開眼睛。

他抬手抹了一把嘴邊鮮血，迅速起身，提著劍打開大門。

薛子丹聽見聲響，詫異回頭，只是還未反應過來，便被人用劍架著脖子，狠狠撞在身後柱子上。

「花向晚呢？」謝長寂揪著他的衣領，語氣中帶著殺意。

他殺巫媚那晚的記憶浮現上來，薛子丹咽了咽口水，想要安撫謝長寂：「那個你冷……」

話沒說完，謝長寂長劍一動，薛子丹立刻大吼：「巫蠱宗！」

謝長寂動作頓住，薛子丹趕緊道：「她去搶人，你想做什麼趕緊去，別和我折騰！」

聽到這話，謝長寂立刻放開他，轉身就走。

走了兩步，他突然想起什麼，回頭看向薛子丹：「你從道宗追到狐眠花了多久？」

「三個……不是！」薛子丹突然反應過來。

謝長寂死死盯著他，片刻後，他冷淡出聲。

「好得很。」

說完，他提步往前，消失在夜色之中。

大雨傾盆而下，薛子丹看著空了的院落，深深舒出一口氣。

片刻後，他突然意識到謝長寂之前做過什麼。

溫少清那骨頭他一看就知道是劍痕，絕對不是冥惑幹的。

之前他還是「雲清許」時謝長寂就對他恨之入骨，要是知道自己是花向晚的前任，還故意單獨在房間給花向晚「解毒」，他真的要宰了他。

太危險了，他不能再留了。

意識到這點，薛子丹立刻回頭去收拾東西，一面收拾一面給花向晚傳音：「阿晚，謝長寂認出我是雲清許了，他現在去巫蠱宗找妳，我先跑了，妳好自為之。」

# 第五章 滅宗

這是巫蠱宗的地宮。

放下溫少清的屍骨後，趁著溫容和巫生糾纏，她用神識掃過整個巫蠱宗，隨後快速到了地宮之中。

這兩百年她所學博雜，製毒、法陣無一涉獵頗精，她悄無聲息解開地宮封印，來到地宮大殿。

大殿是一個寬闊的空間，裡面陳列著密密麻麻的棺木，周邊是西境信奉的各路尊神神像，或坐或立，或怒目猙獰，或手執蓮花，配合著大殿中的棺槨，看上去異常陰森。

花向晚抬手一揮，大殿燭燈亮起，燈火通明，就看見正前方是整個大殿中最大的一座神像。

它矗立至頂，人在它面前顯得異常渺小，神像是男女兩神，擁抱交合在一起，看上去就成了一尊。

這是西境大多數人供奉的陰陽合歡神，傳說中創造西境的主神。

花向晚看著棺槨，用神識一一確認了身分，隨後給秦雲裳傳了消息：「找到了。」

秦雲裳盯著不遠處走出巫蠱宗的溫容，冷聲道：「知道了，妳先確保他們的安全。」

巫蠱宗既然拿他們煉屍，如果真的動起手來，或許會將合歡宮弟子的屍首召出，若屍首被破壞，他們這一趟就白來了。

花向晚應聲：「放心，我安排好通知妳。」

說著，花向晚手上結印，為整個大殿設下結界，隨後從乾坤袋中取出一把長劍，劍身抹過手心，她口中誦念法咒，每一滴血珠落下，都在空中變化成一道符文，過了片刻後，她輕喝出聲：「去！」

音落，血色符文飛向棺槨，一一貼到棺槨之上，在棺槨上亮起，隨後沉入木中。

用符文封住這些棺材，保證這些屍體與外界隔絕，不會受到巫蠱宗召喚，她又盤腿坐下，在地面畫出一個圓形法陣。

法陣極為複雜，每一筆都是用血繪製而成，灌入化神後期的靈力。

雖然是化神後期，但法陣已經隱約有了渡劫期的威力，花向晚一筆一劃，到最後幾筆，秦雲裳的聲音響起來：「阿晚，溫容走遠了。」

「去吧。」花向晚描上最後一筆，冷靜開口：「我馬上啟陣。」

說著，她抬手按在法陣中間，法陣迅速往外擴散，與此同時，天空中出現一道透明薄膜，和地面的法陣相互回應，緩慢銜接在一起。

巫生正在房中大發雷霆，他冷冷看著眾人，怒喝：「有人闖進來都不知道，做什麼吃的？

溫少清怎麼會在這裡？原本在這裡的人呢？都死了？」

說著，他便察覺靈力不對，片刻後，有人顫抖出聲：「天……天變了！」

所有人看見天空似乎被一層薄膜籠罩，巫生瞬間察覺不對，立刻給鳴鸞宮發信求救，然而他的傳音根本無法穿透薄膜，他頓覺不好，正要吩咐什麼，就聽外面傳來「轟」的一聲巨響，隨後有人衝進屋中，急道：「宗主，有人帶人闖進來了！」

「何人？做什麼？」巫生扭過頭去，冷聲詢問。

衝進來的弟子喘著粗氣，如實回答：「她說她叫狐眠，來取你狗命。」

聽到這話，巫生一愣，片刻後，就看上方薄膜呈現出血紅花紋，花紋上一個個光點亮起，眾人還沒反應過來，光點突然化作血劍，朝著地面如雨而下！

尖叫聲瞬間傳遍整個巫蠱宗，高階弟子反應過來，立刻開啟法陣抵擋，外面傳來砍殺之聲，巫生看著弟子被血劍誅殺，這才反應過來。

他捏起拳頭，稍作鎮定，只道：「錢長老領所有弟子去正門，來者殺無赦，另外兩位長老隨我去找布陣之人，只要陣法一破，來者不足為懼。」

說著，巫生慢慢冷靜下來，他看各懷鬼胎的長老們一眼，出聲提醒：「今夜來的是合歡宮的人，大家誰都跑不掉。」

聽到這話，眾人一愣，隨即意識到來的人是為什麼。

下面的弟子不清楚，可這些長老卻是清楚當年發生過什麼，他們的臉色皆是一白，巫生見穩住眾人，甩手朝地宮走去，冷聲道：「走。」

來的既然是狐眠，那她一定是在溯光鏡中看到過去，知道了合歡宮弟子屍首的去向。既然來人已經悄無聲息將溫少清的屍骨放下，那一定也會找到地宮。

他一面召喚煉製好的凶屍，一面領著人往地宮趕。

從地面往下，是一條狹長甬道，巫生領著兩個長老和一干凶屍衝進甬道，便看見路上一地弟子屍首。

巫生抿了抿唇，手上撚了個法印，兩個長老也十分緊張，能這麼無聲無息來到地宮，對方必然在化神期以上，甚至是更高的修為。

合歡宮三位長老都是化神期，可若是那三位長老，決計布不出方才的法陣，可除了那三位，合歡宮還有誰有這樣的能力？

花向晚那個金丹半碎的半吊子不可能，花染顏渡劫失敗後就纏綿病榻更不可能。

三人不斷思考著來人是誰，走到一半，就看見一個穿著白色宮裝的女子背影。

巫生動作一頓，三人警惕起來，巫生恭敬道：「敢問閣下為何擅闖我巫蠱宗地宮？」

「我為何而來，」花向晚慢慢回頭，看向不遠處的巫生，微微一笑，「你心裡不清楚嗎？」

「花向晚！」

巫生猛地睜大眼，話音落下的瞬間，血色藤蔓從地下瘋狂而來。

巫生反應極快，足尖一點，便退後了去，抬手一召，凶屍瘋了一般撲上前。

花向晚的劍抹過手心，盯著迎面撲來的凶屍，目光微冷。

而後她左手一甩，法陣朝前方而去，封住三人去路，右手長劍橫掃，直接將撲來的凶屍切成兩半！

血色藤蔓從巫生三人腳下騰空而起，巫生三人手中法光大綻，兩位長老控制住藤蔓，巫生的法咒朝著花向晚轟去。

甬道狹窄，不利於多人作戰，這剛好便宜了花向晚。

巫生看了一眼，手上結印，瞬間出現在花向晚身後。

花向晚察覺他的靈力走向，藤蔓緊追而去，隨即回身一劍轟砍而下！

巫生袖中長劍驟出，硬生生接下花向晚一劍，同時另外一位長老手中道光朝著花向晚擊來，逼著花向晚脫開左手用法陣攔住長老的道光。

兩個人左右夾攻，僵持之間，法陣從花向晚腳下升騰而起，三個人同時念咒，法光如蛇而出，瘋狂襲向花向晚，花向晚被困在陣法之中，劍光密不透風，將試圖衝向她的光蛇一一斬盡！

她的劍光極快，三人額頭有了冷汗。

巫生之前才被謝長寂傷過，方才又被溫容所傷，現下雖然是同另外兩個長老合力困住花向晚，卻也感覺吃力。

察覺巫生的狀態，其中一位長老急道：「宗主，她就是靠靈氣珠，再撐一會兒就好了！」

「靈氣珠？」聽到這話，花向晚在法陣中笑著回頭，長老察覺不對，但他來不及反應，只聽一聲：「那可真是讓你們失望了。」

音落那刹，強大的靈力朝著周邊轟然而去，將三人猛地震飛。

花向晚失去禁錮，劍如長龍，身如鬼魅，帶著劍的清光出現在兩個長老面前，俐落地劃過他們脖頸。

看見長老被殺，巫生捂著胸口，果斷轉身就逃。

凶屍在他操控之下朝著花向晚抓來，花向晚一人一劍，一路劈砍而去，不消片刻，便把凶屍清理乾淨。

她提著染血的劍，疾步追向巫生，巫生瘋了一般衝向前方，在花向晚一把抓到他之前，猛地衝進地宮，轉頭大喝：「慢著！」

花向晚停住腳步，巫生站在上百棺木面前，他喘息著：「妳要是敢再上前一步，我就自爆元神，同這裡一起毀了！」

花向晚不說話，她看著不遠處的巫生，想了想，卻是笑起來：「兩百年了，未曾想，你還用劍吶？」

聽到這話，巫生臉色一白，花向晚的目光落在他被逼拔出的劍上，似是思索：「我真是好奇，沒有愛魄的人，是什麼感覺。」

「妳想說什麼？」

「沒有愛魄之人，感受不到這世間之愛，」花向晚走進來，巫生忍不住後退，聽花向晚緩慢開口，「無論父母、親友、妻兒，乃至世間萬事萬物，留給你的都只有憎怨苦恨，如今巫宗主也算名利加身，不知感受如何？」

「妳讓我走。」巫生喘息著，似是完全聽不懂花向晚的話，「巫蠱宗妳滅了就滅了，我什麼都可以不要，今夜之事我絕不會透露半點，讓我離開。」

「走？」花向晚停住步子，似是覺得好笑，「你說我會讓你走嗎？」

巫生動作頓住，花向晚繼續思索：「你換了臉，屠了斷腸村，不承認秦憫生的身分……」

「我不是秦憫生。」

「如果你不是，」花向晚抬頭，「你換臉做什麼？」

「我沒有換臉。」巫生咬牙。

花向晚盯著他，面上笑容異常溫柔：「我可以幫你復原，然後告訴狐眠師姐，你做過什麼。」

聽到這話，巫生捏起拳頭，花向晚從他眼中看出惶恐。

她走向他，看著他的眼睛，巫生警惕地看著她，隨即聽她輕聲詢問：「哪裡弄來的眼睛？挖別人的吧？」

「當年師姐挖自己的眼睛，就是不想害人。若她知道，一定很失望。」

「閉嘴。」

「秦惘生，如今棺材裡躺著的，是師姐的同門。」

「我不是秦惘生。」巫生不斷強調。

花向晚輕笑：「你害過他們一次，還想害第二次嗎？這兩百年，你交換的東西，後悔嗎？」

「我說我不是！」巫生再也忍不住，猛地揚劍出手，然而花向晚動作更快，長劍朝著巫生揮砍而下，左手同時化出一道法光，一掌擊在巫生腹間。

法光在巫生腹間織網，頃刻入侵神識，牢牢鎖住他的元嬰，巫生的長劍被花向晚一劍斬斷，隨後捅進胸口。

這時外面傳來腳步聲，狐眠的聲音響起來：「阿晚？阿晚妳還好嗎？」

「要見麼？」花向晚盯著巫生：「要不要我幫你恢復你的容貌？」

巫生聞言，他顫抖著，緩慢抬頭：「不。」

「秦惘生，」他說話間，血從嘴裡溢出來，「死在，兩百年前。」

「為什麼要屠斷腸村？」花向晚問出疑惑。

外面的腳步越來越近，巫生眼中帶著幾分瘋狂，他抬手放在劍上，咬牙：「那是屬於秦惘生的。」

折了劍。

改了容貌。

換了身分。

屠殺了斷腸村。

屬於秦憫生的一切，都被他抹殺殆盡。

「你恨秦憫生？」花向晚從他神色中品出毫不遮掩的怨恨，奇怪道：「為什麼？」

聽到這話，巫生笑起來，他臉上詭異的紋路因為笑容扭曲，和眼中隱約的水汽相互交映，看上去格外瘋狂：「因為……愛是他的。」

他的聲音很輕，花向晚一愣，就看他從劍尖猛地退開。

而後他捂住傷口，踉踉蹌蹌朝著門口走去。

他眼中是克制著的期許和渴望，他的腳步和狐眠的腳步聲交織在一起，當狐眠推開大門入內時，他朝著她張開雙臂撲了過去。

他沒用任何靈力，也沒有任何武器，花向晚看出來，他只是想去抱一抱狐眠。

然而狐眠在他撲過來的瞬間，毫不猶豫，一鞭子狠狠將他甩開。

他被狐眠的靈力重創甩到地上，全身筋骨盡斷，趴在地上再也無法起來。

可他還是掙扎著，只是他的掙扎看上去太過微弱，像是整個人趴在地上蠕動。

狐眠意識到這是誰，立刻咬牙：「巫生？」

說完，她猛地上前，一把拽起巫生，狠狠捏在他脖頸之上。

「等等！」花向晚急促出聲。

狐眠回頭：「怎麼了？」

就是那刻，巫生猛地往前一撲，伸手將狐眠死死抱進懷中，狐眠也是毫不猶豫，一掌貫穿了他的心臟，怒道：「放開！」

「是我的。」巫生的神色漸漸渙散，可他眼中卻露出幾分高興，他看向花向晚，含糊不清：「是巫生的。」

這個懷抱，與秦憫生無關，是他巫生爭過來的。

他腦海中盡是「秦憫生」的回憶。

他的母親，他年少的好友，他的狐眠。

明明他體會不到那些愛與美好，可他卻生了嚮往和渴求。

他不懂愛和善，他只有恨。

他恨秦憫生，因為他帶走了巫生所有美好的東西。

這兩百年，他從未有過片刻安穩，他痛苦不安，他焦慮發狂，可直到此刻，他抱著狐眠，終於緩緩閉上眼睛。

狐眠愣愣地抱著他，她直覺有什麼發生，卻不知道，只感覺左眼莫名流出眼淚，她茫然地抬頭看向旁邊花向晚，只問：「怎麼了？」

花向晚不說話，她看著左眼流著淚的狐眠，過了片刻，她擠出一抹笑：「沒什麼，外面如何？」

「秦雲裳還帶著人在清理，」狐眠反應過來，將巫生一推，站起身來，踩著巫生的血走過去，冷靜道：「我帶人先過來。」

「我開好傳送陣了。」花向晚看了不遠處的法陣一眼：「妳帶他們回去吧。」

「好。」狐眠點點頭，她掃了滿殿棺木一眼，好久後，啞聲開口：「師兄師姐，師弟師妹，狐眠和阿晚，來帶你們回宗了。」

說著，狐眠跪地叩了三個頭，隨後站起身來，抬手招呼靈北：「抬棺。」

弟子應聲，一人一具棺槨扛著躍入傳送陣離開。

花向晚看著大殿中弟子帶著棺槨一個個消失，沒過片刻，秦雲裳也帶著人走了進來。她全身濕透，身上帶血，花向晚看了她一眼，只道：「如何？」

「差不多在收尾了。」秦雲裳擦了一把臉：「我讓靈北在外面把剩下的屍體處理乾淨，還有二十多個弟子在逃，靈北正在搜，一會兒應該就有結果。望秀呢？」

秦雲裳說著，轉頭看向旁邊，狐眠拍了拍手邊棺木，提醒秦雲裳：「這兒呢。」

聽到這話，秦雲裳立刻走過去，到棺木前，她的腳步頓了頓，片刻後，她深吸一口氣，走上前，打開了棺木。

兩百年過去，棺木中的人卻始終保持著兩百年前的樣子，他的身體被人細細縫合，看上去睡得極為安詳。

秦雲裳靜靜看著，好久後，她艱難地笑起來：「沒好好打扮來見你，你是不是又想挑刺？

不喜歡也沒有用，我就是這麼難看，你受著吧。走。」

秦雲裳合上棺木，將棺木扛起來啞聲道：「我帶你回去。」

說著，她轉頭看了旁邊兩人一眼：「我先走了。」

秦雲裳帶著程望秀的棺木踏入傳送陣，狐眠也背起蕭聞風，轉頭看著花向晚道：「妳處理後面事宜，我也先……」

話沒說完，一股罡風從外猛地吹來，靈北「轟」的一下，撞開大門砸進大殿。

花向晚和狐眠瞬間回頭，就看門口出現一個身影。

他周身被雨淋濕，手上提著一把用布帶封著劍刃的長劍，白衣沾染了幾滴鮮血，宛若點綴。

他皮膚很白，平靜的神色透出一種說不出的病態，靈北咳嗽著起身，轉頭看向花向晚：「少君突然出現，我們都攔不住……」

「退下。」謝長寂冷淡出聲，語氣中沒有半點可商量的餘地。

花向晚從他身上覺出幾分危險，她的心跳得飛快，捏起拳頭，面上卻故作鎮定，吩咐靈北：「先把餘下的事處理了，之後你自己從傳送陣離開。」

「是。」靈北不敢多說，趕緊起身出去。

狐眠掃了兩人一眼，結巴道：「那……那我也走了。」

說著，她低著頭，一腳踏進傳送陣，消失在大殿。

大殿中只剩下花向晚和謝長寂，兩人靜靜對視，漫天神佛圍觀下，花向晚輕輕一笑。

「啊，」她似是有些感慨，「你竟然來了。」

水從他身上滴落而下，順流到地面，和血交融在一起。

花向晚盯著面前的人，面上帶笑，神色冷淡，心中卻像是拉緊的弓弦，悄無聲息捏起拳頭。

她不能讓他留在這裡太久，留得越久，他越容易察覺她的變化。

「我不該來？」謝長寂肯定開口。

花向晚輕笑：「當然。」

「為什麼？」

「兩宗結盟，」花向晚似有幾分遺憾，「我還是想在清衡上君面前，保留幾分體面的。」

「兩宗結盟，」謝長寂聞言，目光中帶著幾分嘲弄，「妳至今還是如此覺得？」

「不然呢？」花向晚疑惑，「難道，我與上君還有其他？」

謝長寂捏緊長劍，他盯著花向晚，啞聲開口：「別這樣說話。」

「這樣說話，的確傷人。」花向晚嘆了口氣，帶著幾分無奈：「本來想和上君繼續演和和睦睦，但上君不願意，執意追來，我也只能實話實說。」

「實話實說……」謝長寂重複了一遍，他的目光移落到花向晚手中的劍上，「妳同我說過實話嗎？」

花向晚心上微顫，她直覺他或許知道什麼，但片刻後，她還是笑著道：「之前或許有欺騙，但今日，皆為實話。」

謝長寂聽著這話，抬眼看向她，眼中帶著冷：「所以，妳的實話是，除卻宗門之外，妳我再無其他。」

「自然。」

「妳不需要我。」

「我需要的只是天劍宗。」

「妳沒有動心。」

「這是自然。」花向晚微微仰頭，說得肯定，「謝長寂，我不對放下的人動心。」

謝長寂沒說話，他閉上眼睛，低啞出聲：「妳還是騙我。」

音落，他身後大門「砰」地合上，寒風自他周身而來。

花向晚直覺不對，看著他的動作，不由自主握劍指在前方地面，看似隨意的動作，卻將周身要害護住。

「怎麼？」花向晚警戒地笑起來：「你不會因為這點事和我動手吧？」

謝長寂沒有應答，布帶從他的劍上一圈一圈打轉飄落而下，露出銳利的劍鋒。

「既然妳不願意說，」冰雪從謝長寂腳下一路往前，渡劫期結界張開，謝長寂忽地睜眼，「那我來說。」

言畢剎那，他猛地揚劍，朝著她急襲而來！

花向晚睜大眼看著劍意撲面而來，她第一次直面謝長寂渡劫期毫無保留的劍意，只覺整個空間彷彿被冰雪之氣包裹，泰山傾崩而下，她根本不敢硬接，足尖一點疾退往後，慌忙出聲：「謝長寂！」

謝長寂沒有回應，唯有劍如針尖密雨，密密麻麻而來，封死她所有去路。

她根本沒有反抗之力，只能被動承接下他所有劍招。

他有多快，她就必須有多快，只要稍有差池，劍尖會立刻穿透她身體！

這樣密不透風的疾劍讓她毫無喘息時機，瞬息接下上百劍後，她便覺得筋脈隱隱作痛。

同巫蠱宗那些廢物交手，她用劍尚未到極致，可如今面對謝長寂這種頂尖高手，她全盛時期都未必能夠一戰，如今筋脈剛剛恢復，又哪裡有還手之力？

她迅速意識到這樣下去到最後怕是會被謝長寂耗死，乾脆將劍用靈力一震，劍身當即變軟，猶如靈蛇一般纏上謝長寂的劍，限制住謝長寂的動作，謝長寂毫不猶豫挑劍而起，花向晚順著他的力道，在空中一個倒空翻，乾脆棄劍躍開！

謝長寂將她的長劍震碎的瞬間，花向晚已躍到遠處，袖中符篆如雨而出，環繞在謝長寂周身，隨後朝著不遠處傳送陣就縱身一躍！

她和謝長寂打毫無勝算，乾脆先跑為上。

察覺她的意圖，謝長寂眼神驟冷，周邊靈氣瞬間暴漲，他一劍橫掃如彎月，純白色的劍光轟開符篆，直襲向傳送法陣旁的花向晚！

花向晚看見那道劍光，一時再也藏不住，體內靈力爆開，猛地拔出乾坤袋中塵封已久的「尋情」，迎著他的劍意便是一劍劈下！

兩道劍意衝撞在一起，將地面傳送陣橫切成兩半，謝長寂沒給半點喘息之機，隨即拔劍而來，第二劍如白龍長嘯，花向晚知道躲閃不及，以攻為守，和謝長寂狠狠撞在一起。

她的虎口受震流下血來，兩人面對面隔著劍幾乎貼在一起。

「想殺我？」花向晚被激出戰意，忍不住笑起來：「怎麼，覺得我濫殺無辜，想對我動手了？」

「妳靈力運行完整，修為已至化神巔峰，距離渡劫半步之遙。」

劍鋒交錯而過，在大殿如鷹嘯鳳鳴。

謝長寂冷靜地說出自己想要的結果，花向晚立刻知道他拔劍的意圖。

劍和劍砍在一起，兩人每一劍都帶著十分力道，花向晚目光微冷，語帶嘲弄：「所以呢？」

「妳不需要雙修道君，也不需要來天劍宗求親。妳來雲萊，另有所圖。」

劍和劍狠狠相撞，兩人被力道激開，落地之後，沒有片刻停歇又重新交戰在一起。

「妳和秦雲裳相識，所以初見被伏擊一事就是妳設計的，為的就是讓天劍宗懷疑妳又不能確定，帶妳去找靈虛祕境，妳怕我們直接把你們送回天劍宗。」

花向晚的眼神涼下來，劍勢加快，左手一個個火球砸去。

謝長寂神色自若，躲著她的劍和法陣，繼續說著她撒過的謊言：「而後妳發現『謝無霜』入魔，想利用惑心印迷惑『謝無霜』心智，讓他為妳所用。可以『謝無霜』的修為，妳直接動手會被察覺，只有他主動將入夢印放在身上，妳才更容易布下真正想放在他身上的惑心印，於是妳故意引誘沈修文，將入夢印放在他身上，讓『謝無霜』看到。」

「之後妳故意在靈虛祕境開啟時讓秦雲裳將妳踢入度厄境，逼著謝無霜救妳，再在度厄境中入魔拖延時間，逼著謝無霜重傷。」

聽著這些，花向晚心跳得飛快。

他猜到了嗎？

他的確該猜到了。

祕境中他看見秦雲裳和她相識，又得知她承襲了她母親所有靈力，他還是謝無霜本人……以他的聰明，現下直接動手，那就該看出，在雲萊她是故意被秦雲裳襲擊，故意拖延「謝無霜」的時間，而她本身也不需要結親，所以去雲萊的目的，昭然若揭。

既然知道，今日他一定會殺了她。

兩百年前他選擇了蒼生大義，今日也是一樣。

可她不能死。

合歡宮才開始，她不能死在這時候！

意識到這一點，她咬牙將所有靈力灌入長劍，朝著謝長寂的長劍狠狠一劈。

謝長寂察覺她這一劍力道太盛，右手當即棄劍，左手從虛空一拔，問心劍橫掃而出，和尋情狠狠撞上，兩把劍在半空相交，謝長寂用問心將尋情一絞，便將兩人的動作限制住，誰都動彈不得。

花向晚手上鮮血順著劍流下來，她渾身筋脈疼得發抖。

她咬了咬牙，下定決心。

她能用尋情了。

既然能用尋情，那她或許能打開鎖魂燈的封印，魊靈當年用問心劍和鎖魂燈一起封印，她換血之後再也不能感應自己和謝長寂的法器，可如今能用尋情，那可能也可以打開這兩者的封印。

不管能不能，她都只能一試！

她的血液流轉得飛快，朝著謝長寂一掌轟去，同時口中誦念咒語，打算解開鎖魂燈封印。

察覺到她要做什麼，謝長寂毫不猶豫，一把將她攬入懷中，猛地吻了去。

法陣轟在他身，他悶哼一聲，壓著花向晚抵在身後一張用於供奉的神壇上。

花向晚沒到他會在這種時候做這種事，驚得睜大了眼。

「我知道。我都知道。」

他吻著她，左手驟然用力，就將兩人的劍絞在一起，花向晚吃痛鬆開，兩把劍便被他卸下扔到一旁。

她用沒握劍的手砸向他，他一把按住她的手，一面將她壓到神壇深吻，一面抓著衣帶狠狠撕下。

裂帛之聲驟響，涼意襲來，花向晚得了機會，一把抽過抓住尋情，果斷抵在謝長寂脖頸。

他也在同時停住動作，兵臨城下。

兩人靜靜對視，花向晚急促呼吸著，握著劍的手滴著血，微微顫抖。

陰陽交合神像立在不遠處，垂眸看著對峙的兩人，謝長寂被劍抵著，神色平靜，一點一點往前，澈底占有她。

「妳可以殺了我。」

他冷靜出聲，血從他脖頸滲出，滴落在她臉上。

花向晚清晰感覺到劍下血肉被切開的觸感，只要再往前一點點，她就能澈底切開他的血管，再用力幾分，就能割斷他的咽喉。

他的疼和她的疼交織在一起，她死死捏著自己的劍柄，她清楚感知到她放任了什麼，咬緊牙關，低聲叱喝：「滾出去。」

但他不聽，反而從容俯身，冷靜中帶著懾人的偏執靠近她。

「可妳不會。」

「你想要做什麼？」花向晚感覺他緩慢的動作，咬牙挑釁笑了起來：「就想做這事兒？」

「妳總撒謊，」他貼近她的唇，額頭輕抵上她額頭，「所以，我自己來看。」

說完剎那，他的靈力自接觸之處猛地傾貫而入，花向晚察覺他要做什麼，毫不猶豫，手上長劍猛地朝著他的脖頸切下，怒喝：「放開！」

然而謝長寂動作更快，一手猛地按住她的手腕，將她狠狠壓在神壇之上。

尋情砸在神壇上滾落而下，他死死抱住她，像是巨蟒纏上獵物，盤旋著將獵物絞殺在自己身體之中。

她掙扎不開，只能感覺靈力一路流入筋脈，灌入金丹，從她半碎的金丹運轉而過，流向周身。

他的神識探入她的識海，花向晚感覺識海彷彿轟然炸開，兩人的識海交疊在一起，兩個瑩白色的小人在識海相遇。

元嬰相遇，最貼近本真的存在彷彿有一種引力，自然而然相互吸引，隨後糾纏。

小人在識海中擁抱在一起，隨後如同兩人身體一般動作。

雙倍感覺在識海還周身爆發，花向晚仰起脖頸，死死抓住謝長寂，抓出一道道血痕。

元嬰交融，才算雙修結契，結契之後識海一覽無餘，當即無限制擴大，將所有疆域展露在雙方面前。

謝長寂的神魂直入她的識海之中，一路穿過層層疊疊記憶，尋找他所感應到的位置。

花向晚掙扎起來，他盯著前方，死死按住她，直到最後，他看見一道屏障立在不遠處。

「在這裡。」他平靜開口，一劍猛地斬去，屏障瞬間碎裂開來。

花向晚激烈一顫，隨後兩人都清晰看見，一顆被血色包裹的巨大橢圓球體在她識海深處的虛空中亮起來。

這個球體像一顆心臟，上面血管交錯分明，「砰砰」跳躍著，問心劍和鎖魂燈交織而成的封印流轉在球體周身。

花向晚得了機會，一腳狠狠將他踹開，隨即轉身就跑。

他一把將人拖回來，抱在懷中，重新和她貼合在一起，語氣冷靜：「魊靈在妳這兒。」

「放開！」

「所以妳怕我。」

「我沒有！」

「妳不讓我跟過來，是怕我知道妳的實力，知道妳其實根本不用去天劍宗。」

他彷彿在懲罰她，激烈起來。

「妳不想和我有牽扯，不想要我留在西境，是妳怕我發現魊靈在妳這裡。」

「妳騙我，從頭到尾都在騙我。」

花向晚不說話，她知道否認已經沒有意義。

「你既然知道，」花向晚整個人如水一樣波動，汗順著頭髮落到脖頸，她扶著前方神壇，冷靜出聲，「那你不殺我？」

謝長寂聽著她的話，將手指插入她手指之間，十指相交，按在神壇之上，彷若宣誓。

「我永遠不會殺妳。」

「哪怕我拿了魊靈，未來成為魊靈之主？」她回頭看他，嘲弄出聲，「魊靈會給人最強大的力量，但操控人心智，如果我真的解開魊靈封印，失了理智濫殺無辜禍害蒼生，」她死死地盯著他，「你真的不會殺我？」

「不會。」謝長寂捏著她的下顎吻向她：「不會有這麼一天。」

「我會陪著妳，妳要殺誰，我幫妳殺。妳要報仇，我幫妳報。妳要魔主之位，我幫妳取。妳要振興合歡宮，我陪妳一起等它興盛。」

「妳永遠，永遠都不會有用到魊靈的一日。」

聽著這話，花向晚心上微顫，但眼中卻極為冷靜，她意識到什麼，咬牙提醒他。

「謝長寂，你這是私情。」

「是。」他緩慢睜開眼，如高山松柏護在她身後，坦然承認：「我於妳，就是私情。」

「那你的道呢？」花向晚猛地提高了聲，急聲詢問：「你修道兩百年，距離飛升一步之遙，你於我有私情，你的道呢？」

謝長寂沒有回應，他注視著她，好似要從她眼中將一切看穿。

花向晚當他無言，便笑起來，感覺自己似乎又贏了一次：「你看，你才是個騙子。你若當真喜歡我，又如何能好好站在我面前？你不過是不忍殺我，又怕魊靈出世，端了理由來騙我。

何必呢？」

她眼中帶著幾分倔強：「若我當真放任魃靈出世，你把我殺了就是。不用逼著自己為我殺人，也不必逼著自己與我雙修，我知道你是聖人，你一心求你的大道，那去求就是了，何必騙我？你說你喜歡我，能有幾分喜歡？你給我滾回雲萊去，日後要殺我就回來殺，少給我……」

話沒說完，他猛地吻了下來，封住她要說的話。

花向晚的手肘朝後擊去，他卻進一步死死抓住她，將她壓在懷裡。

花向晚掙扎得越發厲害，他吻著她將她壓在神壇上，與她十指相交。

剎那間，識海之中，無數記憶翻飛而來。

她看著青年修為盡散，看著天雷轟鳴而下，看著他手握桃花。

她看見他一劍一劍刮了溫少清，故意害死雲清許，故意殺了巫媚。

看著他在每夜與她鮮血交融，看他在夢境冰雪中與她共赴雲雨……

她愣愣地看著這些畫面，僵在原地。

「看到了嗎？」謝長寂的動作和回憶中的激烈程度成正比，他覆在她耳邊：「我不是聖人——」

他喘息著：「這世上，沒有我這樣的聖人。」

「我殺人不是為妳，是為我自己。」

「我雙修不是為妳，亦是為我自己。」

「我時時刻刻想著妳，想要褻瀆妳、侵占妳、擁有妳，想妳一切都與我相融，想妳的血肉為我所塑，金丹為我生，妳的靈力，妳的一切……都歸屬於我。」

「花向晚。」

他猛然抽身，將呆愣著的花向晚抱起來，放在神壇之上，隨後又將她從神壇一把拉下，重新交融在一起。

花向晚咬唇將悶哼隱入唇齒，死死盯著面前站在神壇邊緣的青年。

光落在她白玉雕琢一般的身軀之上，泛著柔光，他仰頭看著她，目光是壓著狂熱的平靜，虔誠得像是看著自己的神。

「我不是妳心裡的謝長寂。」

說著，他靠近她，貼近她的面容，抬手覆在花向晚腦後。

「我知道，妳不會愛這樣的我。」

他手上用力，花向晚暗暗對抗，卻還是被他逼著一點一點和他的唇貼在一起。

她全身都為他所有，牙關輕輕打顫。

陰陽合歡神率領眾神在上，於萬千盈盈燭火之間，低頭俯視著這大殿中瀆神的青年。

他閉上眼睛，呢喃出聲：「可我愛妳。」

# 第六章　坦誠

花向晚說不出話。

她聽著他的言語，感覺他纏綿又深入地吻著她，忍不住將撐在身後的手捏成拳。

她看著滿天諸神，不敢出聲。

碧海珠在她頸間搖搖晃晃，提醒著她不可沉淪，卻又止不住眼前的人帶給她的所有愉悅。

謝長寂一把拽開碧海珠，花向晚死死握住。

兩人僵持著，謝長寂抬眼看她。

好久後，謝長寂鬆開手，卻是將她翻過身來，不肯看她。

她不知道過了多久。

她有些分不清時間、地點。

只隱約聽見靈北通知她，一切都已經處理好。

她該走，可她走不了，她被他糾纏著，這時她才突然意識到——

他才是這世上惑人心智的邪魔，披著聖子外皮，卻一步一步蠶食人心。

「謝長寂。」她無奈，只能回頭看他，面前的人垂下眼眸，就看花向晚眼眶微紅，沙啞催促:「快點。」

謝長寂捏著她的腰的手驟然收緊,低頭吻了下去。

光影交錯,燭燈垂淚,他們似若地宮神像,交織糾纏。

等到最後一刻,兩人皆是大汗淋漓,花向晚坐在神壇上和他額頭相抵,喘息著提醒他:「天快亮了。」

「我來處理。」謝長寂喘息著開口,抬手從乾坤袋中取出一件外套披在花向晚身上,吩咐:「稍等。」

說著,他轉身抬手一劍甩出,飛劍沿著地宮橫掃而過,地宮地面瞬間炸開,隨後長劍撞擊在地宮神像之上,神像寸寸碎裂。

花向晚仰起頭來,看見一座座神像轟然坍塌。

謝長寂走回她面前,將她打橫抱起,又蓋了一件外套在她身上,才道:「走吧。」

碎石鋪天蓋地,塵煙滾滾,花向晚靠在他胸口,感覺周邊空間扭曲,疲憊合眼。

沒一會兒,花向晚感覺周邊亮了起來,她聞到晨風的氣息,剛聽見靈北一聲:「少……」隨即就聽見跪地的聲音。

她迷惑地睜眼,看見靈北領著人跪在地上,頭都不敢抬。

謝長寂抱著她從人群中從容而過,花向晚這才想起自己這一身打扮,饒是她自認臉皮極厚,此刻也尷尬起來。

她不敢看靈北，將臉埋在謝長寂懷裡，假裝睡著，謝長寂抱著她直接進了屋中，轉頭吩咐：「打……」

花向晚聽他的話，趕緊起身，抬手捂住他的嘴。

謝長寂看著她，片刻後，他領悟了她的意思，拉下她的手，只道：「我給妳打水。」

聽著這話，花向晚放心下來，雖然還是覺得有些不好意思，但要好上許多，她尷尬點頭，應聲道：「嗯。」

謝長寂起身去了淨室，花向晚舒了口氣，她看著手上一直亮著的傳音玉牌，抬手一劃，亂七八糟的傳信響了起來。

她先聽了靈北的彙報，靈北將巫蠱宗的處理細細說了一圈，都按照他們之前商議的，所有弟子魂魄拘禁，屍體用化屍水解決乾淨，同時把合歡宮動手的痕跡清理乾淨，但特意留下了之前溫容動手的痕跡。

之後是秦雲裳的消息，她把程望秀送回合歡宮，便立刻離開。她不能在合歡宮待太長時間。

再之後就是狐眠的消息，她先療傷睡下，順便問問花向晚情況如何。

最後……是薛子丹。

「阿晚，謝長寂認出我是雲清許了，他現在去巫蠱宗找妳，我先跑了，妳好自為之。」

聽著這話，花向晚的臉色有些不大好看，她無端生起了幾分火氣，也不知道是該怪薛子丹，還是怪誰。

她壓著情緒快速把所有人的訊息回了一遍，終於聽到謝長寂從淨室走出來，花向晚知道他放好水了，正想起身，就看謝長寂走到床邊，他沒說話，竟就直接把她抱了起來。

花向晚動作微僵，隨後趕緊道：「我自己能走！」

「妳不舒服。」謝長寂肯定出聲，抱著她走到淨室

她只穿了他的外衫，他輕而易舉拽下之後，她一絲不掛，這時脖頸上那顆碧海珠，就顯得異常引人注目。

謝長寂的目光落在碧海珠上，動作停頓片刻，他才道：「沐浴，取了吧。」

「不必。」

花向晚擺手起身，跨進了浴桶。

謝長寂站在旁邊，想了想，便也退了衣衫，跨入浴桶中。

花向晚一愣，就看謝長寂彷彿不帶任何情緒，平穩道：「我幫妳。」

花向晚說不出話，她看著面前的人清俊禁欲的臉，想著晚上的事兒——尤其是在他記憶中看到的事，感覺根本無法將這些和面前的人聯繫起來。

她有許多想問，卻不知道從哪裡開始，她坐在浴桶中由謝長寂清洗著所有，抿唇思索著，終於開口：「什麼時候開始懷疑我的？」

「在雲萊，妳逃婚，回來我就感應到了魃靈的氣息。」

「那是奪舍『沈修文』的人傷了我。」

「所以當時我沒有懷疑。」

謝長寂說著，花向晚垂眸看著眼前水波，透過清水，她可以清晰地看著他的動作。

「是什麼讓你注意？」

「畫卷幻境裡，妳認識秦雲裳。」謝長寂提醒她，「之後，妳又繼承了妳母親的靈力。再聯想我在謝無霜身體裡看到的，便有了猜測。」

「但你沒表現出來。」

「那只是猜測。」謝長寂從旁邊取了香胰子，擦在她身上，「而且，不管在不在妳身上，我要做的事都是一樣，所以並不在意。」

「那你還跟來巫蠱宗？」花向晚有些聽不明白：「既然你都不在意了，為什麼一定要到巫蠱宗來搞這一出？」

聽到這話，謝長寂沒出聲，他用香胰子給她搓澡的力氣大了些，花向晚不由得催他：「你說話啊。」

「妳想趕我走。」謝長寂突然開口，花向晚一愣，她沒想到自己的意圖這麼明白，而對方似乎知道一切，平淡道：「妳事事把我排除在外，找薛子丹幫忙都不找我，還想趕我走。最重要的是——」

謝長寂抬眼看她：「我再三同妳說過，要妳平平安安，妳還是不聽勸。」

「我……我哪裡……」花向晚有些心虛。

謝長寂冷靜地揭穿她：「刺殺是妳安排的，就是想讓人知道，妳昨夜不可能去巫蠱宗。」

罪證確鑿，花向晚不敢說話。

謝長寂繼續道：「妳受了傷，還要自己獨自去巫蠱宗，還特意給我下藥，將我排除在外。妳這樣讓我害怕。」

「怕……怕什麼？」花向晚有些結巴。

謝長寂看著她，語氣微澀：「怕妳有什麼意外。」

雖然她事事算好算盡，可他賭不起。

花向晚聽著他的話，看著面前的人，總覺得有些茫然。

如果是剛重逢時，他說這些，她絕對覺得他另有所圖，可現下相處時間長了，哪怕說著她覺得謝長寂一生都不會說的話，卻也有種「應當如此」的錯覺。

畢竟，畫卷幻境裡，十七歲的謝長寂和後來陪她半年的謝長寂，與面前這個人似乎沒有太大區別。

「那……」她遲疑著，「你不修問心劍了？」

「嗯。」

「那你——」花向晚擔憂出聲，「未來怎麼辦？」

「留在妳身邊，保證魊靈不出世，重新修道。」

花向晚沒說話，她抬眼看著面前認認真真做著這些瑣事的青年。

「謝長寂，」她不明白，「這真的是你的選擇嗎？」

「我的兩百年妳看過，」謝長寂舀水從她身上淋下，「妳若是我，還有其他選擇嗎？」

「那如果，」花向晚抿緊唇，她低頭，似是有些難堪，「我一輩子都不會再喜歡你呢？」

謝長寂動作一頓。

他的目光不由自主落在花向晚脖頸間的碧海珠上，他想問什麼，可又不敢開口。

溫少清的話烙在他腦海裡，活人永遠比不過死人。

這彷彿是一道詛咒，刻在他的世界。

沈逸塵死了，所以他連計較都顯得格外卑劣。

他垂下眼眸，輕聲道：「我也沒辦法。」

「我成為魔主的緣由之一，是想復活逸塵。」她如實開口。

謝長寂將水澆到她頭髮上，故作平靜：「嗯，我知道。」

「這樣也想留下？」花向晚盯著他。

謝長寂動作頓住，好久，他抬眼：「這輪不到我選。」

如果他有的選，就不會痛苦兩百年，不會從破心轉道，不會離開死生之界。

但他遇上這個人，他沒得選。

花向晚看著面前的人，她仰望他很久，習慣了他站在高處俯覽眾生，此刻他在她面前，像一個再普通不過的人，她竟然覺得有些不真實。

她莫名覺得有些難受，心裡像被刀剜了一遍。

「你不該喜歡我。」她啞著聲。

如果不喜歡她，他或許早就飛升，早就離開這個亂七八糟的小世界。

聽著她的話，謝長寂沒出聲，他看著她的眼睛，過了一會兒，伸出手去，溫柔的將她拉到懷中。

她靠在他身上，聽他輕聲開口：「不，我該早點喜歡妳。」

「喜歡妳，是我覺得人生中，最有意義的一件事。」

「妳能嫁給我，」謝長寂嘴角帶著幾分笑，「是上蒼給我的恩賜。」

「我很感激。」

花向晚不說話，兩人靜靜相擁，過了好久，謝長寂問她：「讓我留下吧？妳不必借助魊靈的力量，妳要什麼，我都幫妳。」

「若我想下地獄呢？」花向晚靠在他的肩頭，看著不遠處的架子。

謝長寂聽她莫名其妙的話，沒有覺得半點不妥，他順著她的話，只答：「我陪妳。」

一起沉淪地獄，一起揮霍人間。

花向晚聽著他的話，閉上眼睛。

過了好久，她終於出聲：「好。」

聽到這聲「好」，謝長寂微微垂眸，他感覺有什麼在他心裡輕輕放下，終於安定幾分。

花向晚靠著他，由著他清洗著自己，仔細想著未來。

謝長寂破心轉道……

那也意味著，問心劍如今已無人傳承。魃靈如果出世，再難有第二個謝雲亭封印它。

魃靈出自死生之界，問心劍是它最大的天敵，現下謝長寂破心轉道一事，絕不能讓第二人知曉。

她掂量不清謝長寂修道到底是什麼路數，乾脆直接詢問：「你如今不修問心劍，那修什麼？」

「修多情劍。」

「那你豈不是很花心？」花向晚聽到這個名字，有些好笑。

謝長寂搖頭，「多情並非指男女之情，問心劍求天道，期望脫離於凡塵俗世，以天道角度觀望眾生，窺察世間法則。而多情劍則與之相反，求的是人道。」

「人道？」

「以人之心，體會人世之欲，再駕馭人欲，成為世間法則的一部分。」謝長寂解釋著，「問心劍遠離人欲，多情劍則以此為劍。」

「所以，」花向晚有些明白，「你留在我身邊，也是修道？」

「妳就是我的道。」

花向晚不說話，她想著在他記憶中看到的破心轉道的場景。

渡劫期的修士，道心盡碎，修為便無法維繫，全部散盡。散盡之後，壽命也就到了盡頭，他早該成一具枯骨。

可他偏又心生執念，再生出了一顆道心，這顆道心在他心中藏匿多年，堅韌不催，於是頃刻間靈力再聚，直入渡劫。

花向晚垂下眼眸，雖然有幾分猜測，卻還是開口：「那你的道心是什麼？」

「妳。」

「若我死了呢？」花向晚詢問。

謝長寂想了想，只道：「我不知道。」

花向晚一時有些說不出話，破心轉道一事自古罕見，以人為道亦是聞所未聞。

她想了想，垂下眼眸，想了好久，才開口詢問：「既然已經轉道，怎麼不早說？」

「不想妳因此做決定。」他舀水從她頭上澆灌而下，她閉上眼睛，謝長寂替她搓揉著頭髮：「妳不想我可憐妳，我也不想妳憐憫我。」

「那現在就不是因此做決定了？」花向晚輕笑。

謝長寂用帕子擦過她眼睛上的水，聲音平淡：「妳心中清楚。」

她緩慢睜眼，看著面前神色平靜的青年，他和昨晚爆發時截然不同，平穩安定的像是沒有半點情緒。

這樣的眼睛彷彿能看到靈魂最深處，讓人為之輕顫，她不敢直視，想了想，挪開眼睛。他好似什麼都沒發生，為她洗著頭，花向晚看他神色泰然，目光一晃，隨即透過層層水波，看見他與臉上表情截然不同的狀態。

她愣了愣，隨後意識到什麼，不由得挑眉。

謝長寂假裝沒有看見她在看什麼，為她清洗乾淨，便起身想要出去，淡道：「洗好了，我幫妳……」

花向晚沒等他說完，主動伸手攬住他的脖子，把他按在浴桶裡，笑咪咪出聲：「就這麼走了啊？」

謝長寂回眸看她，清俊的臉上一如既往，花向晚心裡癢癢起來，主動往前蹭上前去：「道君，你要不要……」

話沒說完，謝長寂法印一甩，花向晚僵在原地，謝長寂從容起身，自己尋了浴巾擦乾淨水，換上袍子，平靜道：「妳剛結契，金丹尚在恢復，需要打坐消化靈力，不要亂來。」

說著，他回身把人從浴桶裡撈出來，看著花向晚憤憤不平的目光，把人往浴巾裡一裹，迅速擦乾水後，像在擺弄一個娃娃一樣，給她一件一件穿上衣服。

他穿戴整齊，看不出任何異樣，花向晚看見他這不動聲色的樣子，想著剛才在水中看見的，忍不住挑釁：「你是不是不行？」

謝長寂動作一頓，片刻後，他給她重重繫上腰帶，語氣波瀾不驚：「不要記吃不記打。」

花向晚被這麼提醒，突然想起最後自己啞著嗓子喊的話，突然有些不好意思。

謝長寂幫她穿好衣服，又弄乾了頭髮，這才解開法咒，轉身往外：「出來吧，我幫妳理順靈力運轉。」

花向晚本來只是想逗弄他，只是他沒接招，她也覺得無趣，跟著謝長寂到了房間裡，兩人各自拿了蒲團，盤腿坐下。

「妳金丹半碎，如何運轉靈力？」

花向晚剛坐下來，謝長寂便詢問。

如今話說開來，花向晚也沒什麼好隱瞞，實話實說道：「我有兩顆金丹。」

「兩顆？」謝長寂皺起眉頭，他記得當年她應該是只有一顆金丹。

花向晚見他不解，笑了笑，似是漫不經心：「有一顆是我母親的，當年她在天劫中看到合歡宮的未來，為了給我求一條生路，便強行中斷了渡劫，我吸取了她所有修為之後，其實沒有能力承受這麼多靈力，便又挖了她的金丹，將她所有修為封存在這顆金丹之中，然後在師父幫助之下藏匿在身體之中，成為一顆除了我之外任何人都無法察覺的『隱丹』。」

她說得平淡，謝長寂垂下眼眸，遲疑片刻後，他拉過她的手，卻只問：「妳母親呢？」

她取了花染顏所有修為，又剖了她的金丹，按理來說花染顏早就不該存活於世，可如今合歡宮卻好好活著一個「花染顏」。

之前他沒問，是知道這是合歡宮祕辛，她不會說，可如今兩人話已經說到這種程度，也沒什麼不好再問的。

「是我師父。」花向晚實話回答，「當年母親身死，但她是合歡宮的支柱，也是合歡宮震懾外敵最大的存在，哪怕她渡劫失敗，只要她活著，就是合歡宮弟子的依賴和希望。所以師父頂替了她的身分，對外宣稱師父身死，母親渡劫失敗。」

「所以，妳的金丹的確碎了。」謝長寂搞清楚狀況，語氣微澀。

花向晚聞言不由得笑起來：「你是不是被騙太多騙傻了，金丹碎沒碎都分不出來？」

「可我希望這是騙我的。」謝長寂抬眼，看向對面的人。

花向晚沒有出聲，片刻後，她握住謝長寂的手，放在自己胸口，笑得格外燦爛：「你要是覺得心疼我，那就多和我雙修幾次，到時候別說一顆金丹，說不定我直入渡劫，直接飛升了呢？」

謝長寂目光垂落，到她胸口，她動作幅度有些大，把衣服拉開了些，隱約露出一道刀痕末尾。

他看著她胸口露出的刀痕，遲疑片刻，終究決定換個時間問，反握住她的手道：「先把靈力融合吧。」

花向晚點頭，閉上眼睛。

兩人心法相合，這場雙修都收穫頗豐，謝長寂高出她一個大境界，她更是占了大便宜。

謝長寂同她一起將靈力一圈一圈流轉，進入周身筋脈，等一切做好之後，花向晚感覺整個人舒服許多。

她半碎的金丹明顯黏合起來，原本黯淡的外殼也有了幾分光澤。

花向晚睜開眼睛，輕舒了一口氣，謝長寂跟著睜眼，看著花向晚的表情，目光柔和許多。

他正要開口說些什麼，就聽門外傳來靈北的聲音：「少主，有消息。」

聽到這話，花向晚看了謝長寂一眼，謝長寂伸手扶她，兩人起身走出門外。

此時天色已晚，花向晚才發現已經過了一天，靈北站在門外，見花向晚帶著謝長寂出來，忍不住看了謝長寂一眼。

花向晚知道他的顧慮，擺手道：「說吧。」

「剛才鳴鸞宮方向有渡劫期修士靈雨降下。」

聽到這話，花向晚便明白了，她笑起來：「冥惑入渡劫期了？」

「應該是。」靈北點頭：「清樂宮那邊連夜動作，溫容現下已經帶人去了鳴鸞宮。」

「之前扛雷劫時候不過去，現下過去，」花向晚搖頭，「秦雲衣可就捨不得了。」

「之前鳴鸞宮藏得很好。」靈北說著，帶著幾分歉意，「我們也沒打探出消息，只知道冥惑吸食了陰陽宗的人，然後逃走消失了，現下也是靈雨降下來，才知道他在鳴鸞宮。」

「這不怪你。」

花向晚沒有多說，她心裡清楚，要不是秦雲裳是鳴鸞宮的二少主，在鳴鸞宮暗中盤踞多年，她也拿不到這個消息。

「那現下我們需要做什麼準備？」靈北見花向晚神色泰然，心中穩當許多。

花向晚笑了笑：「我都受傷了，需要什麼準備？鳴鸞宮多了個渡劫期，和咱們又沒什麼關係，就和平時一樣，該吃吃該喝喝。」

「那巫蠱宗那邊……」

「巫蠱宗怎麼了？」花向晚露出好奇之色，「不是一直好好的嗎？」

靈北一愣，隨後便明白花向晚的意思，恭敬道：「是，那屬下現下就去嚴查刺殺一事，一定把幕後凶手給少主抓出來。」

「嗯。」花向晚點頭，隨後想起來：「狐眠師姐呢？」

「在……」靈北遲疑了一會兒，緩聲道：「在地宮。」

花向晚動作頓了頓，靈北解釋著：「我們將師兄師姐的棺木存放在地宮，狐眠師姐早上同我一起確認清理好巫蠱宗的事後，便進了地宮裡，現在都沒出來。」

花向晚沒說話，靈北有些擔心：「我要不要去勸勸……」

「不必了。」花向晚搖頭，「讓她一個人待著，她想開了，自己會出來，誰也勸不了。」

靈北應聲，花向晚擺手：「去做事吧，還有，」花向晚想起什麼，叫住靈北，「靈南最近好好修煉了嗎？」

「修煉著呢，」靈北聽到她提靈南，便笑起來，「天天哭慘，但還是用功得很，雖然比不上少主您當年……」

靈北說到這裡，覺得有些不妥，想了想，只道：「但已很是不錯了。」

聽到這話，花向晚點點頭，稍稍放心了些。

靈北見花向晚再不問其他，這才行禮離開。

等靈北走後，花向晚站在原地，謝長寂這才開口：「妳將靈南養得很好。」

「她要是不好，」花向晚聽到他的話，笑起來，「我怎麼對得起大師兄和大師姐？」

說著，她轉頭看向謝長寂：「我還有些事，你先休息吧，我去處理一下。」

「好。」他沒有多加挽留。

花向晚為他撫平衣衫，溫和道：「沒事打坐也好，大家都在修煉，你可別落下了。」

「嗯。」

安撫好謝長寂，花向晚便轉過頭，她去了藏書閣，將所有和雲萊修道方式相關的書都找了出來。

這些書她以前大多讀過，如今又重新讀了一遍。

讀完之後，她想了想，終於還是聯繫了昆虛子。

「花少主？」沒想到花向晚會主動聯繫自己，昆虛子有些意外：「這麼晚了，妳……」

「謝長寂到底要怎麼修多情劍？」花向晚開門見山。

昆虛子一愣，隨後支支吾吾：「妳……妳說什麼……」

「我知道他破心轉道了，」花向晚打斷他，直接詢問，「他說修多情劍，以我為道，可昆長老，這世上沒有人會以人為道，他若以我為道，我死了怎麼辦？退一步講，就算我活著，若我是個壞人，他怎麼辦？同我一起當邪門歪道嗎？」

「妳先別激動。」昆虛子聽著花向晚的話，語氣卻是放鬆不少。

花向晚皺起眉頭：「你好像鬆了口氣？你鬆什麼氣？」

「我還以為妳是來退貨的，」昆虛子實話實說，頗為哀愁，「妳現下讓我把他弄回天劍宗不容易，但妳只是關心他，那還好辦些。」

花向晚：「……」

她知道昆虛子不靠譜，但沒想到這麼多年過去了，這老頭子還是這麼荒唐。

昆虛子聽她沉默，整理一下語言，解釋著：「他說以妳為道，這事兒我也查過很多典籍了，其實嚴格來說，他不是以妳為道，而是以情為道。」

「什麼意思？」

「長寂從小對事物很遲鈍，他修問心劍太早，又天資絕佳，所以遇見妳之前，對這世間幾乎沒什麼感情。」昆虛子說著，仔細分析著，「但其實，長寂只是遲鈍，並非無情，他只是不知道他的情緒到底是什麼。而妳剛好是他唯一明確的感情，可以說，妳是他和這個人世最大的銜接點，所以他需要透過妳，去理解這個世界，從妳身上去吸取所有情緒。如果有一日，妳……呃，我是說假如，」昆虛子做著假設，「假如妳走了，但他對世間之情不僅限於妳，他對世間之『情』還在，那他還是可以好好活著。」

「也就是說，」花向晚思索著，「若我能讓他對這世間產生同樣的守護之情，他的道心就仍舊存在。」

「不錯。」昆虛子應聲，「多情劍一脈，都是要盡力體會世間所有感情，體會過，才能理解，才能駕馭。」

花向晚沒說話，想了片刻後，她緩聲道：「我明白了。」

「那……」昆虛子遲疑著，還是有些不放心，「妳打算……」

「我答應讓他留下。」花向晚開口。

昆虛子立刻高興起來：「那就好那就好，你們打算什麼時候要孩子？」

花向晚沉默片刻，隨後黑著臉切斷了和昆虛子的通信：「昆長老，太晚了，早些睡吧。」

傳音玉牌黑了下去。

等了一會兒，花向晚舒了口氣，她想了想，還是站起身來，習慣性提了燈，走到後院冰河。

冰河上有些冷，冷風讓花向晚慢慢冷靜下來，她低頭看著冰河下面的人影，緩慢出聲：「逸塵，我又來看你了。這一天發生了很多事，我有些回不過神來。」

「我把巫蠱宗滅了，做得很乾淨，現在沒有人覺得合歡宮有能力滅了巫蠱宗，溫容就是最大的懷疑對象。」她聲音很輕，面上帶著笑，「冥惑現下突破到渡劫期，秦雲衣想保他，如果溫容執意殺他，新仇舊恨，秦雲衣怕是留不下清樂宮。只要他們鬥起來，就是我的機會。」

「合歡宮只有我一個人，哪怕有謝長寂，我也沒有足夠的把握——你且再等等。」

她說著，沉默下來。

過了一會兒，她又道：「還有一件事，我說了，你別不高興。」

「我打算讓謝長寂留下，」花向晚垂眸，看著冰面，「我知道你不喜歡，可是，他現下已經無處可去了，我得為他找一條出路。」

說完這話，花向晚沉默。

謝長寂那句「妳心中清楚」迴盪在腦海，她不敢深想，蹲下身，伸出手覆在冰面上：「逸塵。」

她忍不住重複了一遍：「對不起。」

冰面下的人不會有任何回應。

她也感受不到任何溫度。

她感覺到冰面冷得讓她有些疼了，終於收回手。

「你先好好休息，我改天來看你。」她好似和活人說話，「很快了。」

說著，她轉過身，一回頭就看見不遠處的草地上站著個人。

青年白衣提燈，如孤松長月，一身清冷。

她愣了片刻，隨後反應過來，或許是她在外面太久，讓他過來找了。

她提著裙走上岸去，有些不好意思道：「在藏書閣有些煩悶，就過來了。」

謝長寂聽著她的話，平靜地看她，明明是冷淡如冰的目光，可花向晚卻不知道為什麼，總覺得他在竭力克制著什麼，讓這目光帶著幾分說不出的侵略和壓迫。

花向晚被他看得忍不住輕咳了一聲，提醒他回話。

謝長寂終於出聲：「為何不回來？」

花向晚抿唇不言，謝長寂替她回答：「習慣了。」

「他一個人在這裡。」花向晚知道他不高興，垂眸看向地面，沒有半點讓步，「我總得來陪陪他。」

謝長寂沒說話，片刻後，他只道：「回去吧。」

說著，他抬手拉過她，提著燈領著她一起往回走。

兩人靜靜地走在院子裡，謝長寂低聲開口：「妳說妳當魔主，就是想復活他。」

「是。」

「合歡宮那麼多人，為什麼偏偏是他？」

聽著這話，花向晚抿唇，她緩慢道：「因為他是鮫人。」

謝長寂轉眸，花向晚解釋著：「鮫人魂魄與常人不同，他當初將魂魄寄生於碧海珠，碧海珠還在，他就有復活的可能。等我拿到魔主血令，魔主血令有上一任魔主的修為和功法，傳說魔主有一門功法，可讓鮫人魂魄修復重歸。其他人我連魂魄都沒找到，只能先拿到魔主血令，復活他。」

「若他活過來，妳會高興嗎？」謝長寂聽著她的話，神色淡淡。

花向晚笑起來：「當然。」

「那若他活了，」兩人走進房間，謝長寂轉眸看她，「妳我便不算欠他什麼，對嗎？」

花向晚愣在原地，謝長寂放下燈，走到她面前。

「我幫妳。」他的聲音很輕，伸手解開她的衣衫，認真地看著她：「等復活他，就把這顆碧海珠取了。」

花向晚不說話，靜靜地看著面前這個人。

到這件事上，他的目光終於不再掩飾，赤裸裸全是冒犯。

她被他抵在門上，悶哼出聲那剎，她終於意識到方才不是錯覺，她伸手擁住他的脖子，忍不住詢問：「剛才見面第一眼，你本來想做什麼？」

「上妳。」他低下頭，覆在她耳邊：「在他面前。」

花向晚冷笑，正要開口，就看謝長寂將她耳邊長髮輕輕挽到耳後：「可我忍住了。」

「兩百年前他死的時候我不在，是我的錯，」謝長寂聲音微喘，「但等他活過來，要是這顆珠子還在——」

他沒有說下去，他低頭吻住她，同她糾纏起來。

花向晚攬著他，根本沒有任何出聲機會。

所有忍耐都會加倍奉還，這點花向晚當夜體會得很深刻。

後續看著有些泛白的天色，她忍不住和他打商量：「謝長寂，以後我們還是提前溝通，你不要總是忍著，這樣不好。」

「沒關係，」謝長寂吻著她的耳垂，「我這樣就很開心了。」

「我的意思是，」花向晚捏起拳頭，忍無可忍，「這樣對我很不好！」

# 第七章 碧血魔主

花向晚接近天明時才迷迷糊糊睡過去，等到醒來之後，整個人都有些不好，趴在床上哼哼唧唧讓謝長寂給她按腰。

謝長寂只要穿戴整齊，看上去就是個不染紅塵的仙君，坐在旁邊給她按摩，讓人覺得是種褻瀆。

花向晚趴在床邊看謝長寂，沒明白這人是怎麼長成這種表裡不一的樣子。她百無聊賴地用手去勾謝長寂腰上玉佩，慢悠悠道：「以前真沒看出來你是這樣的……」

「阿晚！阿晚！」

話沒說完，狐眠的聲音就響了起來，兩人抬眼，就看狐眠興高采烈地衝進屋來。看見兩人的動作，狐眠在門口一頓，臉色微僵，謝長寂識趣起身，只道：「我先出去練劍，妳們說話吧。」

說著，謝長寂走向門外，路過狐眠時行了個禮：「師姐。」

狐眠訥訥點頭，等謝長寂走出屋外，狐眠這才走到花向晚面前，看花向晚躺在床上，頗為擔心道：「阿晚吶，妳別總逼著謝道君做這事兒，就算不考慮他，妳也多考慮考慮妳自己受不受得了。」

聽到這話，花向晚睜大眼，她不可思議地看著狐眠，咬牙切齒：「我逼他？」

「人家長寂一看就是守身克欲的好孩子，妳不拉著人家胡鬧，他會主動嗎？」狐眠一副看透世事的模樣，握著花向晚的手，語重心長地勸她：「我知道妳兩百年前沒吃到嘴不甘心，可現在也不能這麼報復性雙修，現下沒有師兄師姐管妳……」

「師姐，」花向晚看她越說越離譜，趕緊打斷她，「別胡說八道了，找我做什麼？」

「哦，剛剛得到的消息，」狐眠被問及正事，又激動：「溫容和秦雲衣打起來了！」

「什麼？」花向晚一聽這話，腰不痠了，腿不疼了，瞬間從床上爬了起來，坐在床上，高興出聲，「冥惑突破了？」

「正在關鍵時刻，天雷降在鳴鸞宮，鳴鸞宮附近的修士都感覺到了。」狐眠說著剛得的消息：「之前冥惑吸食了陰陽宗人的修為，現在鳴鸞宮突然出了渡劫期的雷劫，這除了他還有誰？所以溫容立刻趕了過去，可秦雲衣咬死說這是鳴鸞宮的長老渡劫，溫容現下也沒辦法，雙方僵住，去找魔主了。」

花向晚聽著，神色不定，思索著道：「魔主如今……還能管這事兒嗎？」

「這也說不清。」狐眠說著她得到的消息，「魔主的情況具體如何，大家都不知道，現下溫容、秦雲衣鬧過去，未必不是存了查探魔主情況的意思。」

「妳這是哪裡來的消息？」

花向晚點著頭，追問了一句訊息來源，此事秦雲裳都還沒給她消息，狐眠竟提前知道了？

狐眠回答：「薛子丹。」

花向晚一愣，不由得更詫異：「薛子丹？他怎麼不直接給我傳信？」

「他說怕謝長寂砍了他。」

狐眠這話出來，花向晚一時無言，她下意識想說不會，但隨即想起謝長寂幹過什麼，一時沒有底氣起來。

她停頓片刻，只問：「他哪兒來的消息？」

「他現在就在鳴鸞宮門口看熱鬧呢。」狐眠說著，不由得笑起來：「他每次看熱鬧都跑得快，這才兩天時間，就跑到鳴鸞宮的地界去了。」

花向晚對此倒是見怪不怪，狐眠想了想，有些好奇：「不過也是奇怪，你說這個冥惑，怎麼突然就動手把溫少清殺了呢？還有這個秦雲衣，為了冥惑，居然願意得罪溫容？」

花向晚聽著狐眠的疑惑，沒出聲，想了想，只道：「妳要是沒其他事，就先去休息，我要準備一下。」

「準備什麼？」狐眠不明白。

花向晚笑起來：「準備面見魔主啊。」

狐眠愣了愣，沒一會兒，屋外就傳來一聲鷹嘯，這是魔主下達旨意時派遣的靈使。

花向晚從床上起身，給自己倒了水，吩咐道：「師姐妳先在宮中好好休息，有空指導一下弟子,我先沐浴更衣。」

「好,那我先走了。」狐眠點點頭,她站起身來,擺手離開。

花向晚召了侍從進屋來,讓人準備禮服,隨後便去浴池沐浴。

她剛步入浴池,沒多久,就聽見身後傳來腳步聲。她知道來人,也沒回頭,等對方站到她身後,她抬手給自己擦著身子,詢問:「魔主的靈使怎麼說?」

「溫容要求公開處置冥惑,」謝長寂半蹲下來,抬手替她擦背,「今夜魔宮三宮九宗公審此事。」

「沒有其他了?」

「沒有。」謝長寂舀水倒在她身上,「妳接下來打算做什麼?」

「差不多要收網了,等就好了。」花向晚漫不經心,「秦雲衣和溫容早有芥蒂,若冥惑渡劫成功,她一定會保下冥惑。」

「可鳴鸞宮未必想要保冥惑。」

「但溫容滅了巫蠱宗。」花向晚提醒謝長寂,「巫蠱宗是鳴鸞宮最得力的宗門,溫容因為巫蠱宗拿溫少清煉屍,一怒之下屠宗,鳴鸞宮不會坐視不理。」

「鳴鸞宮沒有足夠的證據。」謝長寂提醒花向晚。

花向晚笑起來,「只要秦雲衣想要保冥惑,她就必須殺了溫容,她想殺溫容,那鳴鸞宮就會有證據。」

「然後呢？妳的最終目的是什麼？」

聽到謝長寂問這個問題，花向晚轉頭，嫣然一笑：「殺了溫容。」

謝長寂抬眸看她，只道：「我可以直接殺了她。」

「不，」花向晚搖頭，雙手放在水池旁邊，輕輕撐起上半身，靠近謝長寂，「我要鳴鸞宮動手。」

謝長寂不出聲，他思考著花向晚想做的事，花向晚笑起來，伸手捧住他的臉：「你要乖啊，道君。」

「知道了。」

謝長寂聽出其中的警告，從旁邊取了浴巾，將她整個人一裹，便撈了出來。

她盛裝打扮了一番，等準備好後，便帶著靈南靈北謝長寂一干人等，從傳送陣直接到達魔宮。

每個宗門都有直接傳到西境主城的傳送陣。

傳送陣這東西，必須兩地陣法同時開啟，有一個傳送點，一個接收點，才能開啟，魔宮平時並不會開啟接收法陣，只有魔主親自下令，才會開啟。

花向晚一干人從傳送陣一出來，就看見旁邊的傳送陣一個又一個身影顯現。

三宮九宗的掌事人都趕了過來，花向晚看了一眼，小聲同謝長寂道：「都是過來看魔主死沒死的。」

說著，她領著謝長寂等人，提步往裡面走去，一面走一面吩咐：「等一會兒你一定要裝成對我沒什麼感情、我們完全是兩宗結盟的樣子，不要讓人覺得我們感情太好了。」

「少主，這點您多慮了」靈南在後面聽到花向晚說這句話，忍不住開口：「少君這張臉看上去就感情好不起來的樣子。」

花向晚聞言，忍不住往謝長寂臉上多看了幾眼。

仙風道骨，不染凡塵。

看上去不僅和西境格格不入，更和「感情好」這三個字完全相斥。

花向晚放心幾分，走進大殿前，她調整一下狀態，露出幾分哀愁來，才領著眾人走向大殿。

大殿門前站著兩個守衛，看見他們浩浩蕩蕩一批人，守衛冷道：「花少主，隨從不得入殿。」

「知道。」花向晚看了守衛一眼，主動拉過謝長寂，「這是合歡宮少君。」

守衛聞言，多看了謝長寂一眼，隨即立刻躬身讓開。

謝長寂回握住花向晚，神色溫和幾分。

兩人手拉手一起進了大殿，這時殿中已經滿座，只有巫蠱宗的位子空著。

兩宮九宗的人都注視著他們，兩人對所有人的目光視若無物，花向晚領著謝長寂，一路上了臺階，坐到高臺上三宮的位子。

謝長寂和花向晚共席，溫容坐在花向晚旁邊，對面秦風烈領著秦雲衣各有一席，端坐在高處。

大殿鴉雀無聲，大家各自打量著情況。

沒有一會兒，就聽大殿門打開，有人唱喝出聲：「魔主到——」

聽到這話，除了高臺上的三宮執掌者，其餘九宗的人紛紛單膝跪下，高呼出聲：「魔主萬福金安。」

大殿門口空蕩蕩一片，彷彿沒有人存在。沒一會兒，高處帷幕之後，一個身影彷彿流沙堆砌一般，一點點出現映在帷幕上。

看不清他的面貌，只能依稀能看見一個身影，寬袍，玉冠，面上似乎戴了半張面具，他側著臉，隱約可以看見面具的稜角。

「許久未見，」青年的聲音迴盪在大殿，根本聽不出從哪個地方傳來，他在帷幕後，輕輕側臉，似是看向花向晚，「阿晚近來可好？」

聽到這話，謝長寂在側位緩慢抬頭，看向帷幕後的青年，目光微冷。

花向晚從容一笑，微微彎了彎上半身，算作行禮：「勞魔主記掛，一切安好。」

「聽說妳拿到兩塊血令，」青年語氣帶笑，聽不出深淺，好似友人一般閒聊，「著實令本座驚訝。」

「是清衡上君幫忙，」花向晚趕緊推脫，忐忑道：「屬下……屬下也只是運氣好而已。」

「不過，剩下兩塊血令，在秦少主手中，」青年目光挪過去，轉頭看向秦雲衣，「阿晚妳的運氣，大約要走到頭了吧？」

「那是自然，」花向晚垂下眼眸，「屬下不敢與秦少主相爭。」

「秦少主是人人稱讚的活菩薩，」青年誇讚著，「聽說這次，秦少主又打算救人了？」

「是！」聽青年終於提到正事，溫容立刻激動起來，她站起身，就差指在秦雲衣鼻梁骨上，怒喝道：「冥惑殺了我兒少清，證據確鑿，但秦少主卻不肯讓我殺了他，不知少主是何居心？」

「九宗的宗主，敢殺三宮的少主。」青年說著，語氣帶笑：「膽子的確很大。」

「魔主。」聽著兩人對話，秦雲衣終於起身，她恭敬地行了個禮，從容不迫道：「溫少主遇害一事，還有許多疑點，鳴鸞宮也是基於如此考量，才沒有第一時間交出凶手。」

「疑點？」青年似乎覺得有趣：「秦少主發現了什麼？」

「據屬下所知，溫少主遇害當夜，不僅冥惑在神女山，同時還有合歡宮花少主與其少君，也在神女山上。」

聽到這話，花向晚轉頭看過去，就看秦雲衣似笑非笑：「不如讓花少主來聊一聊，當天夜裡，發生了什麼？」

聽著秦雲衣的話，花向晚面上故意露出一絲難堪，她看了旁邊的溫容一眼，似是有些心虛：「那個……具體發生過什麼，我已同溫宮主說過了。」

花向晚這麼一提醒，溫容便明白過來。

溫少清之死，源於他和花向晚想聯手算計謝長寂嫁禍冥惑，這話只能暗地裡說，現下謝長寂在這裡，花向晚無論如何都不可能說真話。一旦說假話，到時候漏洞百出，便說不清了。

溫容想著溫少清死前的傳音，以及冥惑這一路逃竄的舉動，心中便有了定數，冷著聲道：「神女山當夜發生的事我已經清楚，沒什麼好問的。我兒傳音在此，已死之人，還會作假不成！」

說著，溫容將一塊傳音玉牌拍在桌上，裡面傳來溫少清臨死前的求救聲。

這塊玉牌是花向晚給她的，溫少清死前最後說的話都在裡面，溫容紅著眼，聽著兒子一遍一遍求救的聲音，死死盯著秦雲衣：「鐵證如山，秦少主還不肯交人嗎？」

聽著玉牌中的呼救聲，秦雲衣微微皺眉，但她依舊沒有讓步：「溫宮主，就算溫少主臨死前說是冥惑殺他，也不代表溫少主死於冥惑之手。據冥惑所說，他與溫少主起衝突之後，溫少主便以傳送法陣逃走，隨後消失，這期間發生了什麼——」

「我兒死於溺水之中！」溫容打斷秦雲衣，怒喝：「誰知道他用了什麼手段，他就是怕清樂宮用魂燈找到他，他說逃走就逃走？那我兒既然已經逃了，為何之後便沒了消息？」

「這就要問花少主了，」秦雲衣看向花向晚，眼中帶冷，「若在下沒有認錯，這傳音玉牌應當是妳的，後續溫少主還有沒有其他內容，就只有花少主自己知道。」

聽著這話，花向晚眼眶微紅，她似乎在竭力克制情緒，緩了許久，才捏著拳頭，啞聲提醒：「秦少主，妳畢竟是少清的未婚妻！」

秦雲衣皺起眉頭，有些不明白花向晚的意思，花向晚眼中滿是憤恨，提高了聲提醒：「哪怕他死了，妳也是他未婚妻！如今他屍骨未寒，妳就這麼偏心另一個男人，妳對得起他嗎？」

這話一出，秦雲衣面色微僵，溫容聞言，眼中也帶著幾分怒意。

花向晚似乎控制不住自己，站起身來，頗為激動：「是，冥惑是妳一手提拔起來，你們相識許久，糾葛頗深，可少清與妳我也算一同長大，如今少清遺言在這裡，妳卻不肯相信，偏生要信冥惑的話，他說沒殺就沒殺，他若不動手，少清呼救是做什麼？」

「我只是不想讓真凶逃脫。而且，花少主與其管我，倒不如管管自己，」秦雲衣神色淡淡，端起茶杯，雲淡風輕抿了一口，「清衡道君還在這裡，倒不必表演妳和少清情深義重了。」

聽到這話，眾人下意識看向謝長寂，謝長寂面上神色看不出喜怒，但也配合秦雲衣，轉頭看了花向晚一眼，冷聲道：「坐下。」

花向晚聞言，似是有些難堪，她低下頭來，狼狽地收拾起情緒，強逼著自己坐回原位。

一坐下，她就暗暗扭了謝長寂一下，謝長寂反手握住她的手，安撫地拍了拍。

在場眾人看著這齣好戲，暗嘆花向晚果然是個上不了檯面的蠢貨，溫少清畢竟死了，謝長寂這顆大樹在面前，她卻還要為個死人得罪活人。

然而這場景落在溫容眼中，便不一樣起來，她看著在場眾人事不關己的模樣，竟只能從花向晚身上，找到些喪子之痛的共鳴。

這麼多人，沒有一個人真正關心過溫少清。他死了就是死了。

哪怕是秦雲衣——他名義上的未婚妻，從小一起長大的青梅竹馬，這時還能冷靜至此，護著另一個男人，挑撥著花向晚和謝長寂的關係。

她過往一直看不上花向晚，覺得溫少清挑選的未婚妻不入流，所以一心一意想撮合秦雲衣和溫少清。

秦雲衣修為高深，進退有度，她深知溫少清修行並無天賦，能依靠秦雲衣在西境站穩腳跟，也是一條出路。

可如今看秦雲衣的樣子，她卻寒心起來，當年若她肯扶花向晚一把，只要能把合歡宮的事瞞下去，那花向晚對溫少清真心實意，必不會辜負他，可秦雲衣……

溫容痛苦地閉上眼睛，深吸一口氣，卻是轉頭看向高處一直不說話的碧血神君，恭敬道：「魔主，現下情況已經明瞭，我兒最後傳音足以證明冥惑是最後傷害我兒之人，之後我兒掉入溺水，又不知為何被巫蠱宗之人將屍骨帶走，無論冥惑是不是殺我兒的真凶，他以宗主之位，以下犯上意圖謀害我清樂宮少主，便當以死謝罪，還望魔主為屬下做主。」

「溫宮主——說得有些道理，」帷幕後的青年用摺扇輕敲著手心，目光轉向九宗位置，「不如聽聽巫蠱宗是怎麼說的，為何溫少主的屍骨，會到他們那裡？咦？」

說著，青年疑惑起來：「巫蠱宗的人呢？」

在場沒有人說話，青年又問：「陰陽宗的人呢？」

「陰陽宗金丹期以上都被冥惑殺了。」一聽青年問話，溫容立刻回答：「他為了突破，將自己宗門金丹期以上弟子修為吸食殆盡，如今陰陽宗已經沒了！」

這事在場有些人清楚，但九宗有些人還不知道，聽到這話，面色大駭，卻不敢出聲。唯有道宗宗主皺起眉頭，直接道：「他身為一宗宗主，怎可如此？」

「那，他如今突破了？」碧血神君聽到此事，倒也不怒，反而饒有興味。

秦雲衣聞言，恭敬道：「宮主，冥惑已熬過天劫，步入渡劫之列。」

「渡劫啊……」碧血神君笑起來，頗為讚揚，「我西境有一個渡劫修士不容易啊，不錯，當賞！」

「可陰陽宗……」溫容急急開口。

碧血神君打斷她：「這本就是冥惑自己的宗門，他身為一宗宗主，處理自己宗門弟子，有什麼問題？」

聽著這話，溫容的面色瞬間變得極為難看。

在場眾人面面相覷，誰都不敢出聲。

碧血神君搖著扇子，轉頭又問：「那，陰陽宗沒了，巫蠱宗呢？怎麼也不見人來？」

「回稟魔主。」站在門口負責照看大殿事務的總管金陽恭敬行禮：「巫蠱宗沒有回話，屬下已經派人過去查看了，一會兒就會有結果。」

「唉，」碧血神君嘆了口氣，似是苦惱，「本座如今還沒死呢，眾人便不把本座當回事了。叫人來議事，小小一宗，都敢不來了。」

說著，碧血神君轉頭，看向溫容：「現下怎麼辦呢，巫蠱宗的人不見，具體也搞不清人到底是不是冥惑殺的，要不……」碧血神君看向秦雲衣，「若冥惑拿不出證據證明自己無罪，便按西境的規矩處理。兩位都是渡劫期修士，生死臺上一見，贏了，就是對的，輸了，就是錯的。如何？」

「好。」

「不妥。」

溫容和秦雲衣同時出聲。

冥惑剛剛步入渡劫，同溫容相比，幾乎是毫無勝算。溫容好不容易得了這個機會，聽秦雲衣又反對，她皺起眉頭，越發不滿：「秦少主妳什麼意思？」

「魔主，其實屬下有一個辨別真相的法子。」秦雲衣開口。

花向晚和謝長寂抬起頭來，碧血神君有些好奇：「哦？」

「屬下有一法寶，名曰『真言』，可辨別人說話的真偽。」

聽到這話，花向晚的心提起來，她倒是可以說真話，畢竟她真的什麼都沒幹。可謝長寂……

她面上不顯，心中慌亂，隨後就看秦雲衣回過頭來，掃向她和謝長寂：「不如將當時神女山上在場之人的話都驗一遍，便可以驗出真假。」

「竟有此等法寶？」碧血神君笑起來：「那……」

「倒不如，直接讓冥惑過來，」花向晚打斷碧血神君的話，看著秦雲衣道：「我也有一法寶，可直接將他人識海中的過往展現在眾人面前，且不傷受查探者分毫。這樣一來，冥惑有罪無罪，具體做了什麼，便十分清楚了。」

「這樣最好。」一聽有這樣的東西，溫容立刻出聲，盯著秦雲衣：「把人叫進來！」

秦雲衣沒說話，花向晚笑起來：「秦少主，若不是做賊心虛，又有什麼好遮掩的呢？」

「是啊，」碧血神君也笑起來，「秦少主，還是把冥惑叫上來吧。」

碧血神君開口，秦雲衣再攔便顯得欲蓋彌彰起來，她深吸一口氣，只能道：「是。」

她轉身走下高臺，打開大門，踏出殿外傳音。

大殿內禁止傳音，為此特意設了法陣，秦雲衣一開門，法陣便有了缺口，花向晚趁機給靈北傳音：「趕緊找機會把巫蠱宗滅宗的消息送進來。」

花向晚傳完消息，秦雲衣也傳音完畢，折了回來。

一殿人等了一會兒，就聽外面傳來腳步聲，隨後一個青年進入大殿，恭敬行禮：「見過魔主。」

他周身陰氣環繞，一進大殿，大殿中就帶了幾分冷意。

秦雲衣站起來，吩咐道：「冥惑，花少主要將你的記憶展示給眾人還你清白，你可願意？」

聽到這話，冥惑動作一僵，秦雲衣開口，聲音溫和，卻帶著幾分警告：「冥惑。」

冥惑低下頭，僵硬出聲：「是。」

他對秦雲衣言聽計從的樣子，眾人立刻明白了秦雲衣力保他的原因。

有一條忠心耿耿的狗不容易，更何況這條狗，還是渡劫期。

得了冥惑允許，花向晚起身走下高臺。

她來到冥惑身前，笑著道：「冥宗主，等一會兒我會將你識海中的景象用法寶展現給眾人看，還請你儘量回想溫少主出事當夜的場景，若是回想到其他場景，也會被展現出來，到時還請勿怪。」

聽到這話，冥惑有些緊張，花向晚取出一顆珠子，這顆珠子看上去平平無奇，像是夜明珠，花向晚握著它，口中誦念有詞，閉上眼睛，將手指抵在冥惑眉心，安撫道：「還請冥宗主勿作抵抗，以免受傷。」

說著，她的神識便侵入冥惑識海，她的神識強度遠大於冥惑，剛入內，冥惑便覺得一股強大的氣息鋪天蓋地而來，他根本決定不了自己在想什麼，他只覺有一隻舉手將他的記憶拽出來，這些記憶狼狽不堪，令人羞恥。

不可以。

他猛地反應過來，這些記憶會被其他人——尤其是秦雲衣看見。

巨大的抗拒升騰而起，在最狼狽、他偷偷拿走秦雲衣一塊手帕，貼在身前的畫面朝著前方襲去那一瞬間，他不顧一切猛地睜眼，靈力朝著花向晚猛地轟去，花向晚驚叫出聲，謝長寂瞬間出現在她身後，一把扶住她，一掌擊在冥惑身上，只聽一聲巨響，冥惑便被重重擊飛出去，狠狠撞在設置好的結界之上！

這一番變故驚得眾人立刻起身，溫容厲喝：「冥惑，你這是做什麼！」

「你……」花向晚皺起眉頭，「你又沒什麼見不得人的事情，為何如此抵抗？」

聽到這問話，冥惑臉色青一陣白一陣。

秦雲衣也不滿起來，但她克制住情緒，只道：「冥惑，怎麼了？可是花少主對你做了什麼？」

「他傷了晚晚。」謝長寂聽到這話，立刻冷眼看過去，盯著秦雲衣：「心中無鬼，這麼怕做什麼？」

「不是……」冥惑終於出聲，他僵著聲道：「有些記憶我不想讓人看到……」

「可這是你唯一證明自己的辦法，」花向晚緊皺眉頭，「你到底不想讓人看到什麼？」

「罷了！」溫容一甩袖子，轉頭看向秦雲衣：「秦少主，現下是他不願意自證清白，不是我們不給機會，反正最終都要動手，生死臺上見就是了！」

「溫宮主，是人就有不想讓人知道的事情。」秦雲衣還不肯放棄，僵著聲道：「不如還是用『真言』……」

「魔主！」話沒說完，門口傳來金陽帶著幾分急切的聲音。

眾人看過去，就聽金陽沉下聲來：「巫蠱宗沒了。」

這話一出，秦風烈猛地起身。

巫蠱宗是鳴鸞宮下左膀右臂，一直以來最得力的助手，現下突然沒了，比一個冥惑重要太多。

他冰冷出聲：「什麼叫沒了？」

「是啊。」

碧血神君聲音懶洋洋的，似乎是在提醒秦風烈身分，重複了一遍：「什麼叫沒了？」

「巫蠱宗破壞了傳送法陣，所有消息送過去都不見回應，從聯繫不上巫蠱宗起，屬下便立刻派最近的人手趕到宗門，現下傳來消息，巫蠱宗上下，一個人都沒有了。現場有打鬥跡象，但被清理得很乾淨，根本看不出痕跡，也沒有留下任何氣息。」

「都不見了？」秦風烈提了聲音：「一宗這麼多人，平白無故，就都沒了？」

「秦宮主，」金陽聽著秦風烈的話，提醒他，「屬下乃魔宮總管，只是順帶調查，並不對此事負任何責任，秦宮主要怪罪，怕是找錯了人。」

「秦宮主，」碧血神君在帷幕後輕笑，「我可還沒死呢。」

「是屬下失態。」秦風烈回過神來，恭敬行禮，冷著聲道：「事發突然，巫蠱宗本歸屬於鳴鸞宮管轄，屬下需立刻趕往處理此事，還望魔主恕罪。」

「那就這樣定吧。」碧血神君似是有些疲憊：「你去查巫蠱宗之事，三日後生死臺，溫宮主和冥惑，生死有命。」

「是。」聽到這話，秦風烈行禮：「屬下領女兒先行退下。」

「去吧。」

碧血神君揮手，秦風烈立刻起身，領著秦雲衣往外，其餘人等立刻行禮退出，等到花向晚站起來，碧血神君突然開口：「阿晚，妳留下。我有話，想單獨同妳說。」

聽到這話，謝長寂回眸看過去，花向晚拍了拍謝長寂，低聲道：「外面等我。」

謝長寂抬眼看了帷幕一眼，青年在裡面搖著扇子，他頓了片刻，點點頭，往下走去。

等他走出大殿，總管金陽關上大門，大殿中只留下花向晚和碧血神君。

兩人沉默片刻，碧血神君輕笑起來，朝花向晚招手：「過來。」

聽到這話，花向晚起身坐到帷幕外的腳踏上。

她看上去十分乖巧，恭敬出聲：「許久未見魔主，不知魔主可還安好？」

「不好，」碧血神君開口，「若我還好，今日還有秦雲衣說話的份？妳知道的，」對方將花向晚的頭隔著簾子按在自己腿上，聲音溫柔，「本座從來捨不得讓他們欺負妳，只要妳完成答應好本座的事，本座對妳一向很好。」

「阿晚知道。」花向晚靠著碧血神君，聲音溫和：「只是如今外面都傳神君天壽將近，連魔主血令都交出來了，阿晚無人庇佑，心裡害怕。」

「怕麼？」碧血神君笑出聲來，他挑起花向晚的下巴，隔著帷幕，低頭看她：「雲萊第一人都來了，妳還有什麼好怕？」

「他怎麼能和魔主相比？」花向晚仰頭看著他，真誠地笑起來，「他不過是為了尋找魃靈而來，怎麼可能像魔主一樣待我？人有所求，才有所得，我與魔主生死與共，他又怎能相比？」

聽到這話，碧血神君含笑不語。

好久後，他的手探出紗簾，那是一雙極為漂亮的手，勾起她脖頸間的紅線，拉出她胸口的碧海珠。

花向晚心上發緊，克制著自己不要有任何異常，看著碧血神君摩挲著她頸上的碧海珠，聲音溫和：「戴著碧海珠，枕著他人臂，阿晚，謝長寂真的不介意嗎？」

「魔主，」花向晚提醒，「謝長寂修問心劍，他是為魃靈而來。」

「如此啊……」碧血神君似是有些遺憾，他放下碧海珠，將手收回紗簾，回靠到位子上。

「罷了，妳去吧。本座累了。」

「是。」花向晚抬眸看了他一眼，恭敬退下。

等她走出大殿，就看謝長寂等在門口，他靜靜地注視著她，片刻後，淡道：「走吧。」

說著，便有一位宮人上前，領著兩人往後殿安排好的客房走。

有外人在場，兩人不方便說話，花向晚偷偷瞄了謝長寂一眼，他的神色看不出喜怒，過往她體會不出他的情緒，但現下，憑著自己的經驗，直覺有些危險。

她打量著四周，神識查探一番後，確認附近無人窺視，便悄悄靠近謝長寂，將手挨在他的手邊，與他衣袖摩擦。

謝長寂不動，花向晚便更主動些，在衣袖下拉住他的手，用手指輕輕撓他手心。

謝長寂還是不為所動，花向晚想了想，乾脆一把將謝長寂的手臂抱在懷中，謝長寂終於有了反應，回頭看她，花向晚眨了眨眼，露出討好一笑。

謝長寂停下腳步，轉身看她，花向晚愣了愣，還未反應，對方就低下頭，輕輕在她唇上親了一下。

花向晚呆在原地，感覺心跳得有些快，謝長寂好似什麼事都沒發生過一般，轉身往前，跟上宮人，花向晚這才反應過來，趕緊追到他旁邊，這次老實起來，不敢亂動了。

兩人靜默著走進客房，宮人告退，花向晚立刻檢查房間，確認房間裡沒有什麼窺聽窺視的法陣符文之後，趕緊設下結界。

這時候她才回頭，就看謝長寂正低頭鋪著床，她也不知道自己是怎麼，就愣愣地看著他。

明明兩個人都做過無數遍，可不知道為什麼，他這麼不含任何情欲一親，竟讓她覺得心動異常。

感覺好像回到年少時，他那時做什麼事，都是這麼點到即止，淺淺淡淡。

凡事若不沾欲，只談情，她便覺得害怕。

可這害怕之間，又總隱隱約約，讓她有些歡喜。

她靜靜地看著面前的人，謝長寂鋪完床，等回過頭，就看見花向晚正看著他，像少女時那樣，無措中帶著幾分欲言又止。

「怎麼了？」他開口詢問。

花向晚聽到他出聲，才含糊著：「你……你剛才親我做什麼？」

「我以為妳想要我親妳。」謝長寂誠實解釋。

花向晚莫名有些尷尬，轉過頭：「我沒有。」

「那妳在做什麼？」

「我……」花向晚說起來，莫名覺得氣勢低了幾分，但又覺得自己也沒做錯什麼，她輕咳了一聲，「我就是，怕你衝動做什麼不好的事。那個，我和魔主之間就是交易關係，當年他同我要一個東西，答應庇護合歡宮。所以這些年我在討好他，但我和他之間沒什麼，你如果聽到什麼風言風語……」

「我知道。」謝長寂開口，打斷花向晚的解釋。

花向晚詫異抬頭，「你知道？」

「他的聲音我聽過。」謝長寂解釋，「在畫卷幻境裡，取秦憫生愛魄那個人的聲音，就是他。」

花向晚一愣，隨後便明白謝長寂的意思：「你說他是當年那件事背後的那個人？」

「不錯。」

得到謝長寂肯定，花向晚思索著他的話，沒有出聲。

謝長寂走到一旁，垂眸給自己倒了茶，過了一會兒後，他又轉頭看向花向晚：「其實剛才我撒謊了。」

「嗯？」花向晚愣愣抬頭，就看謝長寂靜靜看著她：「剛才是我想親妳。」

「啊？」花向晚一時有些反應不過來。

謝長寂走到她面前，垂眸看她，低聲道：「本是有些生氣的，但看妳哄我，便只覺得高興了。」

「你……」花向晚低著頭，思緒散漫，敷衍著道：「你也挺好哄的。」

「終歸是要死的人，」謝長寂聲音很淡，實話實說，「倒也不必太過計較。」

聽到這話，她本來打算誇讚的話都噎在胸口，一時竟有些分不清，謝長寂到底是想得開，還是想不開了。

# 第八章 生死臺

「你……」她有些無奈，「你又知道他要死了？」

「妳不打算殺他？」謝長寂抬眸。

花向晚笑起來：「打算……自然是打算。但我想殺就能殺嗎？」

謝長寂沒說話，花向晚直覺不好，趕緊捂住他的嘴：「好了好了，我知道你能，但魔主於我還有用處，你先別管，等到時候我再叫你。」

「嗯。」謝長寂垂眸，沒有多問。

花向晚看他全然接受她的計畫，不由得笑起來：「我還以為你不會同意。」

「為何？」

「我以為你會和我說你要幫我把所有人殺了。」花向晚開著玩笑。

謝長寂聞言搖頭，「我不能事事幫妳。」

正經門派修道，最忌諱的就是走捷徑。

世上之事皆為歷練，心境不到，天劫之時，便會一一償還。

花向晚聽著他的話，忍不住調侃：「好像你想幫就能幫一樣，你當西境修士都是麵糊的?」

「終歸不會讓妳出事。」謝長寂說話向來穩妥,沒有把握不會開口。

花向晚一聽便知道他心中應當是有過對比盤算,目光不由得落到他腰上懸掛著的佩劍上。

她有些想開口,卻又怕惹他不快。

破心轉道……他再也不是問心劍一道,那他曾經震懾兩地的問心劍最後一式,太上忘情,怕是再也使不出來了。

對於一個劍修而言,能否參悟最後一劍,在實力上的差距有如天塹之隔。

沒有最後一劍的謝長寂,便再也不是那個能一劍滅宗,劍屠一界的謝長寂。

想到這一點,花向晚逼著自己挪開目光,不讓謝長寂察覺異樣。然而謝長寂卻敏銳地知道她在想什麼,只道:「那不是真正的最後一劍。」

「什麼?」花向晚疑惑。

謝長寂解釋:「我兩百年無法飛升,困於此世,故而,這並非屬於我的最後一劍。無需愧疚,亦無需遺憾。」

花向晚聽著謝長寂的話,有些明白過來,謝長寂當年的最後一劍,是在絕情丹下逼著自己參悟的一劍。

可沒有真正堪破內心的劍,絕不是一個劍修真正的最後一劍。

而他說的「無需愧疚,亦無需遺憾」,寬慰的不是自己,是她。

明明比常人遲鈍不明白感情，卻又事事如此敏銳無微不至，倒也不怪她少年時喜歡他。

謝長寂見她不說話，想了想，便轉了話題：「冥惑為什麼不肯讓大家看他的識海？」

「這個啊，」花向晚聽他提起這個，忍不住有些得意，「是人就受不了這個，我打個比方。」花向晚湊近他，笑咪咪開口，「要是你偷聽我洗澡，你願意讓我知道嗎？」

謝長寂動作一頓，沒有出聲。

他故作鎮定轉頭看向她的乾坤袋，只問：「妳何時有能將人識海畫面讓眾人看到的法寶的？」

這種法寶聞所未聞，如果有，必定是天階法器。

「哦，我當然沒有，」花向晚理直氣壯，謝長寂有些疑惑，就看花向晚舉起一顆夜明珠，坦誠道：「就是顆夜明珠。」

謝長寂一愣，花向晚認真解釋：「我就知道他不敢，詐他的。」

「那，」謝長寂思索著，「之後呢？冥惑殺不了溫容。」

「他是殺不了，」花向晚笑起來，「可眾人拾柴火焰高啊。」

「等著吧。」花向晚轉頭看向窗外：「很快，他就會主動找我。」

魔宮著夜，除了合歡宮以外，其他宗門都是一夜未眠。

大家議論著陰陽宗和巫蠱宗滅宗之事，而秦風烈則親自去了巫蠱宗查看情況。

秦雲衣坐在屋中，冥惑跪在她面前，秦雲衣冷冷地看著他：「非要找死？」

冥惑抿唇不動，秦雲衣上前一巴掌狠狠抽在他臉上：「你以為你到渡劫期，就是個東西了？」

冥惑被她打歪了臉，唇邊溢出血來，他冷靜轉頭，低聲道：「主子勿怒，手疼。」

「你是不是騙我？」秦雲衣湊到他面前：「溫少清到底是不是你殺的？」

「不是。」冥惑冷靜開口。

秦雲衣盯著他：「那這麼好的機會你為什麼放棄？西境的人什麼齷齪事沒見過，你有什麼見不得人的？」

冥惑目光微動，秦雲衣低喝：「說啊！」

「我會殺了溫容。」冥惑不敢看她，垂下眼眸，低聲道：「主子不要生氣。」

秦雲衣沒說話，看著面前的青年。

他贏不了溫容，上了生死臺，生死不論，以溫容的實力，他上生死臺就只有死的份。

以前也不是沒想過他會死，然而如今清晰的認知到他要死，她有些憤怒。

她養的狗，居然要讓溫容宰了？

她盯著他，抬手觸碰他臉上的紋路。

他有一張極為蒼白的臉，像畫布一般，陰陽宗的家徽繪製在他臉上，讓他顯得格外陰鬱詭異。

可這樣依舊可以看出，這原本是一個五官極為英俊的青年。

她的手指輕輕拂過他的紋路，冥惑感覺到她指尖帶來的酥麻，整個人輕輕顫抖起來。

秦雲衣的指尖一路往下，冥惑呼吸聲越重，秦雲衣動作頓住，許久後，她低下頭，輕聲開口：「給我滾出去，今晚就走，贏不了，至少活著給我當狗。」

這句話讓冥惑一愣，秦雲衣抬眼，兩人距離極近，秦雲衣冷著聲：「要是能贏，」她說得認真，「我可以許你一個願望。」

冥惑不說話，他悄無聲息捏起拳頭：「什麼願望？」

秦雲衣笑起來，語氣中帶著嘲諷：「什麼都可以。」

說著，她一腳將人踹開，走出門去：「滾吧。」

她一出門，冥惑的眼神便冷了下來。

他要贏。

他不僅要活著，他還得贏。

這是他最接近神的一次機會，他不惜一切代價，必須贏！

他跪在地上想了許久，設下結界，隨後將血滴到地面，閉上眼睛。

血落在泥土之中成了血色法陣，他微微顫抖著，誦念出召喚邪魔的咒語。

兩百年前，橫行於雲萊西境兩地的邪魔，「魊」，它能快速增強人或修士的力量，代價是，實現願望後，逐漸失去心智，作惡人間，成為魊靈的養分。

當年魃靈出世，便是依靠「魃」作惡人間所換取的力量，讓它越發強大，最後在此界修士裡應外合之下，打開死生之界，放出這些「魃」的主人，魃靈。

召喚「魃」的術法已經很多年無人使用，他不知道如今他還能否召喚出這樣的邪魔，可這是他唯一的出路。

血一滴一滴繪製成法陣，在睡夢中的花向晚猛地睜開眼睛。

識海中被封印的東西蠢蠢欲動，似乎受人感召，她抬手給謝長寂甩了個安眠咒，隨後悄無聲息起身，穿上黑色袍子，回頭看了睡得正香的謝長寂一眼，轉身走了出去。

她一走，謝長寂便立刻睜開眼睛，翻坐起身。

問心劍幻化到手中，它似乎感知到什麼，瘋狂顫動著。

他閉眼感應片刻，抓著問心劍便衝了出去，幾個起落來距離後院不遠處的屋頂之上，青年半張黃金面具覆面，正朝著鳴鸞宮院落的方向急奔而去，謝長寂迎著對方一劍橫掃，對方手中摺扇一轉，法光朝著謝長寂疾馳而來。

劍光法光衝撞在一起，兩人一瞬間皆被拉入對方領域之中。

若是低階修士被渡劫修士拉入自己領域，那就是任人宰割，可若兩個實力相當的渡劫修士同時展開領域，雙方便同時進入了另一個空間。

意識到這一點，對方全不戀戰，迅速收起領域，疾步撤開，然而謝長寂緊追不捨，一劍弧光盈月，破空而去，長劍臨近青年，瞬息化作無數把光劍絞殺而去，如密密麻麻的金蛇纏繞周身。

青年法陣一轉，同光劍撞在一起，謝長寂身形極快，頃刻出現在他身後，長劍猛地一切——人頭落地。

只是受了這致命傷，對方卻一滴血都沒流出，身體瞬間化作一張被切成兩半的符紙，飄然而下。

「哎呀呀，」不辨男女的聲音飄蕩在謝長寂耳邊，「謝道君，你到底是來除魔的，還是成魔的呀？魃靈出世，這都不管了嗎？」

話音剛落，魃靈邪氣沖天而起，謝長寂轉頭看向邪氣的方向，手中問心劍震得厲害。

他提著劍，看了許久，終於還是收劍轉身。

謝長寂打鬥時，冥惑房間裡，他看著血流淌在地面，不斷誦念著召喚的咒語。

他必須贏。

無論任何代價。

執念縈繞在他周身，許久後，他感覺周邊靈力波動，一個身影在黑夜中慢慢顯現。

他誦念咒語之聲停下，緩緩抬頭，就看女子隱於黑袍之中，低沉著聲開口：「你召喚我？」

「是。」冥惑盯著她：「我要魃。」

「魃，寄生於人，可以讓你快速增強修為至巔峰，」女子的聲音聽不出音色，她帶著幾分笑，「可作為代價，你所有修為，最終都會成為魃靈養分，你願意供養我？」

「只要妳幫我殺了溫容，」冥惑冷聲開口，「我願意。」

女子輕笑出聲，片刻後，她伸出手，抵在冥惑眉心：「願你不悔。」

說完那一剎那，屬於魃靈的邪氣在女子身上一瞬炸開！

周邊鳥雀驚飛而起，所有修士瞬間看向邪氣沖天的方向，而在這靈力波動漩渦之中，黑氣鑽入冥惑眉心，一股強大的力量伴隨著劇痛瞬間盈滿他周身，黑氣纏繞在他識海元嬰周遭，等女子抽手之時，冥惑跪趴在地上，大口大口喘息起來。

「我為你加了一道封印，將它包裹在識海之中。」女子聲音冷淡：「尋常人查探不到它，當你解除封印，它便會立刻出來。溫容渡劫中期修士，你與她硬拼沒有結果，你只有一次必殺的機會。」

說著，周邊傳來腳步聲，女子身影逐漸消失：「把握時機啊，冥惑。」

這話說完，女子便澈底消失在原地，冥惑抬起頭，聽著門外傳來腳步聲，趕緊用靈力將現場痕跡毀去，隨後盤坐在蒲團之上。

等守衛猛地撞開門時，他漠然睜眼，渡劫期威壓瞬間壓下，冰冷出聲：「何事？」

處理好一切，花向晚回到房間，謝長寂還在沉睡，花向晚看著他的睡顏，忍不住伸手撫了一下他的頭髮，悄悄鑽進被窩。

她一動，就聽見謝長寂開口：「回來了？」

她動作微僵，驀然有種被人抓住把柄的錯覺，謝長寂閉著眼將人撈到懷裡，替她蓋上被子，聲音很輕：「睡吧。」

聽到這聲「睡吧」，花向晚心跳得「噗通噗通」的，她已經被警告過兩次不准自己擅自行動了，第一次是在合歡宮婚宴當日，她和秦雲衣單打獨鬥，謝長寂和她認真詳談。

第二次在巫蠱宗地宮，謝長寂身體力行讓她知道問題的嚴重性。

現在第三次被抓包……

謝長寂這個反應平靜得讓她害怕。

她窩在謝長寂懷中忐忑不安，不清楚謝長寂到底是什麼時候醒的，知不知道自己去做了什麼。

如果他知道的話，他在地宮怎麼說來著？

——「不會有那一天。」

花向晚想著他在地宮說的話，情緒慢慢冷靜下來。

謝長寂察覺她沒睡，睜開眼睛，帶著幾分關心：「不睡嗎？」

「你……」花向晚試探著，問出自己疑惑，「你什麼時候醒的？」

謝長寂不說話，過了一會兒後，他撒了謊：「沒多久，醒過來便看見妳不在。」

聽到這話，花向晚舒了口氣，想他大概不知道方才發生了什麼，她在他懷中翻了個身，笑著抬眼：「那你不找我？」

謝長寂不說話，他靜靜地看著她有幾分高興的樣子，過了一會兒後，緩聲提醒：「雙生符無事，妳也有妳想做的事。」

雙生符無事，她便沒什麼大礙。

花向晚得了理由，點了點頭，便縮回被子。

等進了被窩，她想了想，還是有些心虛。

她主動伸手攬住謝長寂，靠在他胸口：「你放心，我做的事很安全。」

「嗯。」謝長寂聲音很淡，似乎並不關心，「我知道。」

花向晚見他情緒平穩，便放心下來，靠在他懷裡睡過去。

謝長寂用手指替她順著頭髮，看了一會兒後，低頭親了親她的額頭。

忍不住笑了笑。

她開始會因為自己背著他做事哄他了。

第二日起來，花向晚做賊心虛，後面兩天對謝長寂態度極好，幾乎算得上是有求必應。

只是謝長寂除了一些不可言說的事，也沒什麼太多所求，平日起居幾乎是他照顧著，除了花向晚每天捶著的腰，倒也看不出來兩人地位上有什麼轉變。

秦風烈到巫蠱宗去了兩日，回來後便把鳴鸞宮的人叫了過去，一宮人徹夜未眠，等到溫容和冥惑生死臺對陣前夜，花向晚的窗戶出現兩緩三急的敲窗聲。

聽到這個聲音，謝長寂轉頭看了她一眼，兩人點點頭，謝長寂便走出門外，悄無聲息張開了結界，將這個小房間徹底與外界隔絕。

謝長寂一走，花向晚便出聲：「進來。」

烏鴉用頭撞開窗戶，跳進房間，打量了一圈後，便化作人形落在地面，朝著椅子瀟灑一坐，高興道：「如妳所料，老頭子去巫蠱宗逛了一圈，回來就覺得是溫容幹的。只是老頭子還有疑慮，他沒想明白，溫容那膽子，怎麼敢突然對巫蠱宗動手。」

花向晚聽著秦雲裳的話，捶著腰思考著。

之前她故意讓狐眠帶著假的溫少清襲擊清樂宮弟子，就是為了讓人知道，溫少清很可能被巫蠱宗用來煉屍，給了溫容一個充足的動手理由。

而後又用溫少清的屍骨引溫容和巫生起了衝突，周邊修士必然都感知到雙方的靈力波動，秦風烈稍作打聽就能知道。

能在溫容走後突襲巫蠱宗，現下能悄無聲息在一夜之內滅掉一個宗門的西境門派，只有清樂和鳴鸞兩宮，頂多再加一個實力莫測的謝長寂。

但當日謝長寂生辰宴會，她又被刺殺，加上謝長寂天劍宗弟子的身分，怎麼都不可能是他出手。

唯一能懷疑到謝長寂頭上的線索，只有巫媚和他起過衝突，為謝長寂所殺。

勉強為謝長寂滅宗增加了一點動機。

可秦風烈已經不管轄下面之事多年，如果巫媚之死傳到鳴鸞宮，經手人必定是秦雲衣，只要秦雲衣不說，那無論如何，都想不到謝長寂。

想不到謝長寂，更想不到廢物合歡宮。

只是秦風烈向來謹慎，無法確認是溫容所為也正常。

「秦雲衣怎麼說？」花向晚看了秦雲裳一眼。

秦雲裳目光落在她無意識捶著腰的手上，漫不經心挪開，回道：「她想保冥惑，當然要說溫容壞話，老頭子現在覺得溫容不能用了，與其留一個敵人，不如先下手為強。現下鳴鸞宮已經定下來了，明日，」秦雲裳壓低聲，「溫容必死。冥惑能殺就殺，殺不了，老頭子打算自己親自動手。」

「之後呢？」

「溫容死後老頭子會請魔主派一個代理宮主，將清樂宮兩位渡劫修士，迎回鳴鸞宮作為客卿。」

「代理宮主人選是誰？」

「如果冥惑能贏，」秦雲裳笑起來，「冥惑。」

聽到人選如期，花向晚也笑起來，只道：「那我拭目以待。」

「行，我走了。」秦雲裳說完正事，站起來，忍不住又瞟了她的手一眼，提醒她，「我說妳要不要找薛子丹看看，這看上去也太虛了。」

「滾！」花向晚抓了茶杯就朝她砸過去。

秦雲裳往旁邊一躲，「嘖嘖」兩聲，化作烏鴉跳上窗臺，臨走前，她忍不住回頭：「望秀還好吧？」

「放心。」花向晚知道她問什麼，點頭道：「不會有差錯。」

秦雲裳沉默片刻，過了一會兒後，她似是不放心地抬眼：「真的不會有？」

花向晚迎著她的眼神，她知道秦雲裳在問什麼，片刻後，她笑起來：「這才是妳專門跑一趟想問的？」

「我不是白白給妳賣命的。」秦雲裳冷靜出聲。

花向晚點頭：「我知道，放心吧。」

聽到這話，秦雲裳應了一聲，這才轉頭振翅離開。

等她走後，過了片刻，謝長寂的聲音傳來：「我可以進來了？」

「進吧。」花向晚叫他。

謝長寂走進屋，抬眼看她，他站在門口，好久後，他走上前，將人輕輕攬到懷中，一言不發。

兩人好好休息了一晚，等第二日醒來，便到了溫容和冥惑約定的時間。

侍從領著他們到了生死臺，碧血神君已經高坐在上，依舊是雲紗幕簾，看不清裡面的容貌，只能依稀看到一個青年，漫不經心搖著扇子。

三宮和餘下的七宗各自落座，花向晚多向藥宗看了一眼，發現今日藥宗來的居然是薛子丹。

薛子丹倒是沒有了一貫的痞氣，明面上冷淡地看了她一眼，便挪開目光。

「許久沒看熱鬧了。」碧血神君的聲音在高臺響起來，語氣中帶著幾分期待：「溫宮主似乎也許多年沒同渡劫修士動過手了。」

修士越往上越惜命，尤其是渡劫期修士，熬到最後一階，幾乎沒人會隨意和同階動手。

秦風烈聽到這話，冷哼出聲：「同渡劫期修士不交手，欺負下面的人，溫宮主可是十分威武。」

「秦風烈。」溫容聽到這話，冷眼看過去，「你這話什麼意思？」

「我什麼意思溫宮主心裡清楚。」秦風烈盯著溫容，溫容正要回話，花向晚便溫和出聲。

「溫宮主、秦宮主，兩位都是長輩，以和為貴，冥惑也要來了，」花向晚說著，轉頭看向溫容，目光中帶著幾分克制著的期望，「溫宮主，還是不必多做口舌之爭，先打坐休養。」

「教訓一個靠吸取他人修為步入渡劫的兔崽子，還需要打坐？」溫容聽到這話，嘲諷出聲，直接道：「叫人上來吧！」

聽到「吸取修為」幾個字，旁邊的秦雲衣面色微冷。

花向晚漫不經心低頭喝茶，沒有多話。

眾所周知，修行雖然分成幾個大境界，但境界並不代表絕對實力，以丹藥、吸食他人修為等走捷徑之途強行突破的境界，和靠自己一點一點爬上來的修為截然不同。兩者的實力，有著雲泥之別。

別說冥惑只是剛步入渡劫，就算他在渡劫境界穩固，也絕不是修道千年、歷經無數生死的溫容的對手。

故而兩人雖然沒戰，但大家除了鳴鸞宮和花向晚之外，其餘七宗心裡都已經有了結果。

「既然溫宮主說開始，那就把冥惑叫上來吧。」

碧血神君在雲紗後下令，沒多久冥惑便被人帶了上來。

他身穿黑色長衫，仔細看可以看見朱紅色符文繪滿長衫。他的神色和平日一樣，死氣沉沉，看不出喜怒，溫容一見他，便猛地起身，花向晚看向溫容，沉聲道：「溫宮主，今日，必為少清報仇！」

聽到這話，秦風烈抬起頭來，看向花向晚，冷笑道：「花少主的立場，可站得穩得很，就不知未來，會不會後悔？」

「若我有什麼後悔，」花向晚冷眼朝著秦風烈看過去，「只悔自己學藝不精，淪落到今日，不然還輪得到溫宮主出手？冥惑這廝，我親手了結了他。」

「不會咬人的狗，」秦雲衣聽著這話，抬頭輕笑，「就是叫得歡。」

「怎麼，」花向晚朝著秦雲衣看過去，「妳當過狗，這麼瞭解狗的習性？」

秦雲衣得話，目光微冷，秦風烈下意識想將手邊飛葉甩去給花向晚一個教訓，但只是這麼一想，就覺對面有一道冰冷的視線注視著他，他轉眸過去，就看謝長寂端端正正坐在花向晚身邊，問心劍在他身側，於晨光之下，流光溢彩。

秦風烈頓住動作，花向晚忍不住笑起來，她伸手挽住謝長寂，主動往他肩頭靠去，撒著嬌道：「夫君，秦宮主好凶，我好害怕哦。」

謝長寂聽到她的話，平穩道：「無事。」

「好了，」碧血神君見結界已開啟，聲音淡了幾分，「開始吧。」

音落瞬間，溫容提步飛入生死臺上，冥惑在她入結界瞬間，手中符紙瞬間如雨而去，隨後手上快速結印，誦念咒文。

一瞬之間，符紙化作無數個冥惑，朝著溫容急襲而去！

溫容神色平淡，手上一翻，一把箜篌憑空出現，她坐在高空，箜篌抬手一撥，琴聲舒緩，所有「冥惑」的動作瞬間慢了起來。

「以樂控時。」花向晚轉頭看謝長寂，笑道：「你能破？」

「一劍可斬。」

說話間，冥惑似乎早有準備，第二道符陣化作一把把飛刀，朝著高處彈著箜篌的溫容疾馳而去，這飛刀極快，瞬間破開了溫容可以操控的領域，溫容慢慢悠悠，撥動第二聲琴響，在飛刀來到身前瞬間，琴聲化作一道無形屏障，所有飛刀彷彿黏在上方，隨後只聽第三聲琴響！

前奏已畢，飛刀瞬間調轉方向，在琴聲之中朝著冥惑衝去！

冥惑抬手便是血色符文，在半空形成一個巨大法陣，飛刀撞在法陣之上，隨後一陣不急不緩的旋律，周邊所有樹葉在旋律中聚集而來，冥惑趁機將符文一轉，朝著溫容襲去！

飄散在空中的樹葉彷彿有了靈識，符文即將觸碰溫容之時，便及時將符文斬斷。

溫容手下琴聲逐漸快起來，秦雲衣冷冷地看著高臺，下方坐著鳴鸞宮三位渡劫修士，他們對面是清樂宮兩位渡劫修士，雙方目光對峙，似乎同臺上人一般正在廝殺。

樹葉越來越密，冥惑使出渾身解數，都無法近身。

他面上越發焦急，溫容的神色卻始終從容，只是手上撥弄琴弦動作越來越快，琴音越來越急。

花向晚靠著謝長寂，慢慢悠悠說著：「溫宮主這是想把冥惑千刀萬剮了啊。」

音落那一瞬，樹葉終於盡歸於生死臺上，箜篌琴音猛地尖銳起來，只見溫容往外一撥，樹葉如刀，密密麻麻朝著冥惑疾馳而去！

冥惑慌忙打開結界，然而這些樹葉瞬間如龍捲風一般捲席在他周邊，狠狠衝撞著他的結界。

溫容的琴音越來越急，樹葉衝撞得越來越快，只是片刻，冥惑的結界猛地碎開，冥惑手中法陣朝著樹葉轟去，但無數片樹葉仍舊抓住機會割向他的血肉。

他像是被螞蟻吞噬的巨象，瘋狂掙扎，卻始終不得出路。

對於法修而言，近身為死，冥惑拼命想要重新結起結界，但每次剛開啟，就被樹葉擊碎。

樹葉一片片割開他的血肉，臺上血霧瀰漫，秦雲衣捏緊拳頭，死死盯著高臺。

溫容居高臨下，她明顯是在玩弄冥惑，明明可以一招擊殺，卻一直看著他被樹葉千刀萬剮。

劇痛傳遍冥惑周身，他不著痕跡地看了高處一眼。

秦雲衣在。

他不能死，不能死在她面前。

他喘息著，克制著痛楚，聚集所有靈力，再也不管自己，朝著高處的溫容猛地一道法光轟去！

法光轟去那刻，他也跟著上前，溫容冷笑出聲，抬手一道音波如刀，朝著他的要害直劈而去。

這明顯是要了結了他，那些刀刃若是入體，他絕不可能活下來！

眾人都安靜下來，死死盯著高臺上的兩人，就在刀鋒即將貫入冥惑體內那一刹，異變突生！

一股巨大的邪氣從他身上沖天而起，伴隨著渡劫期致命一擊，化作一條黑龍，朝著溫容猛地襲去！

溫容慌忙撥琴，然而已完全來不及，黑龍瞬間震碎她的結界，直直衝入她身體之中，將她猛地轟倒在地！

黑氣一瞬間瀰漫她全身上下，迅速鑽入她的筋脈，劇痛瞬間傳遍周身，溫容在地面猛地哀嚎起來。

冥惑重重跌落在地，然而他毫不猶豫，爬起來從腳上拔出一把匕首，朝著溫容猛地刺去！

「慢著！」

清樂宮兩位渡劫修士驚呼出聲，然而已來不及。

帶著靈力的匕首狠狠灌入溫容身體之中，就是那一刹，謝長寂的問心劍驟然出劍，朝著冥惑直劈而去！

秦風烈、秦雲衣毫不猶豫，兩人同時出現在冥惑身前，齊齊拔劍，兩名渡劫修士奮力一劍，和謝長寂的劍意衝撞在一起，在生死臺上「轟」的炸開。

這一劍斬得花向晚一愣，她沒想到謝長寂居然會在這種時候出手管事。

但她很快反應過來，立刻起身，朝著冥惑急喝：「冥惑，你方才放出來的是什麼東西！」

「是『魊』。」不需要冥惑回答，謝長寂便先回答了花向晚的問話。

他提著劍起身，往高臺行去。

晨光之下，他一身白衣，周身殺孽之氣瀰漫，宛如天降審判之人，朝著生死臺一步步走去。

秦風烈聽到謝長寂的話，便明白他的意圖，冷笑道：「謝長寂，雲萊不允許『魊』出現，西境可是允許的。生死臺上便是屬於他們二人的決鬥，你出手，算怎麼回事？」

「讓開。」謝長寂彷彿沒聽到秦風烈的話，提劍走上臺階。

他的目光鎖在冥惑身上，冥惑感覺威壓鋪天蓋地而來，他滿身是血，根本支撐不住，猛地跪倒在地。

秦雲衣看著謝長寂走來，忍不住捏緊手中的劍，抬頭看向高處，急道：「魔主，西境之事，輪得到一個外人來說話了嗎？」

「素聞天劍宗問心劍一脈與死生之界邪魔勢不兩立，魊為其最憎惡之物，而這問心劍一脈，千百年來，培養的最成功的人形殺器，便是清衡道君。」聽著秦雲衣求助，碧血神君不慌不忙，聲音在高處悠悠響起：「畢竟，當年問心劍一脈皆血祭魊靈，算得上血海深仇，清衡道君眼中容不下魃，倒也理解。只是阿晚，」碧血神君在雲紗後轉頭看向靜靜看著謝長寂的花向晚，聲音帶笑，「這清衡道君，到底是天劍宗上君，還是妳的少君呢？」

聽到這話，謝長寂頓住步子，他停在生死臺邊緣，轉過頭去，看向高處說話的兩人。

碧血神君坐在雲紗之後，花向晚站在他不遠處。

她看著他，目光幽深，沒有答話，只是靜靜地看著他。

碧血神君敲著扇子，語氣帶笑：「若是妳的少君，那便算我們西境的人，當按著西境的規矩來，我們什麼時候不允許魃存在於世了？還是說——」碧血神君似是笑起來，「清衡上君，始終是天劍宗的道君，和合歡宮沒什麼干係？」

「謝長寂，」花向晚聽出碧血神君言語中的警告，提醒他，「生死臺上，能贏，就是贏。」

謝長寂不說話，花向晚悄無聲息捏起拳頭。

她知道他是不容「魃」的存在的，只是直到今日，她才第一次清晰地看到，兩百年後的謝長寂，對於此物，是多麼想要趕盡殺絕。

謝長寂平靜地看著她，只道：「這是『魃』。」

「你也是合歡宮的少君。」花向晚咬牙，加重了字音：「回來！」

謝長寂沒有說話，過了片刻後，他微微垂眸。

眾人舒了口氣，正以為他打算聽話回頭時，就看他猛地出劍！

他的劍太快，秦風烈都來不及攔下他的劍，就看他已經出現在冥惑身前！

數十把光劍瞬間撲面而來，冥惑現下本就是強弩之末，根本無力躲閃，只聽「轟」的一聲巨響，冥惑被釘在了地面。

他周身黑氣彷彿人一般尖叫四竄，卻被光劍封死在冥惑體內，冥惑皮膚下有什麼東西瘋狂流竄，看上去極為可怖。

他慣來忍得了疼痛，平日再疼都一聲不吭的人，熬了沒多久，竟在地上如野獸一般哀嚎起來。

謝長寂從容收劍，平穩道：「問心劍有克制魊靈之用，這些劍意會融入他身體之中，半月之後，將他身體中的魊魔銷食殆盡，他自會恢復。」

說著，謝長寂終於轉身，走回高臺。

所有人都看著他，花向晚下意識屏住了呼吸，看著他一步一步走來。

他的劍還提在手中，她莫名身體顫慄，覺得那劍尖似乎隨時會指向她。

她與冥惑，沒什麼不同。

察覺花向晚的情緒，碧血神君轉頭看去，語氣中帶著幾分調笑：「哎呀呀，阿晚，妳這位少君，真是剛正不阿，恪守原則啊。還好今日，身上帶著魊的不是阿晚，不然，就不知道清衡道君，會不會也這麼殘忍。」

「魔主說笑了。」花向晚聽到魔主的話，恢復了神色，恭敬地笑起來：「這怎麼可能呢？雖然合歡宮屬於西境，但魔主忘了，」花向晚神色平淡，「這東西，我母親也很討厭。」

「是哦，」碧血神君似乎被提醒，他點了點頭，只道：「花宮主當年……也像清衡道君一樣，不允許這個東西存在呢。」

說話間，清樂宮的人已經衝了上去，去抬溫容，鳴鸞宮的人也趕到冥惑身邊，想把冥惑從劍陣中抬下來。

謝長寂平穩地走到花向晚身邊，花向晚見他回來，朝著碧血神君恭敬地行了個禮：「神君，我先去看看溫宮主。」

「去吧。」碧血神君揮了揮手。

花向晚立刻轉身，碧血神君似乎想起什麼，突然叫住她：「阿晚。」

花向晚頓住步子，碧血神君緩聲提醒：「可別好了傷疤，忘了疼啊。」

花向晚聞言，有些聽不明白對方意思，但想到下方的溫容，她來不及深想，恭敬道：「謝魔主提醒。」

說完，她便轉身走下去。

謝長寂下意識想去拉她，花向晚卻彷彿什麼都沒察覺一般，從他身邊急急錯開。

謝長寂動作一頓，緩了片刻，他這才跟上去。

碧血神君在雲紗後看著一干人散場，輕輕敲著摺扇，呢喃：「真熱鬧。」

花向晚壓著情緒，急急跟上溫容。

到了清樂宮的院落，花向晚大聲道：「溫宮主！」

「花少主！」清樂宮的人攔住花向晚，緊皺眉頭：「留步。」

「溫姨！」花向晚忍不住出聲。

溫容聽到這聲喚，微微合眼，緩了片刻，她喘息著開口：「讓向晚進來。」

眾人聽著她變了口風，對視一眼，終於放開花向晚。

花向晚見謝長寂跟在身後，吩咐他一聲：「你先在外面等我。」

說著，花向晚便提著裙，十分急切地趕了上去。

等進入屋中，就看溫容坐在椅子上，十分虛弱，她旁邊兩位渡劫期修士守著她，分別是清樂宮左右使，宮商、角羽。

花向晚一見她，便急急出聲：「溫姨，妳需要什麼，我去找給妳，我讓謝長寂來幫妳，還有薛子丹，我去求薛子丹……」

「阿晚，」溫容打斷她，喘息著，「來不及了，我不行了。」

「溫姨……」花向晚看著她，紅著眼眶：「妳……妳不要這樣說，我……我還要替少清照顧妳。我已經沒了師父和許多師兄師姐，又沒了少清，溫姨……」

花向晚哽咽得不成句子，溫容看著面前這個女子，神色疲憊。

花向晚倒是一貫撐不起來的，沒有當年半點樣子。

但若花向晚有當年的樣子，那，大家便要害怕了。

十八歲的化神期，傲氣張揚，這份資質，讓人豔羨又恐懼。

合歡宮已經有了花染顏，不能再有花向晚。

只是，如今又有什麼辦法？

現下只有她，對他們溫氏母子有幾分真心實意。

而且不得不說，她運氣真好，有謝長寂那樣的大能為她鎮守合歡宮，如今托孤，她才有幾分希望。

「莫哭了。」溫容嘆了口氣，她拍了拍花向晚的手，面上全是溫和：「過往是我對妳太嚴厲，少清一直跟我說妳好，我不信，現下我才知道，是我瞎了眼，怎麼會覺得秦雲衣好呢？」

「是我做得不夠好，」花向晚搖著頭，「我若爭氣些就好了。」

「妳當年也是很好的，」溫容勸著，不想同她繞彎子，直入主題，「如今有謝長寂幫妳守著合歡宮，我走也放心了。」

「溫姨……」

「只是，清樂宮剩下的人，不知該怎麼辦。」溫容看了看旁邊兩位渡劫修士：「你們倒是去哪裡都無妨，但餘下弟子……」

「宮主放心，」宮商出聲，「清樂宮餘下弟子，我們都會照看好。」

「可鳴鸞宮，怕是不會放過我們。」溫容搖搖頭，「當年合歡宮出事，鳴鸞宮怎麼做的，大家都清楚。合歡宮原本管轄三宗，現下除了百獸宗過於微弱還在，其他基本都被鳴鸞宮逼著投靠了他們，手中法寶、靈脈盡數上交，若非如此，合歡宮弟子怎麼多年來如此不濟？」

花向晚聽著溫容提及往事，面帶憤恨之色。

溫容看了她一眼，見目的達到，便嘆了口氣，暗示著道：「清樂宮如今若無人相幫，也只有被鳴鸞宮吞併的命了。」

「溫姨，」花向晚聽著，明白了溫容的意思，她抬起頭來，擦了一把眼淚，目光堅定，「您要我做什麼？」

「阿晚……」溫容看著花向晚上套，面上卻露出幾分不忍，「溫姨不忍心讓妳捲入此事。」

「不，」花向晚神色堅定，「溫姨，鳴鸞宮欺辱合歡宮的我都記得！我絕不能眼睜睜看著少清的宗門步合歡宮後塵。我嫁給謝長寂，他……他對我還是上心的。而且，我如今金丹已經修復大半……」

聽到這話，溫容心上一跳，旁邊宮商、角羽對視一眼，隨後溫容便立刻抓住花向晚，急道：「妳說的可當真？」

「當真。」花向晚點頭，目光真切，「所以溫姨，妳要我做什麼妳說。」

「那就好……」溫容蒼白的臉上帶著幾分喜色，隨後，她看著花向晚，認真開口，「那妳答應我，幫溫氏保住清樂宮，一條靈脈、一件法寶，都不要讓他們拿走！」

花向晚動作一頓，溫容見她猶豫，不由得抓緊了她的手臂，急道：「阿晚，他們殺了少清啊！我怎麼能讓秦雲衣和冥惑這姦夫淫婦，殺了我兒又奪我基業！妳忍心嗎？」

「我知道。」花向晚似乎有些亂，「可……可這樣一來，合歡宮就要和鳴鸞宮對上……」

「妳母親呢？」溫容提醒她，「妳母親是渡劫期，謝長寂也是，妳金丹好了之後便是化神，加上清樂宮兩位渡劫，還有魔主，他會幫妳的，阿晚妳別怕。」

溫容誆哄著她：「只要妳應下幫我護住清樂宮，之後從我溫氏族人中挑出一位少主，等他長大交還，我這就給魔主傳信，將清樂宮代理宮主之位交給妳。這期間，清樂宮的法寶、靈脈，合歡宮都可以用，兩宮合一，只有這樣，我們兩宮才有一條生路！」

「溫姨……」

「阿晚！」說著，溫容一口血嘔了出來，她死死抓著花向晚，激動道：「答應我！妳就把溫氏的孩子當成妳和少清的孩子，妳想想少清，妳答應我！」

「好，好，我都答應，我一定會保住清樂宮。」花向晚扶著溫容，似是慌了，她轉頭看向宮商，著急道：「快，宮左使，別讓溫姨說了，快救她！」

「不，不……我先傳音。」

溫容說著，急急給碧血神君傳音，將花向晚是代理宮主一事確認之後，她終於放鬆下來，整個人往後一倒，便再也沒了力氣。

花向晚趕緊扶住她，旁邊宮商、角羽給她灌著靈力，但她身體中的金丹元嬰已經被魊的邪氣碎掉，現下只依靠著身體殘餘的那點靈力支撐。

她知道自己已經走到盡頭，便靠著花向晚，同眾人一一吩咐著後事。

把一切處理完畢，她靠在花向晚懷裡，有些疲憊，人生走到最後一程，沒想到是花向晚送她。

這一刻，她什麼都不願想，驀地竟有了個荒唐的念頭——

要是當年溫少清娶了花向晚就好了。

花向晚，至少是少清喜歡的女孩子。

想到這，她心中安寧幾分，閉著眼睛，感覺自己像是個普通老人，她失去了唯一的愛子，如今只能讓這個兒子深愛了一生的女人，為自己送終。

周邊任何一點人聲在此刻都顯得嘈雜無比，她輕輕出聲：「阿晚，讓他們都出去吧。」

花向晚含淚點頭，看了大家一眼。

眾人聽著這話，紛紛走了出去。

等房間安靜下來，溫容靠在花向晚懷中，輕聲道：「阿晚，妳和我說說少清吧，你們怎麼認識的？」

花向晚聽著溫容的話，緩慢地說溫少清和她。

溫容靜靜聽著，她目光中露出幾分後悔：「是我對他太嚴厲了……他明明不是修仙這塊料，可我怕他在西境活不下去，也覺得他丟了我的臉。畢竟我打小就是佼佼者，怎麼會生出這樣一個兒子。我總是打罵他，他以為我對他沒什麼感情……」

「不，」花向晚安撫她，「大家都知道，妳愛他。」

「他也知道嗎？」

「知道的。」

然而想到兒子和自己一次次爭執，溫容便知道她是在騙自己。

她感覺生命流逝，終於問起了這個姑娘相關的事：「阿晚，妳師父走的時候，也是這樣嗎？」

「不是的。」花向晚笑了笑，她平靜地握住溫容的手，溫和道：「她走得很痛苦。」

「痛苦？」

溫容聽不明白，然而她還沒有反應過來，就被花向晚猛地捂住嘴，死死按在懷中。

「像這樣。」

魊靈的邪氣猛地貫穿進溫容體內，在她身體裡炸開，她因為劇痛奮力掙扎起來，花向晚死死捂住她的嘴，平靜道：「哦，還有，妳說錯了，我師父沒死，死的是我母親。」

花向晚聽著她「嗚嗚」痛苦之聲，感覺暢快極了，她感覺血液流速都快了起來，忍不住說起她根本不能和其他人言說的痛苦。

「她走的時候，金丹被剖，修為被吸乾了，她很疼，可她不說。」

「溫姨，」她死死按著掙扎著的溫容，面上表情十分真摯，「我替合歡宮謝謝妳，謝謝妳讓人打開了西境邊防大門，謝謝妳策劃參與這一切，謝謝妳兩百年羞辱，也謝謝妳和少清，對我的厚待。作為報答，」她覆在溫容耳邊，「告訴妳一個祕密——」

「溫少清，」她壓低了聲，「是我殺的，只是我沒動手而已。」

聽到這話，溫容猛地激動起來，然而這點動作對花向晚而言太過微弱。

她抱緊了她，任由邪氣在溫容體內肆虐，她看著溫容痛苦的表情，忍不住笑起來。

她滿臉是淚，但面上笑卻十分暢快。

溫容拼了命想去抓她，但她用盡全力的動作，顯得格外微弱。

「放心吧，這只是開始。」

她看著她掙扎，感覺溫容的氣息漸弱，她有些沉迷於這樣的快感，決定告訴溫容一個好消息。

「所有人，我沒有一個會放過，妳放心，」她聲音很輕，「他們都會來陪你們的。」

說著，溫容的掙扎小了下去，在她懷中慢慢沒了氣息。

花向晚察覺她已經死得透徹，便將她放回床上，認認真真處理了周身痕跡，確認魂魄消散後，才趴在床邊，猛地嘶喊出聲：「溫姨——！」

# 第九章　托孤

她這一聲大吼出來，宮商、角羽、謝長寂等人立刻衝了進來。

所有人看見花向晚跪在地上，趴在床上，低低痛哭。

宮商、角羽上前查看，確認溫容已經離世後，兩人也紅了眼眶，咬了咬牙，只道：「花少主，妳先回合歡苑休息吧，我們要為宮主操辦後事了。」

「不——我幫……」

花向晚還沒說完，她似乎意識到什麼，回頭看向謝長寂，謝長寂靜靜地站在一旁，目光中帶著審視。

宮商立刻明白此刻情況，花向晚畢竟和謝長寂才是夫妻，與溫少清又有一段過往，若不避嫌，難免讓謝長寂心生芥蒂。如今清樂宮最大的依仗便是謝長寂，萬不能在此時出現間隙。

宮商穩了穩心神，低聲勸阻：「花少主，妳還是同少君先回去，有消息我們再通知您。」

「好。」

花向晚吸了吸鼻子，克制住情緒，謝長寂走上前，伸出一隻手，將花向晚輕輕扶起，花向晚由他攙扶著，低泣著往門外走去。

她握著謝長寂的手微微顫抖，謝長寂察覺她的情緒，抬眸看了她一眼。

他扶著花向晚走回合歡苑，等進了小院，謝長寂的結界悄無聲息張開，花向晚察覺，卻仍舊沒有放鬆警惕，繼續保持著悲痛的姿態。

靈南、靈北早已等候在院中，看見花向晚，兩人立刻站起來，靈南急道：「少主，如何了？」

「去了。」花向晚吸了吸鼻子，似是哀傷，她抬起頭來，看了兩人一圈，暗示道：「溫宮主怕她死後鳴鸞宮對她不利，臨終托孤，讓我暫時代理清樂宮宮主一職，從溫氏血脈中挑選出一個孩子，培養長大，作為交換，願將清樂宮所有資源與合歡宮共用。」

「那我們豈不是很不划算？」靈南瞪大了眼：「鳴鸞宮五個渡劫，下面化神元嬰金丹這麼多，還有那麼多宗門依附他們，我們和他們搶，還要幫溫氏養孩子？」

「靈南。」聽見靈南的話，靈北叫住她，低聲道：「少主有少主的考量。」

靈南得話，低低「哦」了一聲，有些失落地安靜下去。

靈北轉頭看向花向晚，恭敬道：「那我將消息先送回宮中，再去打聽魔主那邊如何安排。」

花向晚含淚點頭，似乎剛承受了極大的打擊，但還不忘吩咐靈南：「妳也別閒著，去清樂宮那邊照看一下，不要讓溫宮主走得不安心。」

「知道了。」靈南悶悶出聲。

花向晚嘆了口氣：「我累了，先回去休息，你們去做事吧。」

說著，她由謝長寂攙扶著往屋中走去。

等兩人進了房間，花向晚頓時站直了身子，面上表情冷淡下來，她從謝長寂手中把手抽走，慢條斯理擦著臉上眼淚。

謝長寂靜靜地看著她，過了一會兒，他才出聲：「妳在雲萊，拿到魊靈時，已經想好今日了？」

「嗯。」花向晚應聲，她給自己倒水，語氣一如平日：「具體沒想好會發生什麼，但我知道，只要開始搶魔主血令，各宮各宗必有裂痕，這就是我的機會。我需要的就是足夠強，等他們互相殘殺之後，給致命一擊。」

「那現在到妳出手的時候了嗎？」

「快了，」花向晚抿了杯子裡的溫水一口，「溫容死了，鳴鸞宮下面兩個得力宗門巫蠱宗和陰陽宗也沒了，剩下的宗門都是牆頭草，等我拿到清樂宮的資源，把清樂宮兩個渡劫修士綁死在合歡宮的船上，鳴鸞宮，也該倒了。」

謝長寂沒說話，花向晚抬眼看他，吩咐道：「你先打坐休息吧，今日之事估計還沒完。冥惑好歹是個渡劫期，你那一劍劈下去，總要打坐調息一下吧？」

謝長寂站著不動，花向晚伸著懶腰，往床上走去：「我先去睡一覺，今日繃得太緊……」

「我是問心劍主，問心劍與死生之界乃世仇，魊魔誕生於死生之界，我問心劍一脈又皆為封印魃靈而死，我看見魃寄生於人體，不可能無動於衷。」

謝長寂緩聲開口，花向晚動作頓了頓，隨後才明白他是在解釋今日生死臺上之事。

她聽著這個解釋，回過神來，才點頭：「哦，我明白。」

「而且，妳也說過，我面上最好保持天劍宗的身分，不要與妳過於親近。加上冥惑終究要與妳為敵，現下傷他，他至少有半月時間不能做什麼，妳想拿下清樂宮，也算少一分阻力。」

「你竟想到這一層，」花向晚笑起來，「倒有些出乎我意料了。」

謝長寂看著她的笑，沒有出聲。

花向晚想了想，見他無事，便擺手道：「你不休息我休息，我得睡了。」

說著，花向晚便脫了鞋，上了床。

其實她也睡不著，但她此刻不想和任何人說話。

殺完溫容大喜之後，莫名有一種說不出的空虛感，她好像茫茫然行走在天地間，心裡空落落的。

謝長寂在屋裡站了一會兒，走到床邊，他卸下床帳，輕輕躺在她身邊。

她背對著他不作聲，過了一會兒後，身後的人側過身，從背後抱住她。

暖意從身後襲來，謝長寂低聲問她：「做吧？」

這話吸引了她的注意，將她從那一片荒蕪的茫然感中拖回來，沒想到這個時候他還能想這事，她忍不住笑起來：「謝長寂，你有完沒完了？」

謝長寂不說話，他聽著她笑，終於覺得滋長在血液中的不安感消散幾分。

他很難告訴她，他愛的不僅僅是這件事本身，而是只有在他們肌膚相親那一刻，他才會覺得，他真實擁有著她。

這是他唯一能感受她的辦法，也是他唯一能消弭骨子裡焦躁惶恐的時刻。

所以他沉溺於此，食髓知味，恨不得日日夜夜，時時刻刻，都與她共淪欲海，不得彼岸。

但這樣的病態他難言於聲，便只是靜靜擁抱著她，去汲取她身上那點微薄的暖意，讓自己平靜下來。

花向晚被他這麼一打擾，一時竟有種被拉到人世的感覺，她在昏暗的光線裡看著床帳上繁複的花紋，感覺光透進床帳，她忍不住伸手去觸碰，輕聲開口：「謝長寂，你在死生之界，屠盡一界後，是什麼感覺？」

說著，花向晚有些茫然：「你完成了師門千百年來一直想做的事，你也為你師父、同門報了仇，那個時候，你應該很高興吧？」

「沒有。」謝長寂想起他站在荒原裡，問心劍平靜下來，滿地鮮血狼藉，他再也感知不到任何邪魔氣息時的心境。

那時候，沒有高興，沒有激動，他甚至有些茫然。

他不知道該去哪裡，也不知道前路，有那麼一刻，他不太明白，為什麼活下來的是自己。

他本就無所謂生，無所謂死，可偏生，躍下死生之界的是晚晚，以身祭劍的是師父，被死生之界邪魔屠盡的是同門。

他仔細想著當時，終於開口：「那時候，在想妳。」

聽到這話，花向晚回頭，她看著青年的眼神，對方靜靜地看著她，說起那一刻，將他召回天劍宗的畫面。

「我突然想起來，有一天夜裡，咱們輪流守夜，那天星光很好，妳讓我先睡。等我睡著了，妳用狗尾巴草悄悄戳我。」

「然後呢？」

花向晚在他懷裡翻過身，聽著他說這早已遺忘的過往，清楚知道這的確是她能做出來的事。

謝長寂閉上眼睛，聲音帶著幾分笑：「我不想理妳，假裝睡著了，以為妳就會消停。結果妳發現我睡著了，竟偷偷親了上來。」

花向晚聽著他說話，突然覺得自己像是回到兩百年前，少年躺在草地上，她低頭看著他。

他的聲音隔絕了這兩百年的苦難與痛苦，撫平了她心中的貧瘠與枯竭。

她聽著他描述：「那時我心裡有些慌，但其實又覺得有些高興，我不知道該不該睜開眼睛……」

話沒說完，他就感覺一雙柔軟的唇迎了上來。

謝長寂沒有睜眼，他感覺花向晚伸出手，摟住他的脖子，她主動深入，像是來到當年異界那一片雪地，在冰雪中擁抱住他。

他們隔著兩百年擁吻，療癒著落下的時光，他像少年時一樣溫柔小心，她主動糾纏。

光影婆娑中，她主動坐在他身上，他坐著擁抱她，虔誠地埋在她身前。

碧海珠隨著她動作起起伏伏，謝長寂沒有抬頭，他雙手撐在身後，支撐著兩個人，忍耐著她所給予的一切。

足夠了。

他不斷告訴自己。

她活著，他能守在她身邊，他能陪伴她，這不就是他一開始所求的嗎？

可他還是忍不住抬頭，目光落在碧海珠上，他盯著它，過了許久，逼著自己挪開目光，按著她的額頭朝下，再一次破開她的識海。

元嬰交纏，靈力交換，結契雙修所帶來巨大歡愉升騰而上，花向晚忍不住低泣出聲。

而這時，魔主房中，青年用摺扇輕敲著窗戶，緩慢道：「你們想讓冥惑暫代清樂宮主，此事清樂宮同意嗎？」

「溫宮主已經去了，清樂宮無人主事，同意與否，端看魔主的意思。」秦風烈隔著屏風站在外間，語氣是商談，但神色卻談不上恭敬。

青年看著花向晚居住的合歡苑的方向，笑起來：「可溫容臨死之前，已經同本座說了，代理宮主一職要交給花向晚。」

「她糊塗了。」秦風烈帶著幾分不屑：「花少主金丹半碎，怕是管不了清樂宮的事。」

「管得了管不了，這都是溫容定下的，」青年轉過頭，看向屏風外的秦風烈，「秦宮主與其勸本座，倒不如去勸勸花少主，你說呢？」

秦風烈不說話，過了片刻，青年緩聲道：「這樣吧，冥惑贏了溫容，按理來說，他暫代清樂宮宮主一職，也順理成章，但溫容死前指定了花向晚為代理宮主，花向晚也是名正言順，不如今晚宮宴，」青年語氣中帶著幾分笑，「大家商量商量？」

秦風烈得話，恭敬道：「謹遵魔主吩咐。」

「那我這就讓人下去操辦此事，秦宮主，請吧。」

「是。」秦風烈沒有多爭什麼，轉頭從屋中退去。

青年坐在窗前，漫不經心轉著扇子，過了片刻後，他想了想，傳音過去：「阿晚。」

傳音久久不回，青年慢慢悠悠：「阿晚，若妳不方便說話，不如本座親自來找妳？」

這話過去，沒一會兒，傳音玉牌便亮了起來，花向晚聲音恭敬：「魔主。」

「阿晚，妳可是頭一次回話這麼晚，本座很傷心啊。」

「方才有些事耽擱了，魔主見諒，不知魔主親自傳音，可是有何要事？」

花向晚語氣平靜，碧血神君聽著，眼神冷淡，唇邊笑意不減。

「不是什麼大事，就是今晚本座想為冥惑辦個慶功宴，妳覺得如何？」

聽到這話，花向晚沉默了一會兒，片刻後，她低聲道：「溫宮主剛去，為冥惑慶功，不知魔主，是打算慶什麼功？」

「西境又多了一位渡劫修士，還能越級殺了前輩，不值得慶賀嗎？」碧血神君笑起來：「秦宮主都答應了呢。」

這話出來，花向晚便明白了碧血神君的意思，特意問了秦風烈，那必然是事關清樂宮。

「既然這樣，」花向晚語氣中帶著幾分笑，「屬下謹遵魔主安排。」

「好，那就這麼定下。」

「是。」

「還有，」碧血神君似乎突然想起什麼，溫柔語氣中帶著幾分警告，「阿晚，若下次再讓我等，我便不高興了。」

「我脾氣不好，」他提醒她，「妳知道的。」

花向晚沉默下來，過了片刻後，她應聲：「知道了，不會有下次。」

「乖。」

說完，魔主切斷了傳音。

花向晚握著玉牌，轉過頭來，看著謝長寂平靜地注視著她胸口的疤痕，一言不發。

她想了想，嘆了口氣，伸手抱住他：「唉，我就知道，這事兒沒完。」

說著，她低頭親了親他，從床上起身：「趕緊吧，今晚還有宮宴，準備準備。」

謝長寂不說話，他似乎在想著什麼。

花向晚有些奇怪，回頭看他：「你怎麼不說話？」

「碧血神君，」他坐在床上，突兀出聲，「是不是從來不以本體示人？」

這話把花向晚問得一愣，緩了片刻，她才明白他在說什麼，點了點頭：「是，他擅長西境各宗術法，你所看到的，都是傀儡或者是符紙做出的分身。」

「他本人在哪裡？」謝長寂的目光落在她胸口的疤痕上，認真思索著。

花向晚察覺他的目光，抬手將衣服拉上，雖然有些奇怪，但還是搖了搖頭：「不知道，普通人也見不到。」

謝長寂不再問話，花向晚突然緊張起來：「你打算做什麼？你不會是打算殺了他吧？」

「殺不了。」謝長寂冷靜開口：「他很強。」

花向晚舒了口氣，知道謝長寂還算有數，心裡就放心了。

隨後就看他從床起身，披了件單衫，走進淨室。

等他進去之後，花向晚突然意識到一個問題——他怎麼知道碧血神君很強的？

花向晚和謝長寂準備宮宴時，秦風烈同秦雲衣坐在屋中。

「花向晚敢接溫容的爛攤子，怕是腦子不清醒。」秦風烈端著杯子，神色冷淡：「秋後螞蚱，仗著魔主和溫少清的顏面苟延殘喘這麼多年，碾死她我都覺得浪費時間，既然非得蹦躂到咱們面前來，今晚把她殺了就是了。」

「可謝長寂一直守著她，」秦雲衣站在一邊，微微皺眉，「怕是不太好下手。」

「那就把人分開，」秦風烈抬眼，「這點事都不會辦嗎？」

「可她若死了，謝長寂和魔主……」

「魔主自顧不暇，至於謝長寂，」秦風烈笑了一聲，「他還真能看上花向晚？不過是想來西境查魊靈的去處，打個幌子罷了，把花向晚殺了，凶手給他，這件事就算完了。」

「那，若今晚動手，派誰去呢？」秦雲衣眉頭微皺。

花向晚雖然金丹半碎，但畢竟是個化神修士，尋常修士怕是很難輕易殺了她，若殺她花的時間太多，謝長寂趕了過來，就麻煩了。

所以此番必須派出一個高手，而且，是註定要捨棄給謝長寂殺了抵罪的高手。

秦雲衣心中一時沒有合適的人選，秦風烈有些奇怪，微微皺眉：「妳是傻了麼？除了冥惑還有誰？難道要派鳴鸞宮自己人？」

秦雲衣一愣，下意識道：「可他現在還受謝長寂劍氣折磨……」

「那妳不會幫他？」秦風烈有些不耐煩起來，「妳修混沌大法，吸食他人修為劍意妳最擅長。把謝長寂的劍氣渡到妳身上吃了，對妳的修行還有好處。妳把劍氣吸食到自己身上，今晚讓冥惑去，告訴他，只要他殺了花向晚，什麼條件我們都可以給。」

反正都不會兌現。

秦雲衣聞言，動作微頓，片刻後，她微微垂眸，恭敬道：「是。」

終歸只是一條狗，有什麼好可惜。

「趕緊去辦吧。」秦風烈擺了擺手：「宮宴之前，要準備妥當。」

秦雲衣應下，行禮告退，她回了房間，將人召來，吩咐今晚要做的事情之後，簡單沐浴，隨後便去找冥惑。

一進房間，藥味撲面而來，冥惑坐在裝滿藥浴的池中，喘息著抬眼。

秦雲衣慢慢走進房間，朝著眾人擺了擺手，眾人行禮，安靜有序退出屋中，合上大門。

冥惑喘息著，似乎在忍受極大的痛苦，但他的目光在秦雲衣身上，眼都不挪，眼中只有她一個人。

秦雲衣慢悠悠坐到椅子上，抬手撐頭，任由青絲從椅子上如瀑垂下。

她生著一張素雅慈悲的臉，一身素白長衫，感覺像是供在神壇上的神佛，冥惑靜靜地看著她，聽她輕笑出聲：「疼麼？」

說著，不等冥惑開口，秦雲衣便替他回答：「問心劍意極為霸道，乃魆魔天敵，你必定很疼。」

「主子這麼問，」冥惑沙啞出聲，「冥惑就不疼了。」

聽到這話，秦雲衣輕笑：「居然敢請魆魔附身，知道下場嗎？」

「知道，」冥惑艱難開口，「神智逐漸喪失，最後成為魃靈養料。」

「那你還敢？」秦雲衣目光微冷，「西境這麼多修士，除非有大仇難報，或是絕境求生，不然誰會主動請魃魔寄生？你瘋了？」

「我想贏。」

「我不是告訴你讓你走嗎？」秦雲衣厲喝，「不想死在溫容手裡，不會跑？」

「我想贏。」冥惑重複，他靜靜地看著秦雲衣：「我不是怕死，我是想贏。」

聽到這話，秦雲衣一愣，隨後她想起來，是她許諾的，如果冥惑能贏，她許他一個願望。

只是她沒想到，他居然會以這種方式贏。

意識到他的意思，秦雲衣嗤笑出聲：「你是來同我討債了？」

冥惑不說話，秦雲衣無意識摩挲著指甲，看著面前的青年，淡道：「說吧，要什麼？」

青年不言，從浴桶裡起身。

他全身都在抖，明顯極為痛苦，卻還是撐著自己從浴桶裡出來，赤足踩上柔軟的地毯，一步一步朝她走來。

他長得很高大，和當年她第一次見到的那個瘦弱男孩截然不同。

她看著他，感覺還像是當年那個爬到她面前的孩子。

那時他被宮中人欺辱毆打，拋在泥濘中等死，察覺她經過，他拼死爬向她，用那雙骯髒的手握住她的裙子，顫抖出聲：「救我。」

他許諾她：「求您救我，日後，我的命就是您的。」

她對他的命不感興趣，只是剛剛輸給花向晚，她想找個能試她劍招的人，於是她挪過目光，看了他一下。

她出身大家，哪怕只有十幾歲的年紀，也能一眼看出對方筋骨，地上的人筋骨不錯，她便出聲：「好，那你以後，給我試劍。」

就隨手一救，沒想到，他就真的忠心耿耿侍奉了她這麼多年。

身邊沒有一個人，能在有他這份資質的情況下，像他這樣，對她百依百順，絕對臣服。

她靜靜地看著他走到身前，跪在她面前。

他仰起頭，繪著複雜紋路的臉上，浮現出癡迷的表情，仰望著她。

「要什麼？」秦雲衣冷淡出聲。

冥惑沒說話，他只是看著她，然後垂下眼眸，顫抖著手，放在她翹起的那一隻腳的腳背上。

秦雲衣一愣，冥惑撫摸著她的腳背，一手取下她的鞋襪，一手探入她的裙擺，順著小腿往上撫摸過去。

他仰頭看著她，等著她的命令，秦雲衣呆呆地看著他，就聽冥惑沙啞出聲：「主子，好麼？」

「你……」

秦雲衣猛地反應過來，她下意識想縮，冥惑卻一把握住她的腳。

他虔誠低頭，吻上光潔玉足。

「主子，妳答應過我的。」他喘息著：「我贏了。」

「冥惑……」

「我活不了多久，我知道。」他吻著她的腿，一路往上。

「我可以做所有事，我可以為主子去死，我什麼都可以，我只有這個願望。」

聽著這話，秦雲衣冷笑起來：「你要想女人，早些同我說就是了。」

冥惑動作一頓，他仰起頭來，注視著秦雲衣：「我只要主子。」

「哪怕要了你的命？」秦雲衣壓下上半身，盯著他：「不怕死嗎？」

「主子要我做什麼？」冥惑詢問。

秦雲衣不說話，她看著面前的人沒有半點退縮的眼睛，好半天，才出聲：「我替你拔了劍氣，今晚宮宴，殺了花向晚，謝長寂會殺了你。」

「好。」冥惑毫不遲疑。

秦雲衣忍不住再提醒一次：「你會死。」

「我知道。」

兩人對峙，冥惑想了想，有幾分擔心：「我只是遺憾，我死了，再不能為主子效力了。」

秦雲衣不說話，她忍不住捏起拳頭。

過了許久，她閉上眼睛，深吸了一口氣。

「既然上趕著找死，那就去死。」

說著，她緩慢睜眼，完全換了一個態度，慵懶的往椅子靠背上倒去，整個人敞開來。

冥惑的呼吸重起來，秦雲衣白玉一般的腳趾挑起他的下巴，審視著他：「會伺候人嗎？」

冥惑整個人都在抖，他低下頭，沙啞回應：「願為我主效勞。」

兩人一直糾纏到入夜，等事畢時，她坐在他身上，緊緊擁抱著他。

兩人喘息著，感覺著對方的心跳、溫度。

秦雲衣有些恍惚，冥惑低聲提醒：「主子，妳忘了給我取劍氣了。」

秦雲衣沒說話，她只是抱著他。

問心劍意可以斬殺魘魔，她留著，十五日後，冥惑還有一條出路。

她若取了之後，對她修為大有裨益，而冥惑今晚殺花向晚也更有把握，只是，他日後必定會被魘魔吞噬，淪為魘靈養料。

他會死。

無論是成為魘靈養料，還是謝長寂為了花向晚報仇，他都必死。

秦風烈不會願意派鳴鸞宮任何一位高手去殺花向晚，因為除了冥惑，鳴鸞宮其他高手，都是一步一步爬上來的修士。

他們根基更深厚，修為更強，秦風烈捨不得。

就要她捨得。

可憑什麼？

這是她養的狗，他死了，她哪裡再去找一條這麼聽話的渡劫期的狗？

而且，她養的狗，憑什麼要別人決定生死？

謝長寂不能，秦風烈不能，誰都不能！

這個念頭閃過腦海，她做了決定。

「劍氣我不拔。」秦雲衣低下頭，捏著冥惑的下巴，逼著他抬頭看他：「你忍一忍，帶著劍氣，把花向晚殺了。」

冥惑茫然地看著她，秦雲衣一抬手，乾坤袋中飛出一張傳送卷軸，她遞到冥惑手中：「殺了花向晚，來得及就把她的元嬰挖出來吃了，然後立刻走，忍十五天，你身體裡魊魔拔出，就自由了。」

「然後呢？」

「走，謝長寂離開西境之前，別出現。」

「去哪裡？」

「哪裡都行，」秦雲衣看著他，「活著就好。」

冥惑沒說話，他靜靜地看著秦雲衣，一瞬之間，他好像明白什麼，慢慢笑起來。

「主子，」他仰望著她，目光中帶著幾分期許，「那如果我活著，您能再許我一個心願嗎？」

「什麼？」秦雲衣目光冰冷。

冥惑看著她，認真地開口：「我想娶妳。」

他生於泥濘，生來卑賤。

她高高在上，俯視眾生。

這話他從來想都不敢想，更不要說說出口。

秦雲衣盯著他，好久後，她猛地抬手，狠狠搧在他臉上。

然而她沒拒絕，只說：「滾。」

冥惑笑出聲來，秦雲衣起身走向淨室。

兩人一起清洗了身體，冥惑忍著疼，侍奉著她穿上衣衫。

他動作很溫柔，一貫冰冷的眼裡，頭一次露出這麼溫柔的眼神。

他們像一對新婚夫妻，他溫柔地注視著他的妻子，為她穿好衣衫，梳理頭髮，然後從乾坤袋中取出一根玉簪，輕輕插入她的髮絲。

「什麼東西？」秦雲衣冷著臉，語氣中全是嫌棄。

「我自己做的玉蘭簪。」冥惑調整了玉簪的位置，抬頭看向銅鏡，「好看嗎？」

「浪費時間。」秦雲衣站起身，轉身往外走去。

她找冥惑之前，已經安排好今晚的一切，魔宮中早就安排了鳴鸞宮的人，宴席上她會讓人把花向晚引出去，冥惑提前等在偏殿，秦風烈會設下隔絕謝長寂感知的法陣，雖然未必有效。

如果順利的話，他甚至可以取走花向晚的靈氣珠，這樣一來，花向晚更是個廢人了。

秦雲衣想著今夜的安排，領著冥惑走上宮殿長廊，走了一段路，便有一個宮女上前，朝著她行禮，低聲道：「少主。」

「把人帶到偏殿等著。」秦雲衣指了一下冥惑：「一切聽他安排。」

「是。」宮女低聲，隨後抬頭看向冥惑：「冥宗主，請隨奴婢過來。」

冥惑點頭，跟著宮女往前。

秦雲衣看著他的背影，想了想，轉身便打算離開，冥惑突然想起什麼，叫了一聲：「雲衣。」

秦雲衣一愣，這是冥惑第一次叫她名字，她愣愣地看著冥惑，就看對方蒼白的臉上，露出幾分笑意：「我就叫叫，從來沒叫過妳的名字，妳別生氣。」

秦雲衣不說話，冥惑轉過頭去，又恢復平日的冷淡，同宮女道：「走吧。」

冥惑早早等到偏殿，秦雲衣安排好一切，終於提步走入大殿。

這時候，花向晚也剛剛梳洗完畢，領著謝長寂一起步入大殿之中。

兩人從宮門入內，花向晚笑著看了秦雲衣一眼：「秦少主，真巧啊。」

秦雲衣聽到這話，也笑起來：「花少主。」

「冥惑呢？」花向晚看了她身後一眼，

秦雲衣神色淡下來，抬眸看向謝長寂：「托清衡道君的福，現下還在休息。」

「魃畢竟是邪物，」花向晚意有所指，「長寂也是為冥惑好，秦少主可不要誤會記恨。」

「自然。」秦雲衣語氣淡淡，只道：「入席吧。」

一行人走進大殿，花向晚的位子被安排魔主下方右側的桌邊，和秦風烈並排。魔主的位子在雲紗之後，但奇怪的是，這次雲紗後有兩張桌子。

宮女上前引路，朝著謝長寂恭敬道：「上君，魔主說，上君為問心劍主，自雲萊遠道而來，理應坐尊位，請上君隨奴婢往這邊走。」

「等等。」聽到這話，花向晚抬手攔下宮女：「他是我的少君，他坐上位，我呢？」

「這是魔主安排的。」宮女不敢多說，只能拿碧血神君的名頭壓花向晚。

花向晚眉頭一挑，謝長寂轉頭看她：「我同妳坐一起就可以了。」

花向晚想了想，便明白今晚大概會出什麼事，她抬手阻止：「不用，你去陪他喝酒就是。」

謝長寂動作一頓，花向晚察覺他似是不喜，主動伸手挽住他：「走，我同你過去，妳不用帶路了，」花向晚回頭看宮女一眼，「我帶他上去。」

說著，花向晚挽著謝長寂，拖著他往高處走，一面走一面設了隔音結界，低聲道：「今晚他們肯定要針對我做什麼，想分開你和我。」

謝長寂轉眸看他，花向晚眨眨眼：「你不能總在我旁邊，我都沒有立威機會了。」

聽到這話，謝長寂遲疑片刻，終於垂下眼眸，輕聲道：「不要出事。」

「放心吧。」

看謝長寂鬆口，花向晚高興起來，她送他進了雲紗裡，左右看旁邊無人，便低頭在他臉上親了一下，高興道：「好好拖著魔主，我走了。」

說著，她放下雲紗，回了自己位子。

謝長寂坐在原地，過了片刻，所有人入席，就聽宮人高呼「魔主到——」的聲音，隨後他便感覺周邊靈力變動，他轉眸看去，就見位子上流沙旋轉著組成了一個人形。

青年身著黑色深衣華服，戴黃金面具，手中一把摺扇，含笑朝著謝長寂看了過來。

「清衡上君。」碧血神君朝著謝長寂點了點頭，算作招呼。

謝長寂看著他，打量片刻後，應了一聲：「魔主。」

「開席吧。」碧血神君說著，轉過頭去，看向眾人，高興道：「今日設宴，是恭賀我西境又出一位渡劫修士，陰陽宗冥惑冥宗主，不僅步入渡劫，且初登渡劫境界，便能擊殺溫容溫宮主，實乃英才，來，諸位，」碧血神君舉杯，「讓我等為冥宗主共飲一杯。」

眾人聽著這話，都不出聲。

碧血神君慣來脾氣古怪，為此慶賀，並不奇怪。只是西境雖然相比雲萊更不在意修道手段，但吸取自己宗門之人的修為，然後又以召喚魃魔寄生作為代價擊殺敵人，這種手段，對於大宗而言，終究登不上檯面，如此嘉獎，眾人心中都有自己的想法。

碧血神君看著眾人，笑起來：「怎麼，本座敬的這杯酒，大家不喝嗎？」

「魔主，」道宗宗主道真開口，他抬眼看向雲紗後的人，神色冷淡，「冥惑同門相殘，以一宗修為供養自己，步入渡劫，之後又召喚魃魔，殺害溫宮主，此事，魔主竟覺無妨嗎？」

「弱肉強食，物競天擇，」碧血神君有些疑惑，「有何不妥？」

這話出來，道真臉色微變，周邊眾人對視一眼，便明白此事怕是再無轉圜的餘地。

碧血神君看了周遭一圈，見眾人不動，便放下杯子：「這麼一說，本座倒想了起來，今晚其實尚有要事，要和眾位相商。如今溫宮主不在，溫氏如今也沒有什麼合適的繼承人，清樂宮宮主之位，不能這麼空懸著，按著咱們西境選魔主的規矩，誰打贏了，誰能當這個魔主，那冥惑贏了溫容，按理來說，他當清樂宮宮主，算理所應當。」

「魔主說得是。」秦風烈聽著，贊成道：「冥惑之前就是宗主，管理一宗和管理一宮，不過就是人數、資源多少的區別，冥惑也算是有經驗，不如……」

「只是——」碧血神君打斷秦風烈，轉頭看向花向晚：「溫宮主臨死之前告知本座，希望花少主擔任代理宮主一職，不知花少主，意下如何？」

聽到這話，眾人神色各異，宮商、角羽都緊張起來。

秦風烈笑了一聲，警告地看向花向晚：「溫宮主臨去時神志不清，花少主金丹半碎，怕是擔不起此人。」

「但，溫宮主所托，」花向晚忽略過秦風烈的眼神，看著雲紗後的魔主，恭敬道：「晚輩不敢辭。」

「花少主，」秦雲衣開口，面上帶笑，語氣中滿是關切，「妳要不要再考慮考慮？」

「此事我已與母親說過，」花向晚轉頭看向秦雲衣，「母親說了，日後，清樂、合歡便是一宮，阿晚代理清樂宮宮主之位，會從溫氏族人中挑出一位繼承人，等到新的溫少主修煉至化神，自會將宮主之位歸還。」

「花少主想好了？」秦雲衣語氣微冷。

花向晚笑起來：「是，在下說得還不夠清楚嗎？」

「既然想好了，那便這麼決定吧。」碧血神君在雲紗之後，事情定下來，隨後笑著朝花向晚舉杯：「那本座，先在這裡祝阿晚，萬事順利。」

「多謝魔主。」花向晚舉起杯子，笑著和碧血神君共飲而下。

「好了，」碧血神君擊掌，高興道：「今日畢竟是宮宴，咱們西境好久沒這麼熱鬧，大家高興一些。今夜宴罷，便各自散了吧。等下次再見，也不知道本座還在不在了。來，為我等最後一宴，乾杯。」

說著，眾人不好再推拒，紛紛舉杯。

樂聲響起，歌女入殿，大殿頓時熱鬧起來。

花向晚坐在高處，零零散散有人上來同她和秦雲衣敬酒。

謝長寂和碧血神君兩個人坐在雲紗之後，兩人沉默了一會兒，碧血神君轉頭看向謝長寂：「清衡上君遠道而來，我敬上君一杯吧？」

謝長寂聞言，轉過頭去，想了想，便點頭舉杯，同他禮貌舉杯，隨後一飲而盡。

碧血神君給他斟酒，漫不經心道：「本座著實沒有想過，有一日能同上君坐在一起喝酒。畢竟聽說問心劍主一生常駐死生之界，不會下山。也不知阿晚是哪裡來的魅力，能讓上君為她千里奔赴西境？」

「她很好。」謝長寂只說了這麼一句。

碧血神君喝了口酒：「看來清衡上君對這門婚事很滿意。」

「嗯。」

「那，」碧血神君有些疑惑，「阿晚之前的事，上君聽過嗎？」

謝長寂聞言，動作微頓。

這時，有個侍女上前給花向晚換酒。

侍女腳下一滑，連人帶酒摔在花向晚身上。

侍女連連道歉，花向晚正要說什麼，手中便被塞了個東西。

她動作一頓，過了片刻後，便站起身，同侍女離開。

看著花向晚離開的背影，碧血神君輕笑：「上君應該知道，今晚不會太平。」

「我不知道。」謝長寂冷淡地喝酒。

碧血神君似乎覺得這個話題很意思，繼續說著：「阿晚接了清樂宮這個爛攤子，秦風烈不會放過她，你在，他們不好下手。你說他們會用什麼理由騙她出去？」

謝長寂沒應聲，碧血神君思考著：「普通理由肯定不能讓她離殿，畢竟你是她最大的保障。唯一會讓她毫不猶豫就走、又不想讓你知道的，只有一件事。」

碧血神君看向謝長寂，笑道：「上君想知道嗎？」

# 第十章　魃靈

「沈逸塵。」謝長寂平靜地開口。

碧血神君一愣，隨後笑起來：「原來上君知道啊。」

「知道。」

「那上君真是心寬，」碧血神君漫不經心，「阿晚為另一人這麼費盡心機，上君也不在意？」

「她於他有愧，心願不了，難以放下。」

「只是有愧？」碧血神君語氣中帶著幾分嘲弄，謝長寂抬眸看他，碧血神君慢悠悠：「說起來，看見沈逸塵和阿晚，我就忍不住想起神女山上那隻鮫人，你見過吧？」

碧血神君說著，給謝長寂倒酒，謝長寂盯著他，碧血神君彷彿沒看到他的神色，慢悠悠地說著：「若我沒記錯，那隻鮫人好像是叫玉生，和神女山那個神女也算是青梅竹馬了，結果神女喜歡上另一個男人，當初我把血令分成五分，其中一份給他，問他有什麼願望，他竟說想給神女生一個孩子，真是好笑。」

「他和沈逸塵什麼關係？」

「你不覺得他們很像嗎？」碧血神君抬眼，看著謝長寂，「畢竟，這麼多年，劈了魚尾上岸的鮫人可不多。」

同樣是為了一個女人，同樣相逢在性別未知之時，同樣劈開魚尾上岸。

而那個女人，同樣愛上另一個人，同樣為了另一個人不顧生死。

姜蓉愛上楊塑。

花向晚愛上謝長寂。

但是最後，姜蓉說的卻是——楊塑不是玉生。

神女山那位神女，從頭到尾，喜歡的都是那條連性別都沒有的鮫人。

「楊塑只是玉生的替身，姜蓉喜歡玉生，可玉生是鮫人，還是一隻性別都沒有的鮫人。」碧血神君自斟自酌：「他們若是相愛，玉生必須剖尾上岸，這對鮫人是極為殘忍的酷刑，他們行走在岸上的雙腿，每時每刻承受巨大的痛苦。而且玉生連性別都沒有，姜蓉甚至無法確定，自己到底是愛，還是其他的感情。於是遇到和玉生相似的楊塑，她便如同飛蛾撲火，移情在楊塑身上，因為她不敢愛玉生，可她可以放肆愛楊塑，因為她不在乎傷害楊塑。」

「沈逸塵從一開始，就在西境。」謝長寂強調：「他們不同。」

若花向晚一開始就喜歡沈逸塵，那就沒有之後謝長寂什麼事。

姜蓉害怕玉生為她上岸受苦，可花向晚卻沒有這個顧慮。

然而碧血神君聽到這話，卻是有些好笑：「誰告訴你沈逸塵一開始就在西境的？」

謝長寂動作一頓，碧血神君低下頭，玩弄著手中酒杯：「他是受傷後被人打撈上岸，在拍賣行裡被阿晚買下來的。那時阿晚還是個孩子，把他救下來，放在合歡宮的河水裡養著，就像玉生一樣。」

「聽說沈逸塵那時受了傷，阿晚養了好幾年，一開始他是用幻化出來的身體照顧阿晚，後來照顧久了，他就不願意走了。可阿晚覺得，沈逸塵畢竟是鮫人皇族，不可能在河裡養一輩子，於是她把沈逸塵送回了定離海，送沈逸塵回去那天，阿晚在海邊站了一夜，等天明才離開。但她一轉身，就聽見沈逸塵叫她。」

「阿晚十六歲的時候，沈逸塵才真正剖了魚尾，跟著她上岸。」

那天清晨，定離海浪拍打在沙灘，晨光照在寬闊的海面，青年顫抖著身體，一步一步從海水中走出來。

少女愣愣地看著提步走向她的青年，驚得一句話都說不出來。

「他們沒在一起。」謝長寂提醒。

碧血神君點了點頭，似乎是給他面子，言語間帶著幾分餘地：「的確，他們和玉生、姜蓉還是有些不同。」

「不過，不管怎麼說，」碧血神君話鋒一轉，卻是提醒，「沈逸塵，是這個世界上唯一獨屬於花向晚的人，他沒有立場，沒有隔閡，從頭到尾，從身到心，都獨屬於阿晚。」

謝長寂抬眼，就看碧血神君垂下眼眸，同謝長寂輕輕碰杯：「與上君不同。」

謝長寂、碧血神君說著話時，花向晚拿著一塊鮫人鱗片，跟著宮女走到偏殿。

「到底是哪位大人要見我，搞得這麼神祕？」花向晚見周邊越來越荒涼，走了半天還不到頭，忍不住道：「這麼躲躲藏藏，是見不得人？」

「花少主稍等，」宮女輕聲安撫，「這就到了。」

說著，兩人走到偏殿，進了屋中，宮女恭敬道：「大人在這裡等少主，奴婢先行告退。」

不等花向晚出聲，宮女便關上大門，轉身退了出去。

偏殿荒涼，燈都沒點，周邊蛛網密布，仔細打量，便發現這應該是一座神殿。

陰陽合歡神坐在正前方，年久失修的神像看上去有些破敗，蛛網攀爬在上方，月光透過瓦片落下來，將這尊男女交合的神像映照得格外詭異。

花向晚稍作感知，便察覺了周邊的結界法陣。

秦風烈親自布置結界隔絕外界察覺不算，還有一個個吸收靈氣法陣盤繞在地上，在她進入的瞬間，就將她乾坤袋中的靈氣珠吸食個乾淨。

吸食別人修為不容易，但若是靈氣珠之類的外物，倒是不難。

如果她真的是金丹半碎的廢物，光是這兩個法陣加起來，便足夠讓一個普通修士殺她。

只是明顯鳴鸞宮派來的不是普通修士，他藏在暗處，花向晚站了一會兒，就聽見窸窣之聲，小紙人悄無聲息從暗處爬來，花向晚聽著聲音，漫不經心道：「出來吧。」

「妳不怕麼？」冥惑的聲音從四面八方傳來。

花向晚輕笑：「我怕什麼？」

話音剛落，一張紙片猛地變大，變成一個黑衣修士，朝著她一躍而下猛地劈了過來！

花向晚旋身一躲，黑衣修士緊追而來，周邊紙片化作人形，一個個朝著花向晚撲來，花向晚游刃有餘躲在鋼刀之間，感應著冥惑的位置。

對於法修而言，近身意味著死亡，像花向晚這樣從劍修轉成法修的修士畢竟是少數，所以法修施法之時，基本上能隔多遠就有多遠。

只是冥惑此番不能讓謝長寂發現，所以他必然在秦風烈設下的結界之內。

花向晚感應著冥惑的位置，並沒有動手，只一味躲避著紙片化成的黑衣修士，笑道：「秦雲衣派你過來，你就不怕被謝長寂殺了？」

「無所謂。」冥惑淡道：「主人開心就好。」

說話那一瞬間，藤蔓猛地從地面升騰而起，冥惑似乎厭煩了和她你追我跑，藤蔓和黑衣修士一起圍攻，藤蔓動作極快，花向晚徑直拔劍，朝著藤蔓一劍劈下，隨後便被黑衣修士圍在劍陣之中。

一個個金字從四面八方飛來，配合著藤蔓和修士，無孔不入襲向她。

花向晚微微勾唇，看向暗處一個方向，低喃：「找到了。」

說罷，手上長劍猛地一轉，劍氣橫掃而過，將黑衣修士瞬間切作兩半，砍出一條路來，隨即不等冥惑反應，朝著暗處一劍狠劈而下，砍在一個修士肩上。

劍一入對方身體，花向晚便覺不對，只見修士化作一灘黑泥，順著她的長劍如蛇一般盤旋急上，猛地襲向她！

花向晚左手一個法陣猛地轟去，身後一道法光襲來，花向晚提著還帶著黑泥的長劍旋身一劈，和身後法光狠狠衝撞在一起！

渡劫期的靈氣鋪天蓋地，花向晚靈力暴漲，長劍破開法光，朝著來處便是狠狠一劍！

那一劍猛地撞在秦風烈的結界之上，結界蕩漾起波紋，冥惑似是有些震驚：「妳居然還有靈力？」

「你以為，」花向晚提著劍，再次搜尋著暗處的人，「我的金丹，會壞一輩子嗎？」

周邊隱約又有靈氣波動，可這次花向晚沒有輕舉妄動。

不對，她不該判斷失誤，冥惑剛才一定站在那裡。

為什麼她砍到的不是他？

花向晚思索著，盯著周邊。

「那也無所謂了，」短暫震驚後，冥惑又恢復了一貫的陰沉，冷聲道：「反正都是死！」

說罷，法光從四面八方密密麻麻而來，彷如一場急雨突降，而天不僅僅高懸於頂，周邊四面都有一片天！

這樣法光過於密集，花向晚根本無法躲避，只能一手用劍斬下法光，一手開啟法陣抵擋。

然而對方彷彿不會疲憊一般，法光綿綿不斷，沒了一會兒，花向晚便察覺體力不支。

不對，正常的修士不可能有這樣的攻擊頻率，哪怕冥惑是渡劫期。

花向晚快速冷靜，想到一種可能，她瞬間收起法陣，僅憑劍意阻攔法光，然而收起法陣同時，她明顯察覺，這些攻擊這她的法光，明顯小了下去。

這些法光的力量同她有關，而看著這些法光的軌跡……是鏡子！

花向晚猛地反應過來，她看到的並不是真實的神殿，是鏡陣！周邊是如同鏡子一般的鏡陣，她所有用出的靈力會被鏡陣吸收，反噬在她身上，而冥惑根本不在這個空間，而是在鏡陣之外。

這個陣法做得極為巧妙，她一時竟沒有察覺出來。

但既然知道了是鏡陣，破解方法也不難，解決鏡陣最簡單的辦法，就是針對一面鏡陣，使出超過這一面鏡子所能吞噬的靈力上限，直接碎了它。

鏡陣所能承載的靈力上限，便是操縱陣法之人的靈力上限。

花向晚不多想，靈力瞬間暴漲，將所有靈力聚於長劍之上，朝著一個方向高高躍起，猛地劈了下去！

她所修之道，乃至強之道，心無他物，只求至剛至強，無不可摧，無不可勝。

如汪洋一般的靈力傾貫而下，驚得冥惑立刻冷了臉色，調動周邊所有靈氣，一路朝著身體中灌了進去！

「吞噬他人修為爬上來的渡劫，」花向晚的劍意一寸一寸往下壓，她感覺周邊靈力變動，冥惑開始吸食周邊靈氣，她也毫不猶豫同樣吸食，「也配同我爭！」

她的筋脈遠比常人寬廣，所能容納靈氣超出正常修士範圍，金丹運轉起來，冥惑頓時感覺到彷彿狂風過境，將周邊靈氣捲向她。

好強。

冥惑冷汗下來，明確的感知到，面前這人的劍氣，有著壓人的氣勢。

謝長寂的劍氣壓制著他體內「魃」的存在，疼得他整個人都在抽搐，花向晚的劍意又壓在他面前，他前後夾擊，腹背受敵，哪怕高出花向晚一個大境界，隱約感覺到了頹勢。

可他不能輸。

冥惑咬緊牙關，想到秦雲衣，想到死去的溫容。

他連溫容都殺了，怎麼可以輸給一個花向晚？

他得贏，必須贏。

不管任何代價，任何手段，他必須贏！

執念纏繞在他周身，他身上黑氣浮現，片刻後，一股邪氣沖天而起，冥惑手中法陣猛地亮起來，法光大亮，整個神殿瞬如白晝，朝著花向晚吞噬而去！

花向晚目光一凜，面對這麼強大的執念，她心知不能抵擋，也不再堅持，手中法印一翻，識海之中，被鎖魂燈死死封鎖著的魃靈受到召喚，尖叫出聲！

頃刻間，花向晚身上的黑氣比冥惑還要濃密，如同一隻巨獸，朝著冥惑猛地撲去，將冥惑包裹在黑氣之中！

「妳！」

冥惑睜大眼睛，然而話都來不及說完，便被黑氣吞噬。

隨後就看花向晚一劍狠狠破開鏡陣，朝著他直劈而下！

清光快速從他肩頭斬下，血濺到花向晚臉上，冥惑愣愣地看著面前這個握劍的女子，就看女子微微抬頭，一雙琥珀色的眼中帶著對宿命的了悟與行至終點的平靜。

「任何事都有代價，」花向晚平淡地開口，手中長劍朝著他的脖頸猛地斬了過去，「包括強大。」

音落，人頭落地。

而這時，外面傳來了腳步聲，花向晚微微閉眼，感覺到血液內的躁動，她壓制著自己，閉上眼睛：「回來。」

識海內的魊靈努力想突破鎖魂燈和問心劍的封印，它不想聽從花向晚的話。

它好不容易得了機會，瘋了一般想要掙脫，然而鎖魂燈只給了一點點空隙，讓它身體的一部分能夠溢出。

它拼命掙扎推擠，已經衝出去的黑氣順著窗戶門縫瘋狂流動攀爬而出。

花向晚感覺到它的躁動，猛地睜開眼睛，怒喝：「回來！」

問心劍猛地刺向識海中的魊靈，同時強大的靈氣從她身上爆開衝向黑氣而去，瞬間將黑氣包裹，外面的黑氣煙消雲散，而她識海中的魃靈在被問心劍斬下一角後，終於安靜下來。

鎖魂燈再次合轉，問心劍始終環繞在魃靈周邊。

花向晚聽著外面的人聲，隱約聽見天上雷聲轟隆，垂眸看向倒在腳下的屍體，彎腰將人頭提起，轉身走了出去。

黑氣沖天而起那一瞬間，整個大殿的人驚訝抬頭。

秦雲衣坐在高處，不由自主捏緊了裙擺。

只有雲紗後的謝長寂和碧血神君，始終保持著平靜。

「我與沈逸塵，沒有不同。」謝長寂看著碧血神君，神色平靜。

碧血神君微微一笑：「若沒有不同，那——你為何要除了冥惑身體中的魃呢？魃乃魃靈身體的一部分，魃的作用，就是用於供養魃靈。魃的寄生者越強大，魃靈最後得到的力量回饋就越強。」

謝長寂不說話，碧血神君豎起一根食指，眼中全是了然：「所以，千般理由，都必定包含一條——」

「你不允許魃靈成長。」

「那又如何？」

「僅憑這一點，」碧血神君神色篤定，「你與沈逸塵便已不同。」

說著，外面騷亂起來，謝長寂看著他，冷靜開口：「那晚是你。」

冥惑被花向晚種下魖的那一夜，同他交手那個青年，與面前的人身骨完全一致。

碧血神君並不否認，他微微一笑：「是我。」

「另一半魖靈在你這裡。」謝長寂了然開口。

碧血神君挑眉：「為何這麼說？」

「冥惑召喚魖靈，祈求供奉魖魔，只有身帶魖靈的人才能感覺到召喚。」

謝長寂解釋，碧血神君想了想：「倒有幾分道理。但上君誤會了，魖靈的確不在我這裡，那夜，我只是想去看看阿晚罷了。」

「所以——當初奪舍沈修文之人，也是你。」謝長寂肯定出聲，並不聽他狡辯。

碧血神君面露疑惑，只道：「沈修文？」

「你奪舍沈修文，在阿晚逃婚當夜，在我面前往她身體中打入一道魖靈的氣息，以遮掩她盜取魖靈後留下的氣息，讓我一直沒有懷疑魖靈在她身上。」

謝長寂分析著，碧血神君撐著下巴，轉動著酒杯。

「所以——你和晚晚，到底達成了什麼交易？」謝長寂盯著他，詢問道。

碧血神君笑起來：「你問我，怎麼不去問她呢？」

謝長寂不言，碧血神君靠近他，聲音很低：「還是說，她和你之間，其實根本沒有信任可言？」

謝長寂抬眼，目光極冷。

碧血神君笑起來：「我真的很好奇，如果她註定什麼都回饋不了你，永遠不會愛你，你真的一點都不介意嗎？」

說話間，尖叫聲由外而內傳入，一個人頭被人從大殿外猛地拋了進來，滾落在地。

看見人頭，秦雲衣瞬間起身，死死盯著大門。

「魔主，」花向晚的聲音傳來，眾人就看紅衣女子手提染血長劍，面上似如梅花點綴，一步一個血印，提步朝著大殿走來，「冥惑在偏殿試圖刺殺屬下，屬下將他殺了，不礙事吧？」

聽到這話，碧血神君和謝長寂轉頭看去。

女子紅裙黑靴，笑容張揚放肆，化神期大圓滿的威壓肆無忌憚散在整個大殿，隱約有突破的跡象。

天上雲層發出悶響，天劫將至的預感壓在在場每一位高階修士身上。

眾人震驚詫異地看著花向晚，一時之間，竟有種時光倒流的錯覺，彷彿當年十八歲便抵達化神的天之驕子又一次站在面前。

「冥惑不滿在下代理清樂宮，便在偏殿設伏刺殺在下，還說受鳴鸞宮指使。」說者，花向晚抬眼看向高處秦風烈：「秦宮主，可有此事？」

「妳……」眾人根本不關注冥惑的事，冥惑受誰指使，大家心知肚明，倒是花向晚的修為，讓眾人震驚不已。劍宗宗主葉臻站起身來，震驚地看著花向晚，「妳的金丹……」

「托清衡上君的福，」花向晚笑著看向高處的謝長寂，「在下筋脈修復，金丹亦已經復原。」

這話一出，眾人瞬間了悟。

當初花向晚去天劍宗，大家只覺得這是死馬當活馬醫，誰曾想，竟然真的醫活了！

可如果金丹修復，也就意味著謝長寂與她真的結契，天劍宗和合歡宮這門親事，竟然是真的！

謝長寂修問心劍，竟然真的和花向晚結契了？什麼目的？什麼理由？難道是大能修行遇到了瓶頸，需要花向晚幫忙渡過？

大家心中一時有無數訊息交雜，花向晚沒有管眾人，提劍上前，走到高臺，抬眼看向眾人：「這些年合歡宮承蒙大家照顧，阿晚在此先做感謝，不過有些話，我今日得說一聲——」

「溫宮主將溫氏族人及清樂宮托孤於阿晚，阿晚便會承擔此職，自今日起，我花向晚，便是清樂宮代理宮主，合歡宮、清樂宮合併一宮，同進同退。若在座有任何異議，可當面問我，」說著，花向晚抬眼，將劍往地面一甩，劍入地三寸，劍氣朝著周邊直襲而去，眾人臉色微變，隨即就聽花向晚警告出聲，「或是我的劍。」

沒有人敢說話，宮商、角羽最先反應過來，兩人對視一眼，隨後趕緊從桌後繞出，恭敬地跪在地上，高聲道：「屬下見過宮主。」

花向晚朝著兩人微微點頭，轉身看向高處的碧血神君，只問：「魔主意下如何？」

「好。」碧血神君語氣帶著幾分寵溺：「阿晚做事，怎樣都好。」

「多謝魔主。」花向晚恭敬行禮，隨後將劍從地面拔出，收回劍鞘，抬眼看向高處謝長寂：「少君，我天劫將至，還不走麼？」

謝長寂聞言，從容起身，路過桌案時，他步子微頓，轉頭看向碧血神君。

「有一件事，我忘了說。」

「哦？」

「我不喜歡別人評論我和晚晚的事。」

話音剛落，問心劍驟然出鞘，劍光快如閃電，不過頃刻之間，便切入碧血神君脖頸，碧血神君沒有流下一滴血，笑容如初。

「下一次，就是你的本體。」

說完，劍意瞬間爆開面前人的身體，紙片如雪花散開，謝長寂平靜收劍，從雲紗後走出，提步而下。

秦雲衣看著地上的人頭，竭力控制著自己，秦風烈冷冷地看著謝長寂走到花向晚面前，花向晚主動伸手挽住他，在眾人注視下，抱著他的手臂一路往外走去。

她面上帶著幾分小小得意，走出大殿外，冷風傳來，她側過臉來，仰頭看他，頗為驕傲：「我厲不厲害？」

謝長寂聽著她的詢問，唇邊忍不住帶著幾分笑，他輕輕應了一聲，想了想，又多加了一句：「厲害。」

「嘖，敷衍我。」花向晚有些不滿。

謝長寂抬頭看了看天，只道：「我提前帶妳回去，天劫快到了。」

「不行，單獨留靈南、靈北他們在這裡太危險了。」花向晚立刻否認，「我剛殺了冥惑，秦雲衣萬一瘋了拿他們洩憤，我不能先走。」

她活著，合歡宮便不能再多死一個人。

謝長寂點了點頭，只道：「好。」

兩人趕回合歡宮住的院落，招呼所有人從傳送陣迅速離開。

看著最後一個弟子離開後，花向晚才和謝長寂一起踏入傳送陣中。

沒了片刻，兩人便回到合歡宮。

狐眠、玉姑等人立刻衝了上來，玉姑抬頭看了看天，急道：「這是妳的天劫？」

「是。」花向晚點頭，隨後趕緊吩咐：「狐眠師姐，妳趕緊聯繫清樂宮宮商、角羽，把溫氏族人帶回合歡宮，同時清樂宮的靈脈寶庫祕境都搬到合歡宮，讓所有弟子抓緊修煉。」

「明白。」魔宮發生的事情，眾人早就在靈北傳音彙報中清楚。

「玉姑同夢姑、雲姑一起抓緊戒備，我渡天劫期間，是鳴鸞宮最後的機會，他們不會放棄，必定奮力一搏，你們同眾弟子小心。」

「我知道，妳別說了，」玉姑忙道：「快上雲浮塔，不然來不及了。」

花向晚點點頭，但還是不忘安排著大小事務，一面說一面領著眾人往雲浮塔上去。

雲浮塔乃合歡宮歷來渡劫之所，然而自從兩百年前花染顏隕落之後，這裡便再也沒有修士上來過。

雲姑讓人將所有渡劫用的法器準備好，又繪下法陣，等一切準備好後，眾人離去，塔中只剩下謝長寂。

花向晚身著法衣，赤足站在法陣之中，轉頭看他：「你不走？」

「我替妳護法。」謝長寂神色平靜。

花向晚笑起來：「你在這裡，我倒是放心了。」

謝長寂不說話，花向晚想了想，還是走到他面前，她伸手握住他的手，垂下眼眸，有些難堪：「謝長寂，我……拜託你一件事吧。」

謝長寂應聲：「好。」

「我還沒說呢。」

花向晚笑起來，謝長寂抬起眼眸，目光清明，明顯她說什麼都是「好」。

花向晚遲疑著，說得有些艱難：「你能不能答應我，我渡劫成功之前，無論如何，替我護住合歡宮？」

謝長寂沒有立刻回聲，花向晚心中帶著幾分不安，她抬眼：「謝長寂？」

他注視著她，她的忐忑落在他眼裡。

兩百年前她不會問這種問題，也不會害怕。

因為她沒有被選擇過，也沒有放棄過。

酸澀湧上他心頭，他有些難受：「下次不要問我這種問題。」

「知道了，我知道你會幫忙的，」花向晚察覺他的情緒波動，伸手抱住他，主動蹭了蹭，「我就是想求個安心嘛。」

謝長寂不言，他伸手抱住花向晚，低低出聲：「對不起。」

花向晚動作一頓，片刻後，她輕咳出聲：「算了我不同你說，我去準備了。」

說著，她放開他，轉身走到法陣中間。

他看著面前的女子，她一直在笑，她撒嬌，她討好，她好像很喜歡他，可又有種異常的冷靜橫於她眼底。

她和他像隔著琉璃，她美好於雲端，他捉摸不透，也看不分明。

可越是如此，越感知到面前的人這種特別的美麗，吸引人一路追隨、沉淪。

他注視著她，碧血神君的話反覆出現在他腦海裡。

——「楊塑只是玉生的替身，姜蓉喜歡玉生，可玉生是鮫人，還是一隻性別都沒有的鮫人。」

——「他沒有立場，沒有隔閡，從頭到尾，從身到心，都獨屬於阿晚，與上君不同。」

——「如果她註定什麼都回饋不了你，永遠不會愛你，你真的一點都不介意嗎？」

他看著面前的女子緩慢閉上眼睛，不安讓他忍不住微微縮起指尖，忍不住出聲：「晚晚。」

花向晚正準備入定，聽到這話，疑惑睜眼：「嗯？」

「當年，」謝長寂艱難地開口，眼中帶著幾分不安，「妳是真的喜歡過謝長寂，對嗎？」

花向晚沒想到他會問這個問題，她愣了片刻，等反應過來他在問什麼，她笑起來。

「嗯。」她沒有否認，語氣溫和：「當年，晚晚喜歡謝長寂。」

聽到這話，謝長寂內心的躁動被人撫平。他目光平和，看著面前的人，只道：「入定吧。」

花向晚沒有多問，她閉上眼睛，調整金丹運轉，開始從四周吸收靈氣。

謝長寂看著靈氣源源不斷灌入花向晚身體，抬手一揮，問心劍飛出浮雲塔外，一劍化四劍，結成劍陣，守護在塔頂上方。

而後本體回到劍鞘，他席地而坐，將問心劍橫放於膝頭，面對著前方女子。

當年晚晚喜歡過謝長寂。

那就足夠了。

劫雷在合歡宮上方環繞時，鳴鸞宮內，秦雲衣站在空蕩蕩的大殿中，一言不發。

她前方石臺上睡著一個青年，對方靜靜躺在高臺上，殘缺的身體被拼合起來，旁人細細檢測著他的屍體，一個女子跪在秦雲衣身側，聲音打著哆嗦：「奴婢當時守在外面，先是看見一道黑氣衝出來，隨後又看到另一股更濃的黑氣衝出來，奴婢修為低微，不敢停留，跑遠之後沒多久，就看見花向晚提著……提著……」

提著冥惑的人頭走了出來。

後面的話她沒敢說，她悄悄看了站在旁邊神色平靜的秦雲衣一眼。

秦雲衣聽著她的話，冷淡地開口：「妳說有兩股黑氣？」

「是。」

說著，給高臺上屍體驗屍的修士也有了結果，他轉過頭來，朝著秦雲衣恭敬道：「少主，冥宗主身體沒有中毒痕跡，的確亡於花向晚劍下。」

「這不可能，」秦雲衣微微皺眉，「她不可能這麼強。」

哪怕金丹完好，冥惑也是渡劫修士，兩人差了一個大境界。

最重要的是，冥惑身體中還有著「魆」，他連溫容都能殺，怎麼會殺不了花向晚？

「他身體中的『魆』呢？」秦雲衣冷著聲詢問。

驗屍修士搖頭：「冥宗主身體中並無魆魔痕跡。」

這話讓秦雲衣一愣，隨後皺起眉頭：「是問心劍意斬殺的？」

「應當不是，」驗屍修士如實回答，「若是問心劍意，宗主體內應該破壞得更嚴重，而且……清理得有些太乾淨了，更像是……『魃』自己離開的。」

不是謝長寂問心劍意斬殺了「魃」，「魃」自己離開，那只有一個可能——魃靈出現了。

魃本就是魃靈身體分出的一部分，在外汲取力量，用以供奉魃靈，如果魃靈本體出現，自然會回歸本體。

可魃靈……

電光火石間，秦雲衣猛地冒出一個念頭。

魃靈在花向晚那裡！

這個念頭出現的瞬間，疑惑迎刃而解。

為什麼花向晚能殺冥惑，因為冥惑本來就是花向晚的祭品！

可如果魃靈在花向晚那裡，這也就意味著，花向晚根本不是今日金丹恢復才有的野心。

從一開始——她去雲萊時，就已經開始謀劃了。

奪魃靈，婚宴挑撥她和溫容，殺溫少清嫁禍冥惑，甚至巫蠱宗滅宗，都是她一人的手筆。

就是為了今日，順利接管清樂宮。

她有魃靈，又步入渡劫，滅了陰陽宗和巫蠱宗這兩個鳴鸞宮的左膀右臂之後，加上謝長寂和清樂宮的資源，合歡宮便有了和鳴鸞宮抗爭的實力。

甚至於，一旦她步入渡劫，或許，便有了遠超鳴鸞宮的實力。

畢竟——

當年她一次次輸在花向晚劍下的場景如噩夢般席捲而來，秦雲衣捏著拳頭的手微微顫抖。

她不願意去想那個「畢竟」，只換了個念頭。

若魊靈在花向晚這裡，謝長寂知道嗎？

他不可能不知道。

秦雲衣下了判斷。

花向晚金丹修復，兩人明顯是雙修結契，花向晚不可能在自己結契道侶面前隱藏好魊靈。

而且花向晚為冥惑種下魊靈，謝長寂身為她枕邊人，怎麼可能不知道？

那謝長寂知道，卻放任不管——秦雲衣閉上眼睛，忍不住笑出聲來。

好一個問心劍主，好一個道門魁首！

好得很，冥惑，你竟然是死在這樣兩個人手中。

好得很！

「少主。」

秦雲裳的聲音從大殿外傳來，聽到聲音，秦雲衣緩慢睜開眼睛，轉頭看向這個吊兒郎當的妹妹。

她們同父異母，雖為姐妹，秦雲衣卻從不允許秦雲裳叫她「姐姐」。

秦雲裳同所有人一樣，在鳴鸞宮中叫她「少主」。

看見秦雲衣看過來，秦雲裳行禮：「宮主讓您到大殿商議。」

「好。」

秦雲衣轉過身，朝著大殿外走去，秦雲裳的目光不由自主落在秦雲衣頭上那支玉蘭玉簪上，那支玉蘭簪明顯不是鳴鸞宮宮匠的手藝，粗劣許多，插在秦雲衣髮間，配合著素色長衫，彷彿是為某人服喪。

察覺她的目光，秦雲衣笑著看過來：「看什麼？」

「屬下走神。」秦雲裳根本不敢說自己在看什麼，立刻低頭，然而話音剛落，還是感覺無形的一耳光狠狠抽打在臉上。

「不要有下次。」秦雲衣淡聲警告，隨後提步走了出去。

秦雲裳站在原地，靜默片刻後，她站起身來，面上又掛上平日的笑容，她平靜地擦了嘴角鮮血，冷著眸色，轉身走了出去。

姐妹一起來到大殿，鳴鸞宮正殿之中，秦風烈坐在高處，左右使及三位長老也早已等大殿，秦雲衣、秦雲裳兩人走進來，朝著高處的秦風烈行禮：「父親。」

「花向晚要渡劫，」秦風烈沒有繞彎子，徑直開口，「這怕是我們最後的機會。」

「那父親在猶豫什麼？」秦雲衣看出秦風烈的遲疑，冷靜詢問。

秦風烈思索著，好久後，才艱難承認：「我沒把握對付謝長寂。」

說著，眾人有些詫異。

秦風烈乃如今西境僅次於魔主之下的第一高手，如果秦風烈說沒把握，那西境便無人有把握。

秦雲衣勾起唇，沒有半點退縮之意：「父親都沒有和他交過手，怎麼知道不是謝長寂的對手？」

「花向晚婚宴時我試過他，」秦風烈如實回答，頗為憂慮，「他雖然只有兩百多歲，但的確修為不凡。而且，他的問心劍最後一劍已悟，若他沒有這最後一劍，我還有五成把握，可當年他一劍便滅了攻打天劍宗一個宗門，此等實力……」

秦風烈沒有說下去，在場眾人聽著，頗為憂心。

「其實……修到渡劫，大家都不容易，」思索一會兒後，右使趙南緩慢出聲，「鳴鸞宮畢竟有五位渡劫修士，謝長寂怕也不敢貿然和我們動手。倒不如退一步，花向晚當魔主，我們輔佐她，便如今日魔主與我等的關係，倒也不是不可。」

趙南出聲，眾人紛紛應和。

越是高階越是惜命，若非十足把握，誰都不想貿然出手。

秦風烈思考著，緩聲道：「我也有此考慮……」

「父親，」秦雲衣聽著這話，笑起來，「您這麼考慮，問過花向晚願意嗎？」

聽著這話，秦風烈動作一頓，他抬起頭，看著秦雲衣：「妳什麼意思？」

「兩百年前發生過什麼，」秦雲衣輕聲提醒，「您忘了嗎？」

這話一出，眾人臉色微變。

趙南想想，猶自找著理由：「花向晚未必知道……」

「魅靈在她那裡。」秦雲衣開門見山，「謝長寂也知道。」

「什麼！」秦風烈震驚出聲，所有人一臉驚駭。

秦雲裳站在秦雲衣身後，悄無聲息捏起拳頭，手裡出了些冷汗。

片刻後，秦風烈大喝：「雲裳！怎麼回事？」

「屬下不知。」秦雲裳聞言，立刻跪到在地：「屬下……屬下在雲萊到達靈虛幻境靈核時，魅靈已經被人取走了，但……但這不該是花向晚啊？」

她抬起頭，滿臉茫然焦急：「花向晚只是個廢人，而且謝長寂又和她成了夫妻，謝長寂身為天劍宗弟子，問心劍主，怎麼可能放任魅靈？」

「廢人？」秦雲衣笑起來，看向眾人：「修復金丹便直入渡劫，從兩宮九宗手下搶走魅靈，甚至可能殺了溫少清、滅了巫蠱宗、成為清樂宮新任宮主的『廢人』？」

秦雲衣特意咬重了「廢人」兩個字，語帶嘲諷：「是平穩日子過久了，都忘了以前了？她可是花向晚！你們怎麼步入渡劫，怎麼走到今日，她當真不知道嗎？你們以為她處心積慮走到今日，會放過你們？」

這話一出，所有人面色都有些難看。

打從碧血神君血洗登位以來，西境能有幾個渡劫？

鼎盛如合歡宮也不過花染顏、白竹悅兩位，能爬到化神期，便算是頂尖高手，如今鳴鸞宮就端坐著五位渡劫，這些渡劫怎麼來的，他們心中比誰都清楚。

如果花向晚知道當年的事，他們和花向晚之間，就是不死不休。

「可是謝長寂……」趙南還是有些擔憂。

「天劍宗。」秦雲衣知道他害怕什麼，打斷趙南，冷靜道：「魊靈之事，謝長寂能放過花向晚，天劍宗不能。渡劫期的雷劫，少則一日，多則數月，我今夜聯繫天劍宗，讓天劍宗阻止謝長寂，父親將花向晚身懷魊靈的消息放出去，帶人立刻出發，只要謝長寂收手，」秦雲衣聲音微冷，「我們能殺花染顏，也能殺花向晚。」

眾人沒有出聲，秦雲衣環視周遭，再提醒：「再則，謝長寂如今，最後一劍能不能用出來還是未知。問心劍求天道，為了一己私心，把魊靈的消息瞞下去，謝長寂，還是當年的謝長寂嗎？」

聽到這話，眾人心中稍定。

秦風烈想了想，深吸一口氣，抬手一拍扶手，做下決定：「好，雲衣，妳這就聯繫天劍宗。雲裳、趙南、陳順，還有其他人，今夜清點弟子，準備靈舟，半個時辰後出發。」

傳送陣需要兩邊都有陣法接收，合歡宮地界沒有接收陣法，他們用靈舟，最快在天明前可以抵達合歡宮。

等他們到達合歡宮時，天劍宗……大約也給了他們答覆。

秦風烈做下決定，站起身來，不容眾人反駁：「去準備吧。」

眾人得話，紛紛應聲：「是。」

說完，秦雲衣率先離開，秦風烈也隨即離開大殿，轉身前去做準備。

大殿中就剩下左右使和三位長老，與秦雲裳你看看我，我看看你。

過了一會兒後，秦雲裳遲疑著：「其實……花向晚未必知道。」

眾人抬眸看她，秦雲裳抿了抿唇：「她搶魅靈也好，當魔主也好，不就是，圖活下去嗎？冥惑死了，少主……有些不冷靜。」

眾人沒有說話，秦雲裳嘆了口氣：「罷了，雲裳去做事了，咱們鳴鸞宮五位渡劫，總不至於贏不了一個謝長寂。左右使，三位長老，好好保重，鳴鸞宮，」秦雲裳說的意味深長，「才能留得青山啊。」

這話說完，秦雲裳便握著滿手冷汗，點頭行禮，轉身走了出去。

在場眾人互相打量一番，一言不發，許久後，趙南嘆了口氣：「時也命也，走吧。」

眾人做下決定，各自開始準備。

秦雲衣回到房中，讓人用法寶聯繫天劍宗。

傳音過去之後，層層傳報，沒了一會兒，侍女恭敬道：「少主，天劍宗掌門到了。」

秦雲衣點頭，緩慢起身，走到外間，就看房間中站著一個虛影，正是天劍宗掌門蘇洛鳴。

蘇洛鳴看見秦雲衣，面上頗為疑惑：「鳴鸞宮，秦少主？」

「初次見面，」秦雲衣笑起來，微微頷首算作行禮，「久仰蘇掌門大名。」

「秦少主千里迢迢傳訊，不知有何要事？」

蘇洛鳴不明白秦雲衣的意思，但清楚知道，秦雲衣這麼想方設法找到他，絕對不可能是小事。

秦雲衣勾起嘴角，卻只問：「晚輩就是想詢問天劍宗有關魊靈一事。」

聽到這話，蘇洛鳴當即鄭重起來，但他很快反應過來，試探著詢問：「天劍宗已派清衡上君在西境查探此事，若秦少主想聯繫天劍宗，何不直接找清衡？」

「這就是我找蘇掌門的原因了。」秦雲衣說著，面上露出幾分疑惑：「魊靈在清衡道君妻子花向晚手中，此事，天劍宗知曉嗎？」

聽到這話，蘇洛鳴的眼神冷下來。

秦雲衣見蘇洛鳴的神色，便知道了答案，她接著詢問：「清衡上君為了花向晚，誅殺巫蠱宗副宗主，巫蠱宗與天劍宗怕是結成死仇，此事，天劍宗又知道嗎？」

「還有呢？」

「還有的，晚輩沒有證據，也不好猜測，」秦雲衣垂下眼眸，聲音平和，「只是素聞天劍宗問心劍求天道，秉公持正，但現下清衡上君在西境，似乎並非如此？他同花向晚殺清樂宮少宮主溫少清，嫁禍我宗，挑撥離間，利用魆靈為非作歹，害死陰陽宗宗主冥惑，又殺清樂宮宮主溫容。樁樁件件，怎麼看，似乎都不是問心劍一道應有的樣子，不知天劍宗對此，是否可有瞭解？」

「所以，秦少主找我，到底是想做什麼？」聽著秦雲衣的話，蘇洛鳴沒有立刻回應，手握拂塵，面色冷淡。

「就是想請蘇掌門幫個忙。」秦雲衣到也不介意，她抬手，神色恭敬。

「花向晚身懷魆靈，欲以魆靈獲取力量，橫掃西境，成為魔主。可魆靈此物，嗜殺陰邪，一旦破除封印，便會反控宿主，成為天下大禍。鳴鸞宮身為西境三宮之首，不能放任此邪物出世，現下花向晚正經天雷，衝擊渡劫，乃制止她最好的時機，鳴鸞宮願傾盡全力，還西境一片安寧。還請天劍宗帶回清衡上君，以免上君因一己私情，」秦雲衣抬眼，看向蘇洛鳴，一字一句，說得極為認真，「禍害蒼生。」

# 第十一章 問心劫

聽著這話，蘇洛鳴沉默不言，秦雲衣耐心地等著蘇洛鳴，過了許久，蘇洛鳴緩聲道：「多謝秦少主告知此事，本座會與宗內商量，如無他事，本座先行告辭。」

「恭送蘇掌門。」秦雲衣行禮。

面前光影消散，天劍宗內，蘇洛鳴睜開眼睛，昆虛子緊張地看向蘇洛鳴：「西境那邊什麼消息？」

「鳴鸞宮少主秦雲衣，她說魃靈在花向晚那裡。」蘇洛鳴面帶憂色，「但長寂未曾同我們說起此事。」

昆虛子一愣，隨後忙道：「當年魃靈就是花向晚和雲亭一起封印，魃靈在她那裡……」

「我擔心的不是花向晚。」蘇洛鳴轉眸看向昆虛子：「我擔心的是什麼你知道。」

昆虛子聞言抿唇，只道：「長寂……不可能出問題。」

「你說他不可能出問題，」蘇洛鳴審視著昆虛子，「是因為天命，還是你對他的瞭解？」

昆虛子沉默下來，蘇洛鳴嘆了口氣，他走出大殿，仰頭看著天上星軌運轉。

「當年他出生，便天降異象，雲亭得問心劍指示，占星卜卦，最終確認了他的位置，讓你千里迢迢去找到他。與歷代問心劍主不同，他並非劍體，而是虛空之體，生來無心無情，可與任何劍魂輕易交融，可你我清楚——」

蘇洛鳴轉頭看向昆虛子：「他不僅是問心劍最好的修習者，若有一念之差，也是魊靈最佳的容器。他能滅死生之界一界……」

也能滅修真界一界。

一念成佛，一念成魔。

天劍宗最強之劍，沒有劍鞘，哪怕是天劍宗自己，也會為之懼怕。

昆虛子聽著，心知蘇洛鳴說的沒錯，可他還是堅持開口：「可他是長寂。」

宗門自幼教導，秉中持正，心繫天道的謝長寂。

「而且，」昆虛子抬起頭，神色認真，「當年死生之界他選過了。」

他的師父，他的同門，他的妻子，面對封印魊靈拯救蒼生和自我之間的選擇，他早已選過。

蘇洛鳴聽著，垂下眼眸，想了片刻後，他嘆了口氣：「還是先問問他吧。」

說著，蘇洛鳴手上翻轉，金粉從天劍宗飛出，沒了一會兒，謝長寂便感覺到了師門召喚。

這時，花向晚還在汲取周遭靈氣，頭頂劫雲盤旋。

角羽護著溫氏族人來到合歡宮，宮商留在清樂宮，三位長老配合著角羽，同宮商一起修建兩宮的傳送法陣。

狐眠領著人開始布防，三宮忙忙碌碌，上下燈火通明。

感受到師門召喚，謝長寂在雲浮塔上慢慢睜開眼睛。

他看著前方法陣中的花向晚，她氣息平穩，靈力運轉流暢，確認沒有什麼問題後，他為她設下結界，隨後抬手在虛空一抹，面前便出現了蘇洛鳴和昆虛子的身影。

謝長寂看見長輩，神色平靜，頷首行禮：「掌門，師叔。」

「長寂，」昆虛子看見謝長寂，面上帶著幾分擔憂，「現下西境如何？你情況還好吧？」

「尚好。」謝長寂如實稟告：「晚晚正在衝擊渡劫。」

「此事我聽說了。」蘇洛鳴聽見謝長寂報了花向晚的情況，心神稍定，直接道：「方才秦雲衣找了我。」

謝長寂動作一頓，他抬眼看向蘇洛鳴，蘇洛鳴盯著他，微微皺眉：「她告知我，魊靈在花向晚這裡，可有此事？」

謝長寂沒說話，一聽蘇洛鳴的話，他便知道了蘇洛鳴和昆虛子的來意。

他下意識捏緊放在膝頭的問心劍，蘇洛鳴和昆虛子一看他的神色，便知道了答案。

「為何不告知師門？」蘇洛鳴盯著他，「你知道魊靈乃天劍宗頭等要事，你既然已經發現魊靈在花向晚這裡，為何不說？」

「我說了，」謝長寂看著蘇洛鳴，只問，「你們打算做什麼？」

聽到這話，蘇洛鳴一愣，他對謝長寂問出這個問題有些不可思議，片刻後，他緊皺眉頭，耐心道：「自然是將魊靈帶回天劍宗封印，或找什麼辦法消除。」

「如何消除？」謝長寂繼續追問。

蘇洛鳴和昆虛子明白了他的意思，昆虛子想了想，解釋道：「長寂，我們並不是要對花少主趕盡殺絕。花少主是你妻子，宗門不會做這種事，你可以把花少主帶回天劍宗，在死生之界看守，我們一起想辦法。」

「所以我不說。」謝長寂給了答案。

昆虛子和蘇洛鳴都不明白。蘇洛鳴克制著情緒，只問：「連帶她回來都不可以嗎？」

「她要報仇。」謝長寂冷靜地開口，「兩百年前，西境宗門聯手將合歡宮逼上絕路，讓她筋脈盡斷，金丹半碎，親友盡逝，她大仇未報，我不能帶她回來。」

「這就是她搶奪魊靈的理由？」蘇洛鳴很快反應過來：「為了一己之私，便想依靠邪魔之力？長寂，哪一個搶奪魊靈、供奉魊魔之人沒有自己的理由？可若她放出魊靈，她當真控制得了魊靈嗎？」

「所以我在這裡。」謝長寂肯定出聲，他靜靜地看著蘇洛鳴：「我守著她。」

「那守住了嗎？」蘇洛鳴盯著他，只問，「她用了魊靈沒有？」

謝長寂說不出話，看著謝長寂的神色，蘇洛鳴便明白結果，他盯著謝長寂，只問：「長寂，如果有一日，她放出魊靈，被魊靈操縱，成為一代邪魔，濫殺無辜，你怎麼辦？」

謝長寂垂眸，見他不言，蘇洛鳴深吸一口氣，又問：「那我換一個問題，若有一日，花向晚與天下人之間，你需得選一個，你又如何選？」

「天下人……」謝長寂聽著這話，輕輕拂過膝頭長劍，「與我何干？」

聽到這話，蘇洛鳴睜大了眼。

「我自幼奉承教導，以長輩之言為準則，禁欲，守身，克己，衛道。」謝長寂語氣平和：「所以，師父血祭問心劍時，我沒有阻攔；同門以死攔下邪魔時，我沒有勸阻；晚晚躍入魔海，我亦不曾相救。最後親友盡喪，獨留此身，我還得守死生之界，以護蒼生。」

謝長寂說著緩慢抬眼，平靜地看著眼前兩人，目光帶著詰問：「可我為什麼要做這些？」

「維繫正道，本就是你我之責！」蘇洛鳴急急開口，想要叱喝。

然而謝長寂面色不動，只問：「為何？」

「長寂，」昆虛子聽著這些，他盯著面前的青年，只問，「這就是你，在西境所悟嗎？」

「不，」謝長寂搖頭，只道，「這只是我，兩百年所惑。」

「所以當年，你選擇放棄救晚晚、選擇同師門一起赴死封印魃靈，並非你心中所選？」

昆虛子盯著謝長寂，謝長寂仔細回想。

他說不清那一刻的心境。

非他所選嗎？

若重來，他當真不作此選嗎？

他垂下眼眸：「我不知道，所以這一次——」

謝長寂語氣微頓：「我想選晚晚。」

「無論成神成魔、正道邪道，花向晚好好活著，便是我所求。」

「那萬一花向晚拋棄你呢？」聽到這話，蘇洛鳴氣不打一起出來，他提高了聲：「要是她利用你，她根本不在意你，她要是不如你所願呢？又或者她死了……」

「不可能。」謝長寂打斷他，他抬起眼眸，清明的眼中帶著幾許暗紅。

「她不會死，」謝長寂盯著蘇洛鳴，蘇洛鳴被他眼底暗紅震住，聽他強調，「她利用，不在意，都可以。她說了，」謝長寂語氣鄭重，「晚晚愛謝長寂。」

那就夠了。

她愛過他，他就可以抱著那一點點愛意，在她身邊永遠緬懷。

這是他的懲罰，也是他的劫難。

「長寂，」昆虛子觀察著他的狀態，冷靜出聲，「這當真是你所想？」

謝長寂不言。

昆虛子皺起眉頭，沉聲提醒：「長寂，你這不是破心轉道，是墮道。」

「或許吧。」謝長寂神色平淡：「但這都是我的道，不是麼？」

說話間，花向晚身上靈氣已滿，天上雷聲轟動，謝長寂抬眼，看向雲浮塔上塔頂雕刻著的陰陽合歡神壁畫。

陰陽合歡神，一體兩身，男女交合，互為陰陽，光暗相疊。

雷劫轟然而下，首先劈在雲浮塔法陣之上，問心劍意跟著法陣承受著雷劫，雲浮塔被閃電劈亮。

雲浮塔為雷劫所震，塔身巨顫，隨即外面傳來急促的腳步聲，天劍宗弟子歲文從門外衝來，急急出聲：「上君，鳴鸞宮帶人來了！他們來了五位渡劫期！」

聽到這話，謝長寂平靜起身，轉身向外。

蘇洛鳴猛地反應過來，急道：「長寂！」

「長寂有愧於師門，」謝長寂背對著蘇洛鳴和昆虛子，語氣冷靜，「今日自請離去，稍後會讓一百弟子安全撤離，如數歸宗。日後謝長寂於西境所作所為，與天劍宗無干。」

說完，謝長寂提步離去，昆虛子和蘇洛鳴看著面前景象消失，都震驚得說不出話來。

片刻後，蘇洛鳴猛地反應過來：「不對，長寂情況不對，問心劍命定之人，怎麼可能墮道？我要開天命陣，」蘇洛鳴心中稍定，提步往外走去，「我去找天機老人，開天命陣占卜因果。」

「我得去西境。」昆虛子冷靜開口，他思索著：「我要親自去看長寂情況。你通知歲文，」昆虛子抬眼，「不管之後什麼情況，如今長寂還是天劍宗弟子，那我們就得管他，讓歲文看情況，幫著長寂些。我先走了。」

安排好後，昆虛子抬手召劍，馭劍起身離開。

蘇洛鳴在原地愣了片刻，隨後有些痛苦地抓了抓頭髮：「這都什麼事兒啊！」

謝長寂切斷和天劍宗的聯繫，走出雲浮塔。

歲文聽見方才他和昆虛子、蘇洛鳴的話，有些忐忑：「上君……」

「你和長生帶著其他弟子在宮先行躲避。」謝長寂神色平淡，領著歲文往下走去：「等花少主渡劫成功，我會送你們離開。」

「上君……」歲文面露猶疑，過了片刻，才道：「為何……」

「去休息吧。」知道他要問什麼，謝長寂打斷他：「照顧其他弟子，讓他們不要驚慌。」

說著，謝長寂抬手一召，馭劍離開，直奔城門。

來到城樓前，就看合歡宮大陣已經開啟，不遠處鳴鸞宮靈舟懸在高空，一個個弟子從靈舟上馭劍而下。

秦風烈帶著秦雲衣、秦雲裳、趙南、陳順、左右使、三位長老，以及劍宗宗主葉臻、藥宗宗主薛然等人浮在半空，冷眼看著合歡宮眾人。

合歡宮這邊，頂著「花染顏」模樣的白竹悅領著玉、雲、夢三姑，宮商、角羽兩位清樂宮渡劫期修士，以及百獸宗宗主孟皓等人站在城樓上，頗為緊張地看著不遠處越來越多的鳴鸞宮修士。

謝長寂淡淡掃了一眼，發現暗處站著一個黑衣青年，他腳步一頓，盯了片刻後，微微皺眉：「薛子丹？」

薛子丹動作一顫，片刻後，他立刻舉手，趕忙道：「我是來幫忙的。」

「你的宗門在對面。」謝長寂提醒。

薛子丹揉了揉鼻子：「那我人在這裡啊。而且薛然吧……」

薛子丹聳了聳肩：「反正藥宗做事與我無關。」

謝長寂不說話，他轉過頭來，宮商、角羽連忙上前，恭敬道：「清衡上君。」

謝長寂點點頭，走到白竹悅身邊，跟著花向晚的叫法，恭敬開口：「母親。」

白竹悅被這麼一喚，還有些不習慣，她輕咳了一聲，點了點頭道：「長寂來了。」

「謝長寂。」看見謝長寂出現，秦風烈率先開口：「此番爭鬥，與你天劍宗無關，你速速讓去，本座可免你死罪。」

謝長寂不說話，他平靜地看著秦風烈，彷彿看一個死人：「你想我怎麼死？」

「謝長寂，」趙南笑出聲來，「你不要以為自己在雲萊是第一人，到西境也是。宮商、角羽雖然是渡劫，但不過是擅長療癒之術的法修，幫不了你太多，合歡宮這一群老弱病殘，你一個人想護住他們，這叫負隅頑抗。」

「老弱病殘？」聽到這話，狐眠笑起來：「趙右使，那不如讓我這個老弱病殘，來領教一二？」

說罷，狐眠足尖一點，躍上高空，手中畫筆甩出，筆尖一甩，墨汁飛射而出，在空中瞬間幻化成無數猛獸，朝著趙南猛地撲去。

秦雲裳一見狐眠出手，猛地拔劍躍出，一劍斬下一隻撲到趙南面前的墨獸，轉頭笑道：「這等小事不勞趙左使，我來吧。」

音落，秦雲裳劍氣如虹，朝著狐眠就逼了過去！

兩人一動手，靈南、靈北、三位長老等人也領著弟子躍出結界之外，大喝一聲「殺」之後，朝著前方鳴鸞宮弟子砍殺而去。

宮商、角羽手上一翻，一人持笛，一人抱琴，立刻盤腿而坐。

琴笛合奏，帶著靈力飄揚在戰場，不斷修復著戰場上合歡、清樂兩宮弟子的傷口。

不遠處薛然見狀，二話不說，手上一翻，便出現一個香爐，他往香爐中投入一粒丹藥，抬手一揮，裹挾著劇毒的狂風朝著合歡宮方向捲席而去。

與此同時，藏在暗處薛子丹嗅了嗅空氣中的味道，趕緊從乾坤袋中的掏出一個青銅鼎爐，抓了一把藥扔進去，隨後取了一把扇子，把這帶著解藥的風朝著戰場方向狠狠一搧。

他用了八品芭蕉扇，搧出的風比起薛然狂放不少，一時之間，吹得戰場鋪天蓋地，盡是飛灰。

所有人咳嗽起來，謝長寂轉頭朝著牆角看去，薛子丹察覺謝長寂的目光，不好意思地笑了笑：「那個……工欲善其事，必先利其器。」

謝長寂目光落在薛子丹旁邊那個大鼎上，相比薛然的小香爐，這鼎也好，扇子也好，的確大了不少。

薛子丹這一搧驚動了高處的趙南。

原本鳴鸞宮五位渡劫都正靜坐以觀，看見這狂風乍起，趙南忍不住，抬手一拂塵甩去，看見趙南動手，宮商的琴聲當即轉了音調，化作鏗鏘殺伐之音，一時琴聲作刀，朝著趙南疾馳而去。

趙南冷笑出聲，拂塵甩飛琴刀，旁邊陳順二話不說，手上長劍驟出，朝著宮商的方向狠狠劈下！

「受死！」陳順大喝，長劍破開合歡宮結界，宮商驚慌地睜大了眼，然而就是那一瞬間，宮商面前突兀地出現了一個看不見的空間，所有人眼睜睜看著陳順的劍一寸寸沒入空間，隨後消失不見。

陳順大駭，還未反應過來，眾人便覺靈力巨盪，隨後就看陳順的那一劍在半空出現，帶著驚濤駭浪一般的氣勢，劍尖對準了他，疾衝而去！

感覺到這排山倒海的劍意，陳順急急後掠，秦風烈目光一冷，一瞬之間，弟子手中長劍似乎受到什麼召喚，脫手而出！

上百把靈劍化作劍陣，迎著陳順的劍疾馳而去。

兩方相交，百劍對峙一劍，秦雲衣毫不猶豫，拔出長劍朝著合歡宮結界狠狠一劈，旁邊兩位渡劫長老和趙南也同時躍出，朝著謝長寂急襲而去。

謝長寂站在城牆上，神色平靜，他彷彿處在一個獨立空間，時光停轉，神色從容，廣袖無風自動，只有冰雪寒意，從他身上散開入風中。

周邊人再快、再急，都不干擾他半分。

五位渡劫一起圍攻而上，角羽忍不住驚呼出聲：「上君小心！」

就是那一剎——風作劍、土作劍、葉作劍、萬物皆為劍！

劍氣從謝長寂身上爆發而出，生靈化劍，朝著五位修士狂襲而去！

所有人睜大了眼，只覺劍意彷彿瀰漫空間，處處殺氣，寸寸含霜。

秦雲衣等人察覺不妙，急速推開，秦風烈猛地起身，身上靈氣暴漲，從眾人手中借劍，和謝長寂的萬物之劍轟在一起，在高處猛地炸開！

靈劍被震得四散，萬物之間碎開又歸於天際，塵囂落定，秦風烈站在高處，領著秦雲衣等人死死盯著謝長寂。

謝長寂握著問心劍，足尖一點，躍上半空。

他踏月而行，每一步下，月光都如水波散開。

廣袖白衣，飄然若仙。

「謝長寂，」秦雲衣急急出聲，「花向晚身懷魊靈，乃邪魔歪道，天劍宗如今是自甘墮落，要與邪魔為伍了嗎？」

「不。」謝長寂開口，趙南臉色大喜，正要出聲，就聽謝長寂道。

「我在此處，非天劍宗在此處。」

這話讓皺眉，秦風烈聽不明白：「你什麼意思？」

「我的意思是，自今日起，謝長寂，於天劍宗除名。謝長寂所作所為，與天劍宗無關。」

說著，他橫劍在前，一寸一寸拔出長劍。

問心劍於月光下清光婉轉，倒映著他平靜的雙眸。

「今日誅殺爾等者，乃，合歡宮，」謝長寂抬眼，看向前方，長劍出鞘瞬間，殺意暴漲，如踏海馭浪，疾馳往前，崩山一劍而下，「謝長寂！」

驚天一劍劈下，劍氣縱橫百里！

所有修士驚得一躍而起，疾退開去，唯有最前方的劍宗宗主葉臻根本避讓不及，只能豎起長劍，硬生生接下這雲萊最強者之劍！

兩人的劍意衝撞在一起，塵土飛揚，遮天蔽日。

片刻之後，塵囂落下，緩慢露出葉臻的身影，月光下，葉臻握劍站在原地，還保留著最初的模樣。

周邊一片安靜，片刻後，就看血珠從葉臻臉上浸出，隨後「啪嗒」一聲響，一人作兩半，朝著兩邊倒地而下。

這場景驚住眾人，一宗之主，化神期修士，竟在一劍之下，沒了！

看著這場景，眾人心生退意，秦雲衣見狀，立刻大喊起來：「父親，今日不殺，來日更殺不了了！」

如今只是一個謝長寂便如此棘手，若花向晚渡劫成功，今日殺不了，來日更是只能當牛做馬，反抗不得。

聽著秦雲衣的話，秦風烈立刻回神，大喝了一聲：「結陣！」

聽到召喚，趙南心神一凜，和陳順對視一眼，兩人心領神會對方的意思，和另外三位長老一起散開，秦風烈、秦雲衣及其他五人結成七人劍陣，將謝長寂團團圍住。

謝長寂面色不變，抬手緩緩撫過劍身，緩慢開口：「問心劍，第二式——」

「上！」七人長劍朝著謝長寂一起疾馳而去。

謝長寂目光微冷，足尖一點，往高處躍去，在周身橫出弧度：「水澤萬物，祭雨！」

劍光流動，劍意如急雨四散而去——

與此同時，雲浮塔上，天雷擊碎法器結界，終於轟然落到花向晚周身！

劇痛一瞬傳達到花向晚全身，與之而來的是一層又一層心魔幻境。

元嬰之下，每一次天劫，都是淬體修身，使得修士有著接近「仙」的身體。

元嬰到化神的天劫，是強化神識強度。

而化神到渡劫的天劫，則在於問心。

等到真正渡劫飛升，天劫之中，便會問道。

問心之劫，在於破除內心之障。

最初是劇痛襲來，試圖擾亂她的神智，然而對於身體的痛苦，她早已習慣忍受，甚至清心訣都不需要，閉眼正坐，心正，心靜，疼痛自然無法撼動其心境分毫。

沒了一會兒，入定進入幻境，周邊浮現濃重的黑霧，她在幻境之中，提步往前。

前方是珠簾低垂，珍珠在風中輕搖衝撞作響。

珠簾之後，女子輕拍著手，高興道：「阿晚，來，往娘這邊來。」

花向晚走到珠簾後，看見花染顏高興的笑容，她旁邊坐著一個男子，對方的眉目和花向晚極為相似，他看上去有些虛弱，蓋著錦被，溫柔地望著母子兩人。

看上去不足周歲的嬰孩趴在地上，咿咿呀呀叫喚著，努力往花染顏的方向攀爬過去。

「呀，她能聽懂我說話。」花染顏扭頭，看向男子，像個孩子一樣高興誇讚：「你看她多聰明。」

男子溫和一笑，只道：「她早就能聽懂了，妳每次都要重複。」

「我孩子，我多誇誇不成？」花染顏轉過頭，又繼續逗弄起向她爬過來的孩子。

花向晚在幻境後靜靜看著，打量著床上的男人。

這是她的父親，瀾庭仙君。

聽說他和花染顏是青梅竹馬，師兄師妹一起長大，但她出生後不到七歲，他就因舊傷難癒病故。

從那以後，她母親就自閉於雲浮塔，從小她就得爬上高塔，才能見花染顏一面。她許久沒見過父母恩愛的模樣，此刻靜靜看著，感覺內心一片溫柔漾開。

可她清楚知道這是幻境，她要往前走，就得親手打破這一切，她駐足片刻，便平靜拔劍。

珠簾響動，室內一家人詫異地看來，也就是這一刹，劍氣轟然而過，美好碎裂一地，化作一片虛無。

花向晚提步往前，神色平淡。

幻境中不能停留，停留越久，天雷在身上所造成的傷害越多，如果超出身體承受極限，便是灰飛煙滅的結局。

她心中很清楚，周邊黑氣又散，她聽見一聲疾呼：「阿晚！」

這次幻境實感更多了幾分，她回過頭，就看沈逸塵焦急地跑了進來，他一把抓住她，急道：「阿晚！瑤光在外面……」

話音未落，花向晚的劍尖已經捅進他的身體，沈逸塵愣愣地看著花向晚，花向晚神色平靜：「逸塵，我們會再見的。」

說完，她拔劍而出，沈逸塵不敢置信地看著她，花向晚面前出現越來越多的人。

蕭聞風……琴吟雨……程望秀……

她一路砍殺過去，沒有半點遲疑，沒有半分停留。

等到最後，她一抬頭，發現自己站在白茫茫的雪地裡，風呼嘯而過，她疲憊地站在懸崖邊上，周邊是魑靈嘶吼之聲，是風雪呼嘯之聲，謝長寂半跪在她身前，他身後是問心劍一脈幾百弟子，他握著劍，手微微顫抖。

看著這場景，花向晚忍不住笑起來，她回頭看了那熟悉的邪魔之海一眼，漫不經心：「我連我師門都殺得，你們以為，我就捨不得他了嗎？」

「捨得呀。」彷彿許多人彙聚成一個人的人聲迴盪在幻境之中，對方大笑起來：「可捨得又如何呢？妳還不是怕？」

「我怕什麼？」

花向晚看著圍繞在自己面前的黑氣，黑氣只有一張臉和蛇一般的身體，那張臉不斷變換，對方環繞著她，觀察著她的神色：「妳怕被選擇。」

說著，對方從她腰部開始，纏繞著她往上，攀爬到她耳邊：「怕有了希望又失望，怕重蹈覆轍，又會錯了意，託付錯了情。」

黑氣離開她，來到謝長寂周邊，它圍著謝長寂打著轉，聲音帶笑：「妳知道他喜歡妳，可他永遠不能像妳期望的那樣喜歡妳。他總有一天會像過去一樣，選擇放棄妳。他喜歡妳，喜歡呀，當年也喜歡，可後來呢？」

人臉猛地出現在她面前，帶著冰冷笑意：「不也眼睜睜看妳躍下死生之界嗎？」

「喜歡有什麼用啊？該殺還得殺，像妳這種邪魔歪道，殺了也是應該。」

「你說得不錯。」花向晚聽著，輕笑起來：「我這種邪魔歪道，殺了，才是他謝長寂應該做的事。」

聽到這話，人臉疑惑歪頭：「嗯？」

「你算錯了一件事。」

花向晚看著面前的人，眼中浮現幾許柔光，她想起在溯光鏡的幻境中，合歡宮前，謝長寂守在前方不肯退卻半步的少年身影。

「我的確害怕過被選擇，也害怕有希望又失望。可這在我生命裡，太微不足道了。」花向晚說著，往後退去：「我有更重要的事，他曾經選擇過我，我沒有遺憾。所以，不必他選，我也並不害怕。」

因為，他愛不愛她，結局都已註定，一切與她無關。

她從容地張開雙臂，和上一次一樣，往邪魔之海倒去。

只是和上一次不同，這一次她內心一片堅定，平靜得像一潭死水，像從容走向自己早已註定的結局。

她一瞬間有些分不清，這到底是幻境，還是兩百年前。

就是這一瞬恍惚之間，她突然看到一襲白衣拋棄一切，從劍陣中衝向她，朝著她一躍而下！

白衣如鶴而墜，周邊血色蔓延，他朝著她伸出手，花向晚睜大了眼。

就在那一剎，周邊天旋地轉，一切轟塌而下。

黑氣大笑起來：「原來如此！原來如此！」

花向晚驚駭提劍，朝著追逐而來的青年一劍揮砍而去！然而劍鋒劈開謝長寂，卻毫無用處，周邊全是謝長寂的碎片。

天劍宗上，破心轉道；靈舟之內，謝長寂站在房門前，聽著她在屋中沐浴之聲，手中撚著一抹清心訣，遲疑許久，終於還是轉頭看向窗外明月，緩緩放下；神女山上，謝長寂埋在白雪之中茫然感悟，領域之內，他一片一片，將溫少清千刀萬剮；沉睡之中，他將所有嫉妒化作情欲之海；夢中冰原，他與她死死糾纏……

她看著他一步一步，從高山白雪，墮入人間紅塵，看著他從世人敬仰的仙尊，一路滾落塵埃。

巫蠱宗地宮，陰陽合歡神像下，劍血相交，他們抵死相纏。

她放出魃靈給冥惑種魃那一夜，他默不作聲守護。

魔宮宮宴，他聽碧血神君所有挑釁，最終也只問她一句：「當年，妳是真的喜歡過謝長寂，對嗎？」

她愣愣地看著這些畫面，一路往下沉降，黑氣笑起來。

「我可沒騙妳。」它伴隨著她一路往下：「這可都是真的，他比妳想像得付出得要多，可妳卻給不了他。」

「妳一開始，就知道自己要死，所以妳向死而生，所有過去和幻境都困不住妳。妳不怕死，不怕失去，不怕被選擇，不怕被拒絕，這是妳的一腔孤勇，可謝長寂呢？」黑氣的臉貼到她面前，化作謝長寂的長相：「所有人都會因為妳的死而活。可妳死了，謝長寂呢？」

「妳看他——」

周邊浮現雲浮塔內，謝長寂質問昆虛子和蘇洛鳴的話語。

「無論成神成魔、正道邪道，花向晚好好活著，便是我所求。」

「長寂有愧於師門，今日自請離去，日後謝長寂於西境所作所為，與天劍宗無干。」

聽到這話，花向晚睜大眼。

「他哪裡是破心轉道？」黑氣大笑起來，「他是墮道！」

「他為了妳，毀了前程，背棄宗門，妳若死了，他呢？」

「可妳若不死，這兩百年——」黑臉覆在她耳邊，「妳、秦雲裳、薛子丹、靈北……你們所做的一切，不都白費了嗎？」

「所以妳怕啊，」黑氣語氣帶著幾分憐憫，「妳不怕被拋棄，不怕被選擇，妳怕的是——」

「被愛。」

這話出現的那一瞬間，天雷轟然炸響，一瞬之間，花向晚看見赤眼白衣，手握問心長劍，腳下一地屍體的謝長寂。

他渾身殺孽纏身，雲萊西境兩地修士環繞在他身邊，天道威壓在上，他劍都砍殺成了血色。

而後天雷轟然而下，無數人飛撲向前，屍山血海之中，眾人喊殺出聲：「殺──謝長寂！」

「天道在上，誅殺邪魔──謝長寂！」

白衣青年聽著這話，神色不變，他在天雷中舉劍，微微歪頭，眼中帶著些迷惑和茫然，語不成句。

「晚晚，喜歡，謝長寂。」

「不……」看見這個場景，花向晚再也止不住，猛地撲向前方，疾馳向前，驚呼出聲：「住手！謝長寂！住手！」

她根本分不清虛實真假，她感覺周邊血腥氣如此真實，不遠處的人真真切切站在前方，她狂奔向前，嘶吼出聲：「謝長寂，停下！」

就是這一刹，雲浮塔上，與塔身一般粗壯的劫雷轟然而下。

秦雲衣被謝長寂一劍轟飛在地，察覺劫雷變化，眼中迸發出驚喜之色，高興道：「花向晚渡不過這場天劫了！」

聽到這話，謝長寂回頭掃了雲浮塔一眼，就看白竹悅已經領著人衝了過去。

這樣的劫雷，明顯是渡劫之人控制不住心境，沉淪幻境所致。

哪怕是他──或是世上任何一個修士，都難以抵擋。

他眉頭微皺，卻沒有後退半步，提劍朝著前方秦風烈俯衝而去，與此同時，所有人都看見，一個透明的魂體從他身上脫離開去，在接觸到月光的剎那，魂體化作實體，好似是兩個謝長寂。

一個往前攔住秦風烈等人，一個斜上向高處，迎向高處雷劫。

「是化神分神。」趙南立刻認出來，大呼出聲。

修士化神之後，識海中元嬰便會凝成可以脫離肉身的分神，可一旦分神離體，本體的修為便會下降許多。

這也意味著，這是攻擊謝長寂最好的機會！

秦風烈毫不猶豫，手中重劍凝聚靈力，朝著謝長寂狠狠劈下。

秦雲衣也爬起來，連忙一劍轟向合歡宮結界！

而這時，謝長寂的分神也到達塔頂，一劍橫劈而去，斬在天雷之上！

天雷受人干擾，立刻翻倍變粗砸落而下，謝長寂引雷到周身，以身扛住這天降之罰。

劇痛沖刷在這具分神之上，謝長寂本體也受影響，手上長劍微微一顫，秦風烈察覺他的虛弱，頓時高興起來：「怎麼，到現在還不出最後一劍？」

說著，重劍帶著磅礴靈力而下，謝長寂不敢硬接，足尖一點，往後落去，陳順見狀，和趙南聯手從他身後急襲！

六人組成劍陣將他團團圍住，劍光不帶半點喘息流竄在他周邊。

秦風烈的重劍剛烈勇猛，周邊飛劍靈巧敏捷，動靜相合，將他絞殺在中間。

謝長寂一面躲閃著劍陣圍獵，一面硬抗著天雷重擊。

秦雲衣一劍又一劍轟砍在合歡宮結界之上，雲姑、夢姑、玉姑三位長老拼命維繫著結界。

兩方對峙之間，秦雲衣大笑起來：「你們以為，就憑你們三個廢物化神，就能攔得住我？」

說著，秦雲衣抬手舉劍，高喝出聲：「弟子助我！」

音落，鳴鸞宮所有弟子祭劍而起，跟隨著秦雲衣狠狠一劍，猛地衝撞在結界之上！

兩百年來，鳴鸞宮占據靈脈資源，上上下下弟子極為出眾，舉宗之力一劍而下，合歡宮結界瞬間碎開。

狐眠睜大雙眼，再不戀戰，疾退往後抬手轟出法陣，試圖攔在眾人面前。

然而她法陣剛開，秦雲衣便是一劍劈下，大喝出聲：「償命來！」

這一劍劈在法陣之上，法陣瞬間碎裂，狐眠被劍氣沖飛過去，薛子丹趕緊上前，一把扶住她，急道：「妳沒事把？」

狐眠來不及說話，就看鳴鸞宮弟子鋪天蓋地而下。

鳴鸞宮弟子士氣大震，秦雲衣劍尖直指城門，大喝出聲：「殺！」

聽到這話，鳴鸞宮弟子高呼三聲：「殺！殺！殺！」

人群如浪而來，靈南緊張握著劍，和靈北領著弟子擋在宮門前。

謝長寂聽到聲音，一劍橫劈往下，欲封下這些弟子衝上前的路。

秦風烈看出他的意圖，也一劍劈去，和謝長寂的劍意撞在一起。

劍意在高處炸開，下方弟子如兩股浪潮彙聚在一起。

秦風烈一劍劈過，隨即第二劍緊接而上，重劍朝著謝長寂迎面斬下，這一次他的劍來得極快，彷彿拼盡全力。

「沒有最後一劍，你還想分神出體後贏我？」

重劍越來越快，頃刻百招急來。

謝長寂面色平靜，他冷靜地躲避著旁邊偷襲利劍，一劍一劍和秦風烈的劍震在一起。

「你就看著吧。」秦風烈笑起來，眼中滿是戰意：「當年合歡宮守不住，如今一樣守不住！」

謝長寂不說話，他的分身抵禦著天雷，為花向晚求一絲生機。

而幻境之中，花向晚在黑暗中無邊無際墜下。

她已經不清這裡是何處，澈底迷失。

周邊是無盡黑暗，她一路往下墜落。

她沒有勇氣往上，沒有能力思辨，她澈底迷失在幻境之中，卻不知為何，始終沒有走到盡頭。

「阿晚。」

有人輕呼出聲，她迷茫地看著高處。

是誰？

「晚晚。」

對方的聲音再次傳來，好似許多聲音混雜在一起。

一隻白玉雕刻一般的手從虛空中探出來，緩慢伸向她。

「花向晚。」

他在叫她。

是誰？是誰還想留住她？

她聽著他的聲音，茫然伸手，他們指尖相觸。

帶著白光的魂體從黑暗中慢慢顯現，束髮白綾和白衣在黑暗中泛著微光。

「晚晚，」謝長寂聲音傳來，花向晚愣愣地看著他，聽他出聲，「活下來。」

花向晚說不出話，她看著青年堅定又平靜的眼神，他溫柔又寬廣，像是月下深海，將她的意志一點點吞沒。

「我陪妳。」

活下來，我陪妳。

一瞬之間，風雪破開幻境，父母期待、親友相護，最後謝長寂的身影一道一道出現在她面前。

少年夜守門外，一路相伴相隨。

他永遠站在她身後，回頭是他，入目皆他。

「謝長寂……」

「活下來。」

他聲音清明：「活下來。」

選擇死是一種勇氣，選擇生更是一種勇敢。

她可以從容赴死，可若她活著……她可以活著。天生她，父母養她，親友護她，不是讓她來這世上赴死。

他陪著她，她為什麼，不能傾力活一次？

她看見合歡花飄散風中，看見自己師門已經故去的眾人，看見沈逸塵，看見長輩、靈南、靈北。

他們一路往前，笑意盈盈地看著她。

只有死一種辦法嗎？

她還活著，還活著，就當一路奮力往前，不放棄任何一點希望，誰若擋她她殺誰，誰若攔她她斬誰。

她的劍無堅不摧，她的道至剛至強。

她求強者之道，不以死相求，而是，活著，好好活著。

她一路獨行時尚且能走下去，如今有他陪著，為何不能走下去了呢？

她死死握住對方的手，在對方清明的眼中，從泥濘中被一點點拉起。

她看著面前的幻影，他幻化成無數面容，最後停留在謝長寂的樣貌上。

他還在等她。

他想她活。

她得活。

念頭出現，這時，高塔之上，雷劫越來越大。

雷霆似若天罰，如瀑而下瞬間，謝長寂終於支撐不住，分神在雷劫中猛地碎開，化作飛灰，而天雷終於再次降臨到花向晚身上，謝長寂一口嘔出鮮血，毫不猶豫轉身往後。

然而事已至此，秦風烈怎麼可能錯過此機會，大喝一聲「雲衣！」之後，秦雲衣帶著其他渡劫修士瞬間擋在謝長寂面前，而秦風烈緊追而上，一劍狠狠砍下！

謝長寂回頭擋住秦風烈重劍，周身靈力爆開，抵住身後幾人暗襲。

「掙扎什麼呢？你沒有最後一劍吧？又護得了誰？」秦風烈看著謝長寂，冷笑出聲：「反正是要死的人，她要死，你也得死。」

「她不會死。」謝長寂平靜開口。

他不能讓她死。

花向晚。

她得活著。

要好好活著。

他說過，要替她守住合歡宮，陪她報仇，他失去她兩百年，他要用餘生，去讓這兩百年的傷口痊癒。

他不會讓她受人屈辱，讓她卑躬屈膝，讓她痛失所愛，讓她無能為力。

謝長寂握緊問心劍，眼底暗紅色流湧。

「沒有問心劍最後一劍，又如何？」

謝長寂和秦風烈一劍重重相撞，秦風烈看見他眼底的紅色，面上驚駭，隨即就看他周身黑氣暴漲，鬼魅魍魎受其召喚，從四面八方朝著他一路湧來。

這動作驚到下方玉姑，她意識到謝長寂要做什麼，急忙出聲：「清衡，不可！」

話音剛落，秦雲衣一劍轟開一條出路，狐眠被狠狠撞飛，滾到地上。

「還管別人？」秦雲衣嘲諷出聲，抬手又一劍朝著眾弟子轟然而下：「管管自己吧！」

秦雲衣劍光轟向城門，狐眠翻身而起，同三位長老聯手張開結界，結界和秦雲衣衝撞在一起的剎那，強大的靈力震得四人一齊後退，就在結界碎裂開來之前，上百把飛劍從合歡宮門後突然疾馳而出！

這些光劍結成劍陣，密密麻麻衝向秦雲衣，秦雲衣足尖一點退後而去，隨即聽見震天喊聲響起。

「殺！」

眾人驚詫回頭，就看歲文長生帶著天劍宗弟子從宮門後衝了出來。

天劍宗弟子如浪潮一般湧來，一路穿過玉姑等人，衝到最前方。

上百名金丹弟子奔赴戰場，謝長寂聽著身後人聲，緩緩抬劍。

晨光中，青年白衣染血，目光帶著沉淪到底的決絕。

「若成神不能相護——」他手掌撫過劍身，鮮血從劍上滴落而下，眼睛隨著他的動作，從暗紅逐漸化為鮮紅，大地震顫，邪氣自周遭而來，湧入長劍之中。

「我可，立地成魔！」

說罷，邪氣一路湧入問心劍內，劍身魔氣纏繞，周邊地面震顫，鳥雀驚飛。

引邪氣，縱魔心，這一劍劈下，便可成魔。

至此沉淪地獄，永不回頭。

秦風烈見狀，毫不猶豫大喝出聲：「雲衣助我！」

聞言，秦雲衣等人一躍到秦風烈身後，眾人劍陣結成，所有劍的力量都到秦風烈重劍之上，秦風烈抬手，劍如天河傾下，朝著謝長寂狠狠劈去。

謝長寂面色不動，黑氣雲繞之間，看著那磅礴劍意迎面而來，他正要一劍劈下，就聽雲浮塔內，「轟」的一聲巨響！

強大靈力從雲浮塔往外震開，和秦風烈的劍意衝撞在一起。

狂風之間，謝長寂微微一愣，隨即感覺一雙柔軟的手從他身後而來。

她的手握在他的手上，兩人一起握著問心劍，天雷引到劍身，邪氣被天雷所驅。

「殺你，何須最後一劍？」

花向晚的聲音在謝長寂耳畔響起，兩人十指交錯相疊，共握一劍，天雷盡入劍身，於晨光之中，朝著秦風烈狠狠劈下。

秦風烈睜大雙眼，靈氣暴漲，然而兩位渡劫期合力一劍，絕非尋常劍意可擬。

他的靈氣和這一劍撞在一起，朝著方圓百里轟開！

白光升騰，眾人在白光之中，根本什麼都看不到，狂風捲席，威壓四溢，世間彷彿規則重塑，於白光之中化作一片虛無。

趙南、陳順等渡劫修士第一時間意識情況不對，瞬間逃開。

等白光消失，風止雲停時，除了秦風烈，鳴鸞宮渡劫修士都已逃得無影無蹤。

秦風烈雙目怒瞪，握劍站在原地。

眾人呆呆地看著這位昔日西境第一高手立在風中，片刻後，他雙膝一軟，跪倒在地，而後便重重砸在地面，只聽一聲悶響。

劍落，人去無聲。

——《劍尋千山【第二部】問心之劫》（上卷）完——

——敬請期待《劍尋千山【第二部】問心之劫》（下卷）——

高寶書版集團
gobooks.com.tw

YE 080
**劍尋千山【第二部】問心之劫（上卷）**

作　　者　墨書白
責任編輯　吳培禎
封面設計　單　宇
內頁排版　賴姵均
企　　劃　何嘉雯

發 行 人　朱凱蕾
出　　版　英屬維京群島商高寶國際有限公司台灣分公司
　　　　　Global Group Holdings, Ltd.
地　　址　台北市內湖區洲子街88號3樓
網　　址　gobooks.com.tw
電　　話　(02) 27992788
電　　郵　readers@gobooks.com.tw（讀者服務部）
傳　　真　出版部(02) 27990909　行銷部 (02) 27993088
郵政劃撥　19394552
戶　　名　英屬維京群島商高寶國際有限公司台灣分公司
發　　行　英屬維京群島商高寶國際有限公司台灣分公司
法律顧問　永然聯合法律事務所
初　　版　2024年07月

本著作物《劍尋千山》，作者：墨書白，由北京晉江原創網絡科技有限公司授權出版。

國家圖書館出版品預行編目(CIP)資料

劍尋千山. 第二部, 問心之劫/墨書白著. -- 初版. -- 臺北市：英屬維京群島商高寶國際有限公司臺灣分公司, 2024.07
　冊；　公分. --

ISBN 978-626-402-037-4(上冊：平裝). --
ISBN 978-626-402-038-1(下冊：平裝). --
ISBN 978-626-402-039-8(全套：平裝)

857.7　　113010472